KB239350

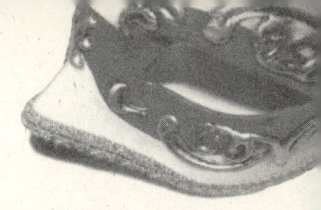

the Mask of Leon

가면의 레온

눈매 퓨전 판타지 소설

FUSION FANTASTIC STORY

가면의 레온 1

눈매 퓨전 판타지 소설

초판 1쇄 찍은 날 § 2009년 9월 25일
초판 1쇄 펴낸 날 § 2009년 10월 6일

지은이 § 눈매
펴낸이 § 서경석

편집장 § 문혜영
편집책임 § 정서진
편집 § 서지현 · 주소영

펴낸곳 § 도서출판 청어람
등록번호 § 제1081-1-89호
등록일자 § 1999. 5. 31
어람번호 § 제1-1077호

주소 § 경기도 부천시 원미구 심곡2동 163-2 서경B/D 3F (우) 420-822
전화 § 032-656-4452 팩스 § 032-656-4453
http://www.chungeoram.com
E-mail § eoram99@chollian.net

ⓒ 눈매, 2009

ISBN 978-89-251-1945-8 04810
ISBN 978-89-251-1944-1 (세트)

※ 파본은 구입하신 서점에서 교환하여 드립니다.
※ 저자와 협의하여 인지를 붙이지 않습니다.
※ 이 책은 도서출판 청어람과 저작자의 계약에 의해 출판된 것이므로,
  무단 전재 및 유포 · 공유를 금합니다.

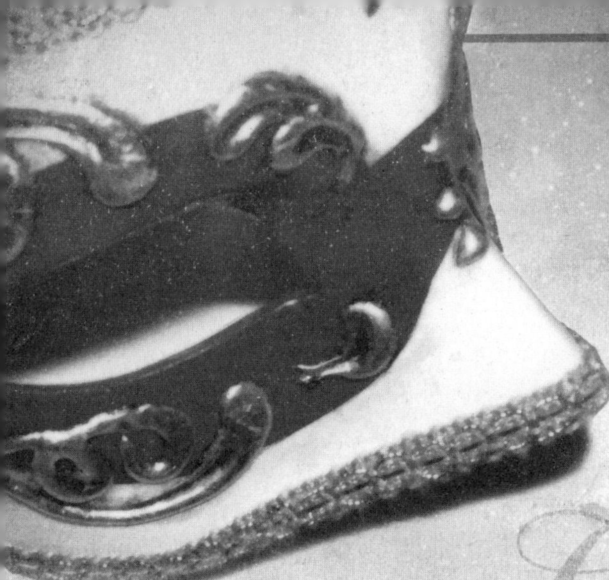

The Mask of Leon

가면의 레온

1

눈매 퓨전 판타지 소설
FUSION FANTASTIC STORY

도서출판
청람

Contents

프롤로그

5세에 부모를 잃었다.

8세에 조부로부터 버림을 받았다. 그때부터 2년 동안 거지로 지냈다.

10세에 변검술사의 눈에 띄어 유랑단에 들어갔다.

단장인 변검술사의 수발을 들며 변검, 연극, 노래, 악기, 요리 등을 배웠다. 단장은 매일같이 지독하게 훈련을 시켰다.

23세에 연극 도중 실수를 했다는 이유로 단장은 그의 왼손 새끼손가락을 부러뜨렸다. 그날 밤, 독기를 품고 돈을 훔쳐 유랑단에서 도망 나왔다. 그 돈으로 작은 식당을 차렸다.

27세에 절친한 친구로부터 배신을 당해 패가망신하고 아내마저 잃었다.

30세에 방황하던 중 우연히 은거기인을 만났다. 은거기인에게 변검술을 비롯한 다양한 재능을 인정받고 제자가 됐다. 그때부터 내공심법을 연마하고 변검술과 역용술의 조화를 이루어 변장에 있어서는 가히 최고의 경지에 이르렀다.

35세에 스승이 자객들로부터 살해당했다. 스승은 영약과 무공비서를 남겼다.

1년 후, 사악한 무공비서를 가졌다는 이유로 무림의 공적이 되어 쫓기기 시작했다. 숱한 죽을 고비를 넘기면서 악착같이 살아남았다.

무려 20년 동안이나······.

55세에 영약의 기운을 완전히 흡수하고, 스승의 무공비서를 통달했다. 그때부터 자신을 죽이려고 찾아온 자는 남김없이 죽였다.

60세에 혈마교(血魔敎)를 창설했다. 이제 무림의 누구도 그를 죽이려고 덤벼들지 못했다.

65세에 중원을 종횡무진하며 살풍(殺風)을 일으켰다.

지나온 세월에 대한 복수인가. 그는 손속에 사정을 두지 않았다. 여인과 아이마저도 잔인하게 도륙했다. 중원은 피로 얼룩졌고, 무인들은 공포에 떨었다.

그리고 70세.

고된 삶이었다.

버림과 배신으로 얼룩진 인생. 숱한 죽을 위기 속에서 발악하듯이 살아남았다.

그리고 지금, 또 한 번의 고비를 앞두고 있다.

"클클클, 이게 얼마만인가."

그가 히죽 웃었다.

거뭇한 피부와 대조되는 새하얀 치아가 훤히 드러났다. 허옇게 센 머리카락은 아무렇게나 헝클어져서 뻣뻣하게 굳어 있었다.

백귀(白鬼), 광귀(狂鬼), 악귀(惡鬼), 살마(殺魔), 혈마(血魔)…… 등등등!

전부 그를 두고 이르는 말이다.

세상에서 가장 악하고 무서운 호칭만이 그를 표현할 수 있다. 아니, 그 어떤 것이라도 부족한 표현이리라.

그는 완전히 살인에 미쳐 버린 괴물이니까.

당대 혈마교의 교주.

그를 부르는 숱한 호칭 중에 인(人)이라는 글자는 절대 들어가지 않는다.

그의 공식적인 별호는 혈마존(血魔尊).

스윽.

혈마존이 검을 들어 올렸다. 검신은 때가 타서 그런지 거뭇하고, 검날은 이가 나가서 우둘투둘한 것이 영 볼품없었다. 손잡이에는 망혼(忘魂)이라고 적혀 있었다.

"아미타불, 인명은 재천이거늘 그대는 어찌하여 끔찍한 살상을 즐기는가? 내 그대에게 마지막 기회를 주겠네. 스스로 죄를 물어 뉘우침이 어떠한가? 그대가 참회하여 그 대가로 사악한 힘을 버린다면 더 이상 죄를 묻지는 않겠네."

승복을 입은 대사가 합장하며 말했다.

소림의 방장, 현정(賢正) 대사다.

무림 고수들은 그를 두고 혈마존을 잠재울 수 있는 유일한 성인이라고 입을 모았다. 만약 이 시대에 현정 대사가 없었더라면 무림은 마인의 시대가 됐을지도 모른다는 말이 나돌 정도였다.

흑(黑)과 백(白)의 거탑.

그 두 사람이 오늘 호북(湖北)의 융중산(隆中山), 암운루(暗雲嶁)에서 만났다. 한데 암운루에는 두 사람 외에도 네 사람이 더 있었다.

마치 사냥감을 놓고 기회를 엿보는 맹수들처럼 혈마존을 둘러싸고 무시무시한 기운을 뿜어내고 있는 자들. 하나 사냥감으로 보기에는 혈마존의 기운이 그들 개개인을 훨씬 능가하고 있었다.

혈마존이 주위를 슥 둘러보았다.

무당파의 문주 청위자(靑爲子), 화산파의 매화제일신검(梅花第一神劍)으로 불리는 우위건(遇威建), 당대 최고 세가로 꼽히는 하북 팽가의 가주 팽양문(彭陽文), 마지막으로 개방의 방주 소취개(小醉丐)까지.

혈마존이 땅이 떨릴 정도로 웃어댔다.

"크하하하! 본좌에게 스스로 단전을 때려 부수라는 것이냐? 땡중이 대가리에 햇볕을 너무 쬐여서 실성했나 보군."

"대사께서 친히 기회를 주셨거늘 그대 스스로 발로 걷어차는구나!"

매화제일신검의 목소리였다.

이어서 팽양문이 목소리를 높였다.

"굳이 벌주를 마시겠다면 대의를 위해 손을 쓸 수밖에!"

"결국 이 방법을 쓰게 되는구려."

마지막으로 말을 맺은 사람은 무당의 청위자였다.

그들이 스르르 움직였다.

현정 대사를 중심으로 다섯 명은 어떤 규칙을 가지고 보법을 밟고 있었다.

능지처사진(陵遲處死陣).

한 번 잡은 상대를 절대 놓치지 않고 참살하고야 마는 진. 능지처사진에 당한 자는 일격에 죽지 않는다. 사지가 천천히 도검에 도려지면서 서서히 죽어간다. 일격으로 죽이기 힘든 궁극의 고수를 상대할 때만 펼치는 진이다.

사실 정도문파에서는 이 진을 사용하는 것을 금지시켰다. 그 손속이 너무나 잔인하기 때문이다. 어떤 면에서는 능지처사진은 상대에게 죽음보다는 고통을 주기 위한 진이라고 볼 수도 있었다.

하나 혈마존을 상대하기 위해서는 그들도 어쩔 수 없었다.

"그놈의 빌어먹을 대의, 대의! 지겹지도 않나? 그 잘난 대의 때문에 본좌의 인생이 고달파!"

"아미타불, 장례는 치러줌세."

"시건방진 소리 하고는!"

파핫!

혈마존이 바닥을 박차고 튀어 올랐다. 그의 거뭇한 검신에서 푸른 광채가 휘몰아치듯 솟아났다.

"합!"

쩌엉!

단 일합으로 태산이 송두리째 흔들릴 만큼 요란한 소리가 터졌다. 맞부딪친 현정과 혈마존이 동시에 튕겨 나가며 바닥을 밟고 주르륵 미끄러졌다. 주위를 에워싸고 있는 명숙(名宿)들은 상황에 따라 탄력있게 진을 유지하며 보법을 밟았다.

구르릉… 구릉……!

여섯 사람의 사투를 하늘도 지켜보는지 검은 먹구름이 몰려들기 시작했다.

혈마존이 천천히 옆으로 걸음을 옮겼다. 그를 에워싼 다섯 명도 자연스레 걸음을 옮겼다.

툭, 투둑, 쏴아아아—

빗방울이 떨어지는가 싶더니 이내 폭우가 쏟아졌다.

"하앗!"

혈마존이 먼저 소리를 내지르면서 쏘아져 나갔다. 맞은편에서 현정 대사가 비를 뚫으며 부딪쳐 왔다. 찰나, 사방의 명숙들도 화살처럼 쏘아져 나갔다.

쩌엉! 쩡! 쩌엉!

천지가 뒤흔들린다. 여섯 사람의 합이 어우러질 때마다 폭우는 폭풍으로 변한다. 가히 강호의 역사에 새겨질만 한 싸움이었다.

쿠르릉… 쿠르르릉! 쾅!

날씨도 더욱 사나워졌다.

바닥 군데군데 고였던 빗물은 서서히 붉은색으로 물들어갔다.

상처를 입은 자는 여섯 모두!

과연 혈마존은 만만한 상대가 아니었다.

다섯 사람이 합공해서 그에게 상처를 입히면, 반드시 다섯 중 하나는 그보다 더한 상처를 입어야 했다.

얼마나 길고 처절한 싸움이 이어졌을까?

번쩍!

한줄기의 번개가 암운루 위에 수직으로 떨어졌다.

쫘앙!

쏟아져 내리던 비가 사방으로 튕겨 나갔다.

"웃!"

"크웃!"

명숙들이 튕기듯 물러섰다.

쏴아아아—

잠시 후, 비는 다시 아무 일도 없었다는 듯 시원하게 쏟아졌다.

번개가 떨어진 자리에는 시커멓게 그을린 자국이 생겼다.

그런데… 조금 전까지 싸우던 혈마존.

어디에서도 그의 모습을 찾을 수 없었다. 천지를 격동시켰던 그 혈마존이 감쪽같이 사라지고 말았다.

현정 대사와 명숙들이 호흡을 가다듬으며 주위를 찬찬히 살폈다.

그래도 보이지 않는다.

쏴아아아……!

그저 세차게 쏟아지는 빗방울만 텅 빈 자리를 가득 채울 뿐이었다.

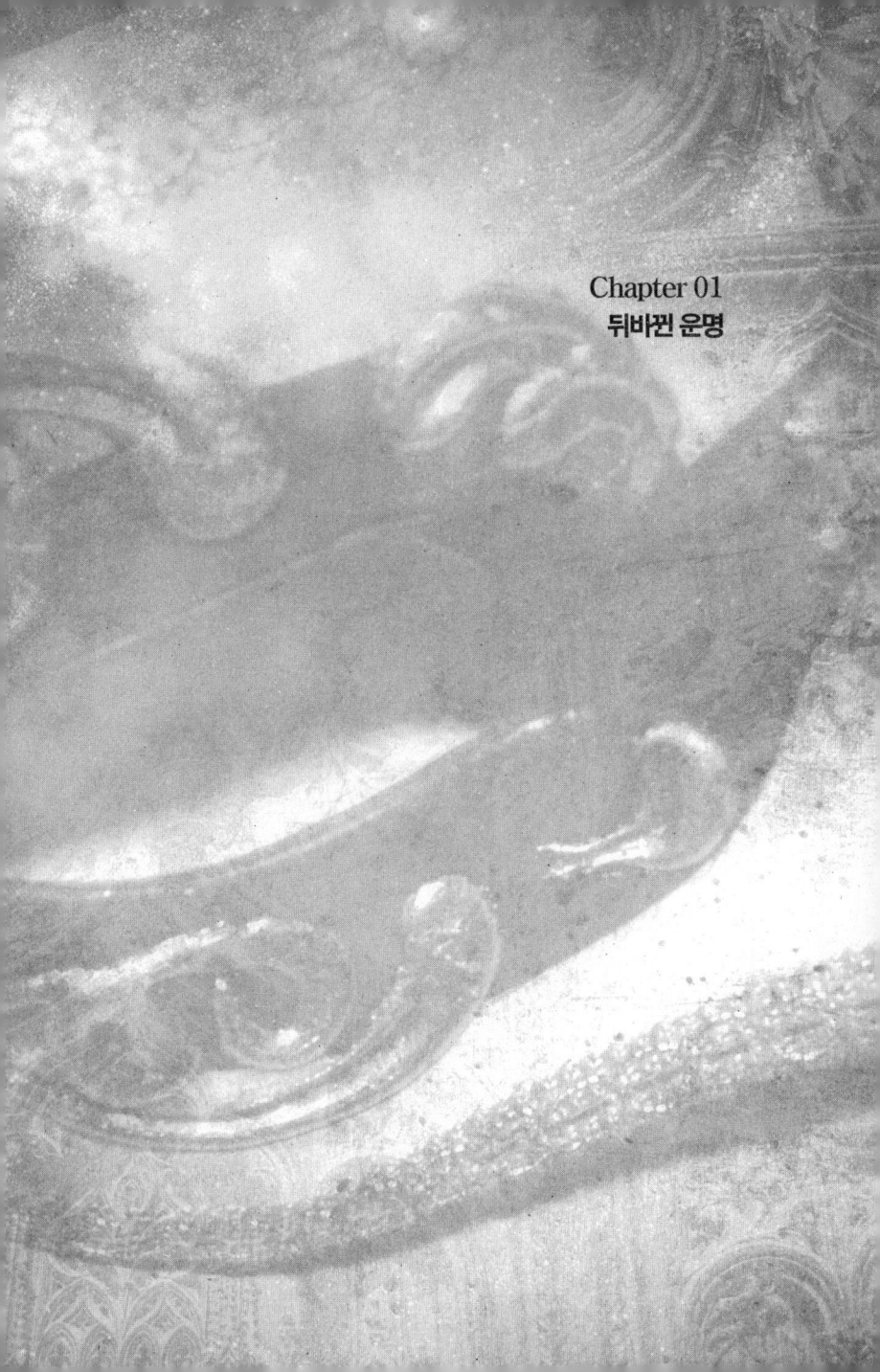

Chapter 01
뒤바뀐 운명

가면의
레온

"뭐? 아직도 레온이 돌아오지 않았다고?"

주방에서 야채를 다듬고 있던 데이먼이 깜짝 놀라서 소리쳤다.

그는 얼른 주방 뒷문을 열었다.

쏴아아아—

문을 열자마자 강한 바람과 함께 비가 몰아쳤다.

번쩍! 우르릉, 꽈앙!

때마침 번개가 치고, 천둥까지 요란하게 울려댔다.

하늘에 구멍이라도 뚫렸나.

갑자기 내리기 시작한 비는 세상을 온통 물에 담가 버릴 기세였다.

"이런……!"

데이먼은 주먹을 콱 말아 쥐고는 망연자실한 표정으로 하늘을 올려다보았다.

그의 뒤로 조심스럽게 다가온 브란이 걱정스러운 목소리로 말했다.

"큰일입니다. 프리프에서 여기까지 오는 동안에는 마땅히 비를 피할 곳도 없을 텐데… 가지고 오던 소금이 젖기라도 하면……."

"지금 소금이 문제인가!"

데이먼이 뒤를 홱 돌아보고는 버럭 소리쳤다.

브란은 사장의 기세에 억눌려 더 이상 아무런 말도 꺼내지 못했다.

'큰일이군.'

데이먼은 턱을 매만지며 주방 한쪽에서 연신 서성거렸다. 조금 전만 해도 마른하늘이었건만 이토록 비가 쏟아질 줄이야.

브란의 말대로 프리프에서 이곳까지 오는 동안 마땅히 비를 피할 곳은 없었다. 피한다고 해봐야 숲의 나무 아래가 고작이다.

하지만 오늘처럼 억수같이 비가 퍼붓는 날, 그런 곳에서 비를 피한다는 건 불가능한 일이다. 가지러 갔던 소금은 모두 비에 젖어 녹아버렸다고 봐야 한다.

그보다도 심각한 문제는 레온이다.

레온은 이곳에서 일하기 시작한 이래 단 한 번도 약속을 어긴 적이 없는 아이였다. 시간을 철저하게 지키는 아이다. 한데 아직도 돌아오지 않았다니!

아무리 비가 퍼붓고 있다고 한들, 레온이라면 다 녹아버린 소금 포댓자루라도 가지고 왔어야 했다.

'무슨 일이 생긴 게 틀림없어!'

"브란!"

"예, 사장님."

브란이 얼른 데이먼 가까이 다가와 말을 기다렸다.

"사람들을 최대한 동원해서 레온을 찾아보도록 하지."

"예, 최대한 서두르겠습니다. 레온은 제게 맡겨주시고……."

"아닐세! 나도 같이 찾아보겠네. 레온이 아직까지 돌아오지 않을 리가 없어. 필시 무슨 문제가 생긴 게야. 가봐야겠어."

"그럼 내일 단체 예약 손님들에게 나갈 음식은 어떻게……."

데이먼은 우의를 챙겨 입으면서 브란의 말을 가로질렀다.

"어차피 소금이 없으면 음식도 틀렸어. 사람을 보내서 내일 예약은 불가피하게 준비되지 못했다고 양해를 구하도록 하게나. 손해 배상 문제는 상세히 받아 적어 오도록 하고."

말을 마친 데이먼은 브란의 대답을 듣기도 전에 뒷문을 열고 나갔다.

　　　　　*　　　　*　　　　*

쏴아아아—

　굵은 빗방울이 숲속 곳곳에 떨어지며 대지를 차갑게 적셨
다. 어찌나 비가 세차게 쏟아지는지 지면에 튕겨지는 물방울
들은 회뿌연 안개마저 만들어내고 있었다. 마치 달아오른 대
지가 차가운 빗물에 열을 뿜어내며 식어가는 듯한 인상이었
다.

　그런데 그 숲 한쪽에 유난히 짙은 안개가 피어오르는 곳이
있었다. 그리고 조금만 더 유심히 살펴보면 그것이 안개가 아
니라 연기라는 것도 금방 알아챌 수 있으리라.

　연기와 안개가 뒤엉키며 풀풀 피어오르는 그곳.

　한 청년이 너덜너덜한 옷차림으로 쓰러져 있었다.

　이제 막 스무 살이나 되었을까? 여린 체구의 청년은 차가운
빗방울을 맞으면서 조금씩 의식을 되찾아가고 있었다.

　"크으……!"

　이윽고 청년은 이마를 짚으며 눈을 떴다.

　굵은 빗줄기가 사정없이 그의 얼굴을 향해 쏟아져 내리고
있었다.

　그는 머리가 깨질 것 같은 두통을 눌러 참으며 가까스로 윗
몸을 일으켰다.

　"빌어먹을. 어떻게 된 거야?"

　곱상한 청년의 입에서 외모와 전혀 어울리지 않는 욕지기가

튀어나왔다.

그는 이맛살을 잔뜩 구기고 주위를 천천히 둘러보았다.

숲 한쪽에 수레가 옆으로 넘어져 있고, 포댓자루가 질척한 바닥에 나뒹굴고 있었다. 그리고 자신의 바로 옆에는 망혼(亡魂)이라고 적힌 검 한 자루가 놓여 있었다. 청년은 아무렇지도 않게 그 글자를 읽어냈다. 그리고 당연하다는 듯 검을 쥐었다.

"크음, 여기… 어디지?"

나무를 짚고 비틀비틀 일어난 그는 쓰러진 수레로 터벅터벅 걸어갔다.

"때려죽일 놈의 땡중도 보이지 않고."

그는 이번에도 어울리지 않는 표정으로 막말을 뱉으며 누군가를 찾는 듯 두리번거렸다.

하늘에 구멍이라도 뚫린 것처럼 비가 쏟아지는데도 목이 탔다.

청년은 마실 물을 찾아 걸음을 옮겼다.

조금 걸어가다 보니 움푹 파인 바닥에 빗물이 가득 고여 있었다. 그는 웅덩이 앞에 엎드려 허겁지겁 빗물을 들이켰다.

그리고 몸을 일으키려는 찰나, 그는 물에 비친 자신의 외모를 보고 기겁했다.

"어헉!"

청년은 그제야 뭔가 잘못됐음을 직감하고는 자신의 몸을 더듬었다.

호리호리한 체격에 유약한 몸.

'내가… 아니다!'

"이건… 나… 혈마존이 아니다!"

그가 벌떡 일어나며 소리쳤다. 그는 격심한 두통에 비틀거리다가 나무에 등을 기대고는 곰곰이 기억을 더듬어보았다.

마지막으로 현정 대사와 명숙들의 합공을 물리쳤을 때, 벼락을 맞았다. 그런데 그 후, 영혼은 엉뚱한 청년의 몸에 들어와 버렸고, 몸뚱이는 어디론가 날아가 버렸다. 아니면 외모가 완전히 변해 버린 건가?

이걸 어떻게 해석해야 하나! 혹시 그 빌어먹을 땡중의 술수인가! 아니면 벼락 때문에 뭔가 초자연적으로 뒤틀린 것일까?

어느 쪽이든 상황이 빌어먹게 됐다.

"이런, 니미럴!"

분에 복받쳐 고함을 내지르던 혈마존은 순간 전신을 칼로 찌르는 듯한 고통을 느끼고는 격하게 기침을 토해냈다.

"커헉! 쿨럭! 쿨럭!"

피를 한 움큼 토해낸 혈마존은 나무기둥에서 미끄러지듯 주저앉았다. 그는 천천히 의식을 잃어갔다.

'쳐죽일 놈의 땡중… 만나면… 가만두지…….'

가물가물해져 가는 의식 저 멀리서 누군가의 고함 소리가 들려왔다.

"저기다! 저기 레온이 있어!"

"레온! 정신 차려! 레온…….'

하지만 혈마존의 눈은 이미 허옇게 뒤집어지고 있었다.

'빌어먹을… 레온이라니… 이 청년의 이름이었나? 본좌는 레온이 아니라 혈마존이야. 그런데… 처음 들어보는 언어인데… 여긴 남만인가? 아님, 서역……?'

결국 혈마존은 그 생각을 끝으로 완전히 의식의 끈을 놓아 버렸다.

그는 만신창이가 된 몸과 정신적 충격 때문에 자신이 어떻게 이들의 언어를 알아들을 수 있는지 의문을 품을 여유조차 없었다.

물론, 의문을 품었다고 한들 초자연적으로 뒤틀린 이 괴현상에 대해 이해할 리도 없었겠지만.

*　　　*　　　*

"끄으음. 으으음."

혈마존은 악몽에 시달렸다.

대머리 독수리에게 쫓기는 꿈이었다. 대머리 독수리는 날갯짓을 한 번 할 때마다 '아미타불'을 외쳐댔다. 그리고 그 소리가 들릴 때마다 하늘에서는 벼락이 내리쳤다.

혈마존은 대머리 독수리와 벼락을 피해서 계속 내달렸다. 평소 같았으면 이런 독수리쯤은 천멸살검(天滅殺劍) 일로(一路)만 휘둘러도 끝내 버릴 수 있을 터였다.

한데 지금의 혈마존은 어찌 된 건지 불과 다섯 살밖에 되지 않은 꼬마아이였다. 그에게는 천멸살검 따위를 시전할 수 있는 힘이 없었다.

결국 혈마존은 돌부리에 발이 걸려 넘어지고 말았다. 그래서 자신을 향해 내려치는 벼락을 미처 피하지 못했다.

쫘앙!

"끄아아악!"

혈마존은 몸을 벌떡 일으켰다.

"허억, 허억."

그는 숨을 가쁘게 몰아쉬며 두 손으로 얼굴을 감쌌다.

'뭔가… 기분 나쁜 꿈을 꾸었다.'

온몸이 땀으로 후줄근했다. 자신이 누워 있던 침대의 담요도, 덮고 있던 이불도 땀에 젖어 눅눅했다.

'무슨 꿈이었지?'

막상 악몽에서 깨어나니 꿈 내용이 전혀 기억나지 않았다. 머리는 깨질 듯이 아팠다. 이도 갈았는지 턱과 이가 얼얼했다.

"레온!"

그때 방문이 열리면서 중년의 사내가 달려들어 왔다. 누런 턱수염이 보기 좋게 번져서 편안한 인상을 주는 남자였다. 그는 걱정과 반가움이 뒤섞여 잔뜩 상기된 표정이었다.

'레온이라니… 누구……'

혈마존은 얼떨떨한 기분으로 중년인을 마주 보았다. 중년 남자는 눈물까지 그렁거리며 레온의 곁에 다가와 앉았다.

"이제 정신이 들었니?"

사내의 눈빛과 표정을 보니 필시 자신을 보고 하는 말이었다.

혈마존은 호흡을 고른 후 기력이 쇄진한 목소리로 말했다.

"사람을 잘못 보았군. 본좌는… 레온이 아니다."

"레온? 무슨 소리를 하는 게냐? 본좌라니? 무슨 말이냐? 네가 레온이 아니면 누구란 말이냐? 아직 몸이 성치 않은 모양이구나."

중년인은 근심이 가득한 표정으로 다시 혈마존을 눕히려고 부축했다.

하지만 혈마존은 그의 손을 탁 뿌리쳤다.

그는 당황한 표정으로 바라보는 중년인에게 차갑게 일렀다.

"본좌는 레온이 아니라… 본좌는… 본좌는…….."

순간 혈마존은 눈을 부릅뜨고 아무 말도 할 수 없었다.

'이럴 수가! 아무것도… 기억이 나지 않는다!'

혈마존은 당황한 기색이 역력한 채 주위를 둘러보았다.

열린 창으로 불어오는 따스한 바람. 하늘거리는 커튼. 조금 작지만 아담한 크기의 방은 단정하게 정리되어 있어 포근했다.

한데 이 모든 광경이 생소했다.

방을 찬찬히 둘러본 혈마존은 마지막으로 중년인을 바라보았다. 중년인 역시 영문을 몰라 어리둥절한 표정으로 레온을 마주 보고 있었다.

"본좌는… 누구지?"

"레온, 설마 아무것도 기억이 나지 않는 게냐? 이거 큰일이구나! 계속 이상한 말만 하고."

그러고 보니 이 중년인이 하는 말도 뭔가 생소했다. 어쩐지 꿈속처럼 다른 세계에서나 사용하는 말처럼 들렸다. 한데 의미는 모두 알아들을 수 있었다.

'내가 아직도 꿈을 꾸고 있나?'

혈마존은 머리를 세차게 흔들었다.

하지만 어지럽기만 할 뿐 상황 파악을 하는 데에는 전혀 도움이 되지 않았다.

중년인이 밖을 향해 소리쳤다.

"브란! 브란!"

잠시 후 계단을 달려 올라오는 소리가 들리더니 문이 열리고 누군가 들어왔다.

옷을 깔끔하게 차려입은 그는 삼십대 초반 정도의 나이로 보였고, 역시 사람 좋은 인상을 가지고 있었다.

"부르셨습니까, 사장님? 아! 레온, 일어났구나!"

그 역시 혈마존을 보고는 반갑게 소리쳤다.

하지만 곧 이어진 중년인의 목소리에 그의 표정도 딱딱하게 굳고 말았다.

"가서 헤일즈 선생님을 모셔오게! 아무래도 레온이 이상하네. 나도 못 알아보고 아무것도 기억을 못하는 것 같네!"

"그, 그런! 당장 모시고 오겠습니다!"

브란이 헐레벌떡 방을 나가고 나서, 중년인은 측은한 표정으로 혈마존을 바라보았다.

"나를 못 알아보겠느냐? 네가 열 살 때부터 우리 집에 와서 일하지 않았느냐? 나는 아직도 그때 네가 나에게 했던 말이 생생하게 기억이 난단다. 넌 처음 보는 내게 또렷또렷한 표정으로 말했었지. 일찍이 부모를 잃어 너를 보증해 줄 사람은 아무도 없지만, 믿고 일만 시켜준다면 절대 실망시키지 않겠다고. 돈도 필요 없고, 먹여주고 재워주기만 해도 은혜에 보답하겠다고 말이야. 나는 아직도 그때 너의 딱 부러진 표정이 생생하게 기억나는데. 그게 벌써 정확히 십 년 전이구나."

혈마존은 멍한 표정으로 중년인의 이야기를 들었다. 하지만 아무것도 기억나지 않았다. 이 남자의 말대로라면 자신은 이곳에서 십 년을 일했고, 나이는 이제 스무 살이 되었다는 말이다.

한데 십 년을 함께 생활한 이 남자도 생소했고, 자신의 나이마저도 생소한 지경이니, 그런 세세한 것이 기억날 리가 없었다.

'내가 고아였다고? 그리고 스무 살. 이곳에서 일한 지 십 년?'

혈마존은 자신을 가리키는 여러 단서들을 두고 머리를 쥐어짰다.

모르겠다. 아무리 생각해도 모르겠다.

'내가 누군지를!'

*   *   *

흰 가운을 입은 남자는 자신을 헤일즈라고 소개했다. 그는 사십대 중반의 사내였는데, 나이에 비해서 머리카락이 희끗희끗했다. 하지만 이목구비가 뚜렷하고 지적인 이미지를 풍기는 호남형이었다.

헤일즈 역시 혈마존에게 자신을 못 알아보겠냐고 물었다. 그의 말에 의하면 그 역시 혈마존과 상당히 각별한 사이였고, 자주 대화를 나누던 사이좋은 관계였다는 것이다.

하지만 혈마존의 기억에 헤일즈와 관련된 것이 남아 있을 리가 없었다.

헤일즈는 혈마존과 마주 앉아서 이런저런 질문을 해댔다.

"네 이름이 무엇이니?"

"본좌는… 본좌는… 기억이 안 난다."

"흐음. 아까부터 본좌, 본좌 하는데 그게 무슨 뜻이니?"

"본좌는 나다."

"그럼 네 이름이 본좌라는 것이니? 자, 그럼 본좌야, 네 성은 무엇이니?"

"멍청한!"

혈마존이 갑자기 버럭 소리쳤다.

산짐승도 잡아먹을 것처럼 부리부리한 눈동자로 헤일즈를 노려보았다. 전신에서는 숨이 막힐 듯한 살기가 휘몰아쳤다.

그렇지 않아도 답답한데 옆에서 더 답답한 소리를 해대니

본의 아니게 그의 천성이 드러나 버린 게다.

갑작스런 상황에 놀란 것은 헤일즈뿐만 아니었다. 곁에 있던 데이먼도 하마터면 의자에서 넘어질 뻔했다. 가까스로 정신을 차린 데이먼이 얼른 다가가 그를 달랬다.

"레온, 너를 위해서 그러는 거란다. 지금은 조금 답답하겠지만 차분히 대화를 해보는 게 어떻겠니?"

그제야 혈마존도 스르르 눈에 힘을 풀고 살심을 누그러뜨렸다. 동시에 그는 자신을 위해 이렇게도 애써 주는 사람들에게 순간적으로 살심을 품었다는 것 자체에 대해 회의감을 느꼈다.

'내가 지금 무슨 짓을. 모두 나를 위해 애써주고 있지 않나.'

인간의 천성은 본래 선한 것인가. 아니면 혈마존의 천성이 본래 선했던 것인가.

중원을 호령하던 시절, 여인과 갓난아이에게마저도 살육을 강행했던 그가 지금은 순간적인 자신의 분노를 돌아보며 반성하고 있었다. 어쩌면 이런 모습도 그의 기억이 모두 사라졌기 때문에 가능하리라.

혈마존이 진정이 되자 헤일즈는 다시 조심스럽게 말을 붙였다.

"네 이름은 레온이란다."

"레… 온."

"그래, 그게 너의 이름이란다. 너는 벼락을 맞고 일주일째

의식을 잃고 있었단다. 어찌 보면 너는 신의 축복을 받은 걸지도 모르겠구나. 살아 있는 게 기적일 정도니까 말이다."

'지랄하네. 벼락 맞은 게 신의 축복이란 말이냐!'

혈마존은 속에서 울화가 치밀었지만 가까스로 억눌렀다. 그러면서도 그는 스스로 왜 이렇게 성질이 못돼먹었는지 이해가 되지 않았다.

'도대체 기억을 잃기 전의 나는 어떤 놈이었기에 이 따위로 꼬여 있는 거지?'

문득 혈마존이 고개를 번쩍 들었다.

그저 궁금한 것이 있어서 고개를 든 것일 뿐인데, 그 눈매가 워낙 매서웠기에 헤일즈와 데이먼은 헛바람을 집어삼키고 말았다.

"왜, 왜 그러니?"

"한 가지 묻고 싶은 게 있다."

"마, 말해보렴."

처음부터 꼬박꼬박 반말만 내뱉으니, 헤일즈는 난감한 표정이었다.

"본좌는 기억을 잃기 전, 어떤 새끼… 아니, 어떤 놈이었지?"

"너는 총명하고 착한 아이였지. 맡은 일을 성실하게 하고, 모두에게 사랑을 받는 아이였단다. 데이먼은 너를 친아들처럼 여겼고, 너 또한 데이먼을 친아버지처럼 따랐단다."

"흐음. 나쁘지 않군."

"하하, 혹시 번개를 맞았던 그날, 기억나는 건 없느냐? 굳이 그날이 아니라도 좋다. 과거의 기억이면 어떤 거라도."

혈마존은 고개를 저었다.

머릿속은 그야말로 백지장처럼 하얗다. 아무것도 기억나지 않았다.

"없다."

"그날 너는 이웃 도시 프리프에 가서 소금을 받아오는 길이었지. 그리고 오는 도중 번개를 맞은 거야. 프리프가 해변 도시라는 건 알고 있지?"

"모른다."

"음?"

헤일즈는 눈썹을 찌푸리고 손으로 턱을 괴었다.

이 부분은 조금 이상했다.

보통 기억을 상실한 환자의 경우, 자신의 경험에 한해서 기억을 잃는 것이 보통이다. 때문에 환자들은 자신이 사용하는 언어나 그 외의 다양한 지식들은 잊지 않고 기억한다. 한데, 지금 레온의 증세를 보면 뭔가 묘하게 뒤틀려 있었다. 왜인지 알아야 할 것과 몰라야 할 것들이 뒤죽박죽이었다.

"본좌는 무슨 일을 하는 사람이지?"

"이 식당에서 잔심부름을 하며 거들어주고 있었단다."

헤일즈가 다시 부드럽게 웃으며 대꾸했다.

"본좌가 그딴 일을……!"

혈마존이 다시 불같이 화를 내려다가 가까스로 억눌러 참

왔다.

아무리 생각해도 자신이 화를 낼 이유가 없지 않나. 그러고 보니 헤일즈의 말대로라면 자신은 이들에게 많은 은혜를 받은 몸이지 않나.

이들의 표정이나 행동, 말투를 봐서 거짓말을 할 사기꾼들처럼 보이지는 않았다.

그런데도 자신은 꼬박꼬박 이들을 향해 반말로 지껄이고 있는 것이다.

"미, 미안… 합니다."

의외로 차분해진 반응에 헤일즈와 데이먼은 또 한번 놀랐다.

이번에는 그래도 좋은 변화였다. 어쩌면 조금씩 레온의 본 성격이 돌아오는 것인지도 몰랐다.

헤일즈가 조금 들뜬 목소리로 말했다.

"하하, 괜찮네. 아무래도 이제 막 의식을 되찾은 네게 너무 무리한 기대를 한 것 같구나. 아, 마지막으로 이 거울을 한번 보겠니?"

헤일즈는 어른 몸통만 한 거울을 내밀었다.

혈마존은 거울을 가만히 들여다보았다. 병약한 몸이 거울 속에 비쳤다. 번개를 맞아서 더 그렇겠지만, 본래부터 허약한 체질인 듯했다.

헤일즈가 싱긋 웃으며 말했다.

"이게 너란다. 너는 이렇게 살아 있단다. 그것만으로도 신의 축복이지 않겠니? 힘을 내고 곧 건강을 되찾기를 바란다."

"하지만… 거울 속 본좌의 모습은 어쩐지 본좌 같지가 않소. 생소하기만 하군요."

혈마존은 기운없는 표정으로 대꾸했다.

"그래도 살아 있다는 것은 모든 가능성이 열려 있다는 뜻이란다. 기억이 없으면 어떻겠니? 이제부터 너를 만들어가는 것이 중요하지 않겠느냐?"

그 말을 끝으로 헤일즈는 자리에서 일어났다.

이제 겨우 정신을 차린 사람을 붙들고 너무 오랫동안 스트레스를 주면 도리어 병세가 악화될 수 있었다.

"그럼 푹 쉬거라."

데이먼은 혈마존을 자리에 눕히고는 헤일즈와 함께 방을 나갔다.

두 사람이 방을 나간 후, 혈마존은 누운 채 이마를 짚었다.

단지, 몇 마디 대화를 나누었을 뿐인데 땀이 흥건했다.

사실 헤일즈와 대화를 나눌 때는 짜증이 치밀어 상대를 죽여 버려야겠다는 생각까지 들었다.

'도대체 난 어떻게 되어먹은 놈이기에 그런 무시무시한 생각을……'

혈마존은 치를 떨며 이불을 덮어썼다.

아무것도 기억이 나지 않는다.

하지만 저들은 자신에게 극진히 잘해주고 있다. 일주일 동안 자신이 건강을 되찾을 수 있도록 간호를 해주었으며, 깨어나자 반가운 표정으로 기뻐했다.

　그런 저들이 자신을 가리켜 '레온' 이라고 했다.

　그렇다면 레온이 맞는 것이다.

　그리고 그들의 말에 의하면 레온은 좋은 사람이었다.

　그렇다면 앞으로 레온으로서 올바르게 살아가면 되는 것 아니겠나.

　그래, 과거 따위야 아무렴 어떤가.

　저렇게 좋은 사람들이 주위에 있다면 과거는 보듬어질 것이다. 그리고 자신은 내일을 보고 걸으면 될 터.

　모든 것이 생소하지만 이게 모두 번개를 맞아서 몸이 아프기 때문일 게다.

　혈마존, 아니, 레온은 그렇게 생각하며 눈을 감았다. 그는 다시 깊은 잠에 빠져들었다.

　하지만 그는 몰랐다.

　자신은 레온이 아니라 과거 중원을 종횡무진하며 악행을 일삼던 혈마존이었다는 것을. 그리고 그가 내뱉는 거친 표현들이나, 불같은 성격들은 기억을 잃기 전 본래 자신의 성격이었다는 것을.

　또한 그가 이들의 말을 알아들을 수 있는 것은 천만다행히도 원래 육체의 주인인 레온의 영혼과 운명적으로 뒤바뀌는 과정에서 인식된 긍정적인 부작용이라는 것도.

　어쨌거나 이 계기로 인해 혈마존은 레온이라는 이름으로 제2의 인생을 살게 된 것이었다.

＊　　　＊　　　＊

"어떻습니까, 선생님?"

레온의 방을 나온 데이먼이 초조한 표정으로 헤일즈에게 물었다.

"아무래도 기억상실증인 것 같습니다."

"기억상실증이요? 그럼 영영 기억을 되돌릴 수 없는 겁니까?"

"글쎄요. 그건 장담하기 힘들군요. 하지만 환자들 중에는 어떤 계기로 인해 기억이 되돌아오는 경우도 많습니다. 다만……."

"다만?"

"레온의 경우는 그 가능성이 조금 낮아 보이는군요."

"허어… 그런 일이."

"하지만 너무 맘 아파하지 마세요. 그리고 레온에게도 기억을 지나치게 강요하지 않는 게 좋을 듯싶습니다."

"명심하지요. 참, 레온의 성격이 저리 된 건……."

"흐음, 그 문제는 저도 의외였습니다. 처음에는 단순히 스트레스성 후유증이라고 생각했습니다만……."

헤일즈는 잠시 말을 끊고 안경을 올려 쓰며 다시 입을 열었다.

"아무래도 조금 다른 증상으로 보이는군요."

"그게 아니라면 다른 원인이라도 있습니까?"

"정확한 원인이라고 단정 지을 수는 없습니다만, 학계에 보고된 바에 의하면, 번개를 맞고 죽다 살아난 사람은 어딘지 다른 사람처럼 성격이나 행동이 변한다고 합니다. 인성이 변하는 것이죠."

"정말 그렇군요. 저는 오늘 레온을 보면서 마치 다른 사람을 보는 듯한 기분이었습니다."

"하지만 레온에게는 여느 때처럼 대해주시기 바랍니다. 환자를 위해서도 그런 환경을 만들어주는 것이 가장 중요합니다."

"예, 기억하겠습니다. 매번 감사합니다, 선생님."

"별말씀을요. 무슨 일이 생기면 또 불러주십시오."

헤일즈는 가볍게 목례를 하고는 계단을 내려갔다. 그가 내려가고 나자 레온의 방 맞은편에서 문이 빼죽 열렸다. 문 틈새로 단아한 외모의 여인이 고개를 내밀었다.

"아빠, 레온은 좀 어때요?"

"아무래도 당분간 안정을 취해야겠구나."

데이먼은 딸을 향해 미소 지었다.

"설마 그 녀석, 저도 기억 못하는 걸까요?"

"음, 레온에게도 조금 시간을 주자꾸나. 혹 기억 못한다고 하더라도 앞으로 우리가 좋은 기억을 심어주면 되지 않겠니?"

"쳇, 누가 약골 아니랄까 봐."

루나는 입을 삐죽 내밀고는 투덜거렸다.

하지만 데이먼은 루나가 누구보다도 레온을 챙긴다는 사실을 잘 알고 있었기에 부드럽게 웃기만 했다. 그녀는 레온보다 한 살 많았는데, 항상 몸이 약한 레온을 친동생처럼 아껴주었던 것이다. 그러다가 레온이 혼자 소금 심부름을 다녀오면서 번개를 맞았다는 소리를 듣고 약간의 자책감마저 느끼고 있었던 게다.

"그러지 말고 걱정되면 한 번 들어가 보지 그러니?"

"그 녀석 기억도 못한다면서요? 괜히 낯선 사람들이 들락날락해서 스트레스 주는 것보단 천천히 보는 게 좋겠어요."

"허허허, 우리 딸 다 컸군."

"아빠!"

결국 루나는 버럭 소리를 지르고는 문을 쾅 닫고 들어가 버렸다.

*   *   *

사흘 후부터 레온은 조금씩 몸을 움직이기 시작했다.

하지만 유약한 몸에 번개를 맞았던 만큼 거동이 쉽지만은 않았다. 한 걸음 한 걸음 떼기가 철추를 매단 것처럼 힘에 부쳤다.

사흘이 지나는 동안 레온은 자신이 누구이며, 어떤 일을 하던 사람인지, 어떤 사람과 함께 사는지 확실히 교육(?)받았다.

데이먼은 '꿈의 밥상'이라는 작은 식당을 운영하고 있었

다. 식당에서 서빙을 하는 종업원은 브란이라는 자였는데, 그
역시 레온처럼 식당 2층에 거주하며 한 가족처럼 지내고 있었
다.

"후우, 착잡하군."

레온은 옥상 난간에 걸터앉은 채 깊은 한숨을 내쉬었다. 그
는 옥상에서 보이는 주변 환경을 찬찬히 둘러보았다.

이곳은 마르텐이라는 작은 도시였는데, 식당은 비교적 도시
변두리에 위치해 있었다.

"기분은 좀 어떠냐?"

서글서글한 인상을 가진 브란이 올라와 레온을 향해 물었
다.

레온은 브란을 돌아보고는 씁쓸한 미소를 지었다.

"좀 복잡한 심경입니다."

그는 차분히 대꾸했다.

요 사흘간 요양을 하면서 성격이 많이 누그러진 레온이었
다.

"그런 큰일이 있었으니 그럴 만도 하지."

브란은 레온의 곁에 다가와 검 한 자루를 불쑥 내밀었다.

"받아라. 네가 의식을 잃으면서도 손에 꼭 쥐고 놓지 않았던
거다. 어디서 이런 골동품을 주웠지?"

레온은 거뭇한 때가 묻어 있고 이가 나가서 우둘투둘한 검
날을 보았다. 오래되어서 그런지, 아니면 번개를 맞았기 때문
인지 검날은 중간이 부러져서 조금 길이가 짧았다.

신기하게도 지금까지 그가 본 어떤 것보다도 친숙한 느낌이
드는 물건이었다.

레온은 자연스레 그 검을 받아 들고는 손잡이에 적힌 글귀
를 읽었다.

"망혼……."

"응? 너 이 글씨 읽을 수 있는 거야?"

레온은 희미하게 고개를 끄덕였다.

브란이 머리를 긁적이며 레온을 신기한 듯 바라보았다.

"거참, 희한한 일이네. 이건 마치 고대어처럼 복잡한 문양인
데. 언제 역사 공부를 한 적이 있었나?"

"모르겠습니다. 그런데 이 글자는 확실히 알고 있습니다."

"거참, 별일이군."

레온은 볼품없는 검이었지만 그것이 마음에 들었다. 그는
다시 고개를 돌리고 마르텐의 평화로운 풍경을 바라보았다. 옥
상에서 이렇게 풍경을 바라보고 있으면 꽤 마음이 편안해졌다.

그런데 그때,

따악!

누군가 레온의 뒤통수를 후려쳤다.

순간 억누르고 억눌렀던 레온의 불같은 성격이 다시금 되살
아났다.

"감히 본좌의 뒤통수를 치다니! 웬 놈이냐!"

격분한 레온이 몸을 홱 돌렸다. 한데 그 순간, 레온은 돌이라
도 씹은 것처럼 딱딱하게 굳은 표정으로 상대를 바라보았다.

금발의 머리카락이 차랑차랑한 여인. 이슬처럼 반짝이는 눈망울에 매끈하고 오똑한 코, 앙다문 입술은 다부져 보였고, 허름한 옷차림이었지만 굴곡 있는 성숙한 몸매가 얼핏 엿보이는 아름다운 여인이었다.

비록 허름하고 후줄근한 옷차림이었지만, 그렇기에 그녀의 아름다움은 흙속의 진주처럼 더욱 빛을 발하는 듯했다. 그녀는 의기양양하게 레온을 쳐다보고 있었다.

잠시 멍하게 바라보던 레온은 그녀의 한마디에 퍼뜩 정신을 차렸다.

"약골, 몸은 괜찮니?"

"웬… 년이냐?"

레온은 저도 모르게 본능적으로 말을 뱉고 나서 즉시 후회할 수밖에 없었다.

'이런 빌어먹을! 이렇게 예쁘고 착하게 생긴 여자에게 웬 년이라니!'

당황한 것은 여자 쪽도 마찬가지였다. 그녀는 어이가 없다는 표정으로 한참 레온을 바라보다가 버럭 소리쳤다.

"너 누나한테 말버릇이 그게 뭐니!"

"이크크! 참아, 루나야. 레온은 지금 정상이 아니잖아."

브란이 얼른 나서서 루나를 말렸다.

하지만 루나는 쉽게 분이 가라앉지 않는지 더욱 열을 올리며 레온에게 화를 냈다.

"아무리 그래도 그렇지! 어떻게 나한테 그런 식으로 말할 수 있어?"

'흠, 이년… 아니, 이 여자가 내 누나였나?'

레온은 뒤통수를 어루만지며 눈살을 구겼다. 기억을 끄집어내고 싶어도 떠오르는 건 아무것도 없었다.

가까스로 루나를 진정시킨 브란이 레온에게 설명해 주었다.

"루나는 사장님의 딸이야. 널 친동생처럼 아껴줬는데 역시 기억이 안 나는 모양이구나."

"음, 그럼 친누나는 아니란 말이군."

레온이 중얼거리자 루나는 입술을 질끈 씹으며 말했다.

"친누나가 아니라서 정말 미안하구나."

"아… 그런 뜻은 아니었다. 미안하군."

레온은 싱긋 웃으며 사과했다.

레온이 의식을 찾고 나서 처음 짓는 미소였기 때문일까? 그의 미소를 본 두 사람은 순간 꿀 먹은 벙어리처럼 입을 다물고 말았다. 두 사람은 마치 마약이라도 들이킨 것처럼 몽롱한 의식 속에서 가까스로 정신을 차렸다.

사실 레온이 지은 표정은 마소(魔笑)의 일종이었다. 중원에서 사내들이 주로 여인을 홀릴 때 사용하는 것으로서, 정신을 사로잡아 의지를 뺏는 고약한 술법이기에 마공으로 분류됐다.

레온은 지금 미약하지만 무의식중에 마소를 지어버린 것이었다.

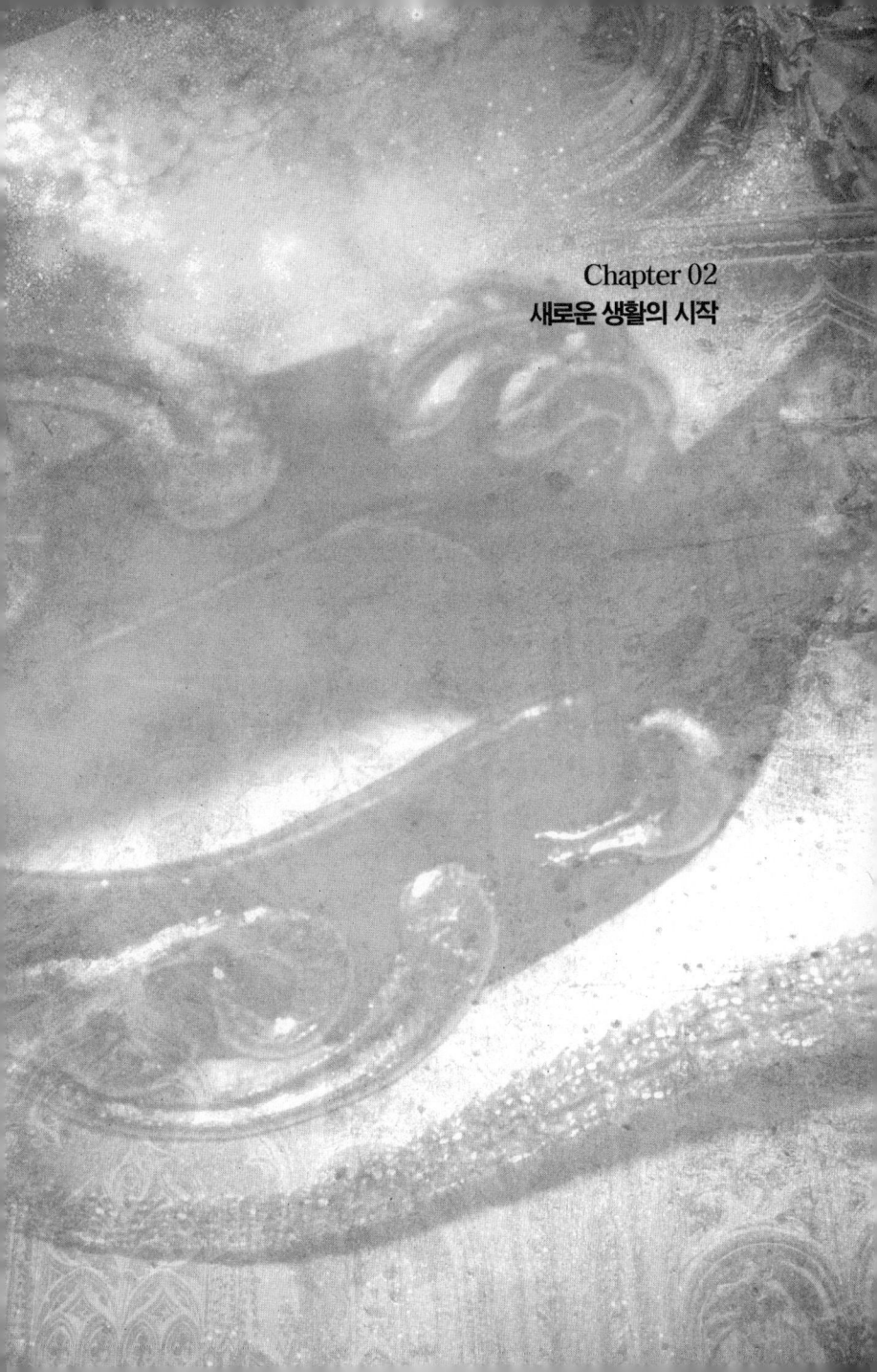

Chapter 02
새로운 생활의 시작

가면의
레온

레온이 의식을 찾고 나서 한 달 뒤.

그는 자유롭게 몸을 움직일 수 있었다. 번개에 맞은 사람이라고는 믿어지지 않을 만큼 빠른 쾌유였다. 그의 주치의였던 헤일즈조차도 믿기 힘든 놀라운 결과라고 감탄했다.

레온은 한 달 동안 자신에 대한 거의 모든 정보를 들었다. 그리고 루나를 통해 이런저런 지식들을 습득했다. 대부분 역사와 정치에 관한 것이었는데, 그녀는 한낱 식당 주인의 딸답지 않게 굉장히 많은 지식을 지니고 있었다.

한편 헤일즈는 경험과 상식 등에 관한 레온의 기억 체계가 묘하게 꼬여 있는 현상에 대해서 매우 의아하게 여겼다.

시간이 흐르고 레온은 자신이 번개에 맞던 날, 정말 중요한 심부름을 하던 중이었다는 것도 깨달았다. 바로 그 다음날 꿈의 밥상은 이례적으로 많은 단체 예약 손님을 받게 된 것이었다.

하지만 하필이면 소금이 부족해서 레온은 이웃 도시까지 가서 소금을 얻어 와야 했다. 한데 소금은 오는 길에 비에 젖어 모두 녹아버렸고, 레온은 번개를 맞고 기절해 버린 것이었다.

이 때문에 꿈의 밥상은 여간 손해를 본 것이 아니었다. 게다가 레온을 치료하기 위해 들어간 약값과 진료비만 해도 어마어마했다.

레온은 이러한 사실을 알고 은혜를 받은 사람들에게 반드시 보답하고자 결심했다. 그리고 무엇보다도 불같은 자신의 성격을 억누르기 위해서 부단히 노력했다.

그리고 한 달 뒤, 레온은 몸이 완쾌된 날부터 부지런히 식당 일을 도왔다.

꿈의 밥상은 작은 식당이었지만, 제법 손님이 드나드는 곳이었기에 일손이 항상 부족한 실정이었다. 주방에서 일하는 사람은 모두 세 명이었는데, 식당 주인인 데이먼과 그를 보조하는 조리사가 두 명이었다.

루나는 주로 카운터를 보았고, 브란과 레온은 홀 서빙을 담당했다.

처음 레온은 접시를 옮기다가도 여러 차례 깨뜨리고, 손님의 몸에 물을 엎지르는 등 실수가 잦았다. 하지만 시간이 조금씩 흐르면서 일에 요령이 생겼고, 나중에는 브란보다도 능숙하게 일처리를 하는 정도까지 이르렀다.

손님이 어쩌다 실수로 식기구라도 떨어뜨리면 레온은 냉큼 달려가서,

"본좌가 새 걸로 갖다 드리겠습니다."

라며 식기구를 교환해 주곤 했다.

그럴 때마다 사람들은 레온의 말투가 재미있다면서 오히려 그를 더 좋아했다.

"레온은 번개 맞고 더 건강해진 것 같단 말이야."

브란이 레온을 보며 중얼거렸다.

마침 곁을 지나던 루나가 싱긋 웃었다.

"정말 다른 사람이 된 것 같지 않아요?"

"그러게 말이야. 저 녀석 보름 전부터는 매일 옥상에 올라가서 운동까지 하더라고."

브란은 고개를 절레절레 흔들며 다시 접시를 날랐다.

브란은 매일 같이 고된 하루를 끝내고 나면 몸이 녹초가 됐다. 침대에 몸을 눕히기가 무섭게 잠이 들었고, 아침 해가 뜨면 잠을 깨는데도 한참 뜸을 들여야 했다.

한데 레온은 어떻게 된 건지 병석에 있을 때도 새벽 다섯 시만 되면 깨어나서 옥상에 올라갔다. 그리고 무슨 운동을 하는지 다시 내려올 때는 전신이 땀에 후줄근하게 젖어 있었다.

확실히 레온은 눈에 띄게 건강을 되찾았고, 지금은 브란의 말대로 예전보다도 훨씬 건강한 모습이었다.

루나는 카운터로 걸어가서 활기차게 일하고 있는 레온을 다

정한 눈길로 바라보았다. 정말 큰일이 있었지만 저렇게 건강을 되찾은 모습을 보니 마음이 훈훈했다.

"이대로 그 녀석들만 나타나지 않는다면……."

언제 다가왔는지 주방에서 잠깐 나온 데이먼이 루나 곁에서 레온을 지켜보며 중얼거렸다.

그의 말에 루나의 표정도 짐짓 어두워지고 말았다.

"그 나쁜 놈들……."

루나는 아랫입술을 꾹 씹었다.

한 달에 한 번씩은 꼭 나타나서 사고를 치는 두 녀석. 그 녀석들은 도시에서도 유명했다. 재벌인 부모만 믿고 이 가게 저 가게 돌아다니면서 온갖 횡포를 일삼는 양아치들이었다.

좀 심하다 싶은 행동도 서슴지 않았는데, 도시에서는 누구도 선뜻 그들을 고발할 수 없었다.

예전에 랄프라는 상인이 그 두 녀석을 고발했다가, 금전에 매수된 병사들이 오히려 랄프에게 영업 정지 처분을 내린 것이다. 그 후로 두 녀석은 더욱 기고만장하여 온갖 행패를 일삼았고, 상인들은 그들이 나타나기만 하면 죽을 맛이었다.

그 녀석들이 이곳에 올 때마다 앞장서서 제재한 사람이 바로 레온이었다.

놈들에게 레온은 그저 심심풀이 장난감 정도에 지나지 않았다.

늘 레온은 그 두 녀석에게 얻어터졌고, 그런 날이면 어김없이 밤새도록 끙끙 앓아누워 있어야 했다. 다음날 일을 못하는 것은 당연지사였다. 그 때문에 의사인 헤일즈와 레온은 서로 보는 일이 잦았고, 많은 대화를 나누며 친해진 것이다.

"괜찮을 거예요. 그리고 무슨 일이 있어도 제가 레온을 지켜 줄 거예요."

루나는 불안한 마음을 억누르며 짐짓 밝은 표정으로 말했다.

*   *   *

똑똑.

노크 소리에 옷을 갈아입던 레온이 대답했다.

"누구세요?"

"나야, 루나. 들어가도 돼?"

옥구슬이 구르는 듯한 목소리가 들리더니, 레온이 채 대꾸도 하기 전에 루나가 문을 열고 얼굴을 내밀었다.

"그럼, 실례."

그녀는 한쪽 눈을 찡긋하며 서슴없이 들어왔다. 레온은 얼굴이 발갛게 달아올라서 얼른 고개를 돌려 버렸다.

'빌어먹을. 왜 쓸데없이 한쪽 눈을 감는 거지? 사술인가!'

윙크에 익숙하지 않은 레온은 심장이 벌떡이는 걸 느끼며 심호흡을 했다. 그는 이 와중에도 냉철하게 자신의 몸 상태를 점검했다. 혈마존 시절의 몸에 배어버린 본능과도 같은 반응이었다.

'심박 속도 상승, 체온 상승, 호흡이 가빠지고 있다. 좋지 않다.'

그때 루나가 놀란 목소리로 말했다.

"어머! 너 몸이 좋아졌구나."

이번에는 루나가 오히려 발갛게 달아오른 표정이 되고 말았다.

레온이 미처 상의를 입기 전이었던 것이다. 레온의 상체는 여전히 마른 체구였지만, 군데군데 근육이 박혀 제법 탄탄한 모습이었다.

언제나 유약한 체구의 동생으로만 생각했는데, 오늘 본 레온은 어쩐지 성숙해 보였다.

"몸이 너무 약해서 운동하고 있었으니까."

"무슨 운동을 하면 한 달 만에 몸이 그렇게 좋아질 수 있는 거야?"

"간단한 운기조식을 했을 뿐이야."

"운기조식? 그게 뭐야?"

처음 듣는 단어를 생소하게 여긴 그녀가 고개를 갸웃거리며 물었다.

레온이 어이없다는 표정으로 루나를 보았다.

'운기조식이 뭐냐고? 이런 무식한!'

하나 그는 곧 차분히 마음을 가다듬었다. 그가 알기로는 루나는 상당히 똑똑한 여자였다. 책 읽기를 무척 좋아하고 방대한 지식을 가진 여자였다.

그래도 그렇지. 운기조식을 모르는 건 좀 이상하지 않은가. 아무리 무공을 수련하지 않았다고 하더라도 한 번쯤은 운기조식이라는 말을 들어보긴 했을 텐데.

기억을 잃더라도 지식은 그대로 남아 있는 경우가 많다. 레온은 자신의 머릿속에 든 잡다한 지식이 중원에 있을 때 습득한 것이라는 것을 전혀 몰랐기 때문에 오히려 루나가 이상하게 느껴진 게다.

"쉽게 말해서 체내의 내기를 운용하는 거야. 몸 안의 혈맥을 따라 기를 순환시키면서 호흡하는 방법이라고 보면 돼."

"내기? 그건 또 뭐야?"

레온이 가볍게 한숨을 내쉬고는 대답했다.

"태어나면서 사람은 누구나 고유의 기를 가지고 태어나. 더 쉽게 말하자면 살아가는 에너지 같은 것이지. 이 기를 선천진기(先天眞氣)라고 해. 그리고 내공을 수련하면 기가 점점 몸에 축적되고 불어서 단전에 모이게 되지. 이렇게 몸 안에 잠재되어 있는 기를 내기라고 생각하면 돼."

"뭔지 모르겠지만 뭔가 대단한 것 같다. 어떻게 그런 걸 잘 알아?"

"그건 본좌가… 본좌가……."

여기서 레온은 말문이 막혀 버렸다.

이러한 것들을 자신이 왜 알고 있는지, 어떤 경위로 알고 있는지 알 수가 없었다.

그러고 보니 이곳 사람들은 진기나 내가무공이라는 것에 대해서 거의 모르는 것 같았다. 자신의 머릿속에 들어 있는 지식이 이곳 사람들과는 어쩐지 겉돌고 있는 느낌이었다.

레온이 생각에 빠져 있을 때, 방을 둘러보던 루나가 돌연 까르르 웃음을 터뜨렸다.

"이게 다 뭐니?"

그녀가 가리킨 것은 벽 곳곳에 붙은 종이였다.

'사람 죽이지 말자.'

'이유 없이 사람 패지 말자.'

'은혜에 보답하자.'

'욱하지 말자.'

'귀찮다고 부수지 말자.'

'착하게 살자.'

그 외에도 황당한 글귀가 많이 붙어 있었다. 전부 감옥에 갇혀 반성 중인 흉악범들이나 생각할 법한 문장이었다.

레온은 왠지 모르게 부끄러워져 서둘러 말을 돌렸다.

"왜, 왜 온 거야?"

"자, 네가 좋아하는 토마토 주스. 오늘 고생한 것 같아서 특별히 만들어 왔어. 마시고 기운 내."

"보, 본좌를 주려고?"

"그래, 너 마시라고 가져온 거야. 사양 말고 드세요."

"고, 고맙다."

레온은 뻣뻣하게 대답하고는 주스를 한입 마셨다. 곱게 갈아진 토마토가 아삭아삭 씹히면서 새콤달콤한 맛이 무척 좋왔다.

'맛있… 군.'

감격해 버린 레온은 저도 모르게 본능적으로 나오는 말을 흘려 버렸다.

"네 이년… 제법 맘에 드는 짓을 하는구나."

불행히도 레온은 마시던 주스를 모두 뺏겼음은 물론이고, 머리에 혹이 나도록 두드려 맞고 말았다.

*   *   *

데이먼과 루나가 우려했던 일은 기어코 터지고 말았다. 레온이 가게 일을 돕기 시작한 지 한 달이 되어가던 때, '그 녀석들' 이 오고 만 것이다.

"음? 우린 멧돼지 구이 시킨 적 없는데?"

덩치가 산적처럼 큰 사내가 심드렁한 표정으로 말했다.

그는 바로 제프리 일가의 장남, 버몬이었다. 며칠 전 데이먼과 루나가 걱정하던 양아치 이인조 중 한 명이기도 했다.

레온이 난감한 표정을 지었다.

처음에도 음식이 잘못 나왔다고 해서 벌써 두 번째 내온 요리였다.

"하지만 손님, 분명히 주문표에 적힌 건 멧돼지 구이라고……."

"그 주문표 누가 적었지?"

"그야… 제가 적었습니다만."

"그럼 잘못 적은 건 누구겠나?"

이것들이 진짜…….

말도 안 되는 시비였지만 레온은 애써 미소를 잃지 않았다.

"하지만 손님, 분명히 주문하실 때 멧돼지 구이라고 하셨습니다."

그러자 버몬과 함께 앉아 있던, 눈이 날카롭게 찢어져 올라간 남자가 말했다. 그는 도시에서 두 번째로 재벌가인 할슈타르 가의 외아들 그란이었다.

"친구, 나도 분명히 들었지만 버몬은 멧돼지 구이를 시킨 적이 없어."

"이래도 우길 텐가?"

버몬이 야비한 미소를 지으며 레온을 물끄러미 바라보았다.

아, 진짜 성질 같으면 이것들 주둥아리를 찢어버리고 눈알을 뽑아버리고 싶다.

레온은 애써 분을 삭이며 브란을 돌아보았다.

브란이 고개를 끄덕였다. 그냥 받아주자는 뜻이다.

레온은 할 수 없이 고개를 숙이고 사죄했다.

"아무래도 제가 잘못 들은 것 같군요. 죄송합니다."

"이번에는 제대로 가져와. 양고기 스테이크로. 와인도 같이."

"양고기 스테이크랑 와인이군요. 알겠습니다, 그럼."

"잠깐."

버몬이 레온의 발길을 잡았다.

"그건 두고 가."

"뭘 말씀하시는 건지요?"

"그거, 멧돼지 구이."

"하지만 이건 주문하지 않으셨다고……."

"어차피 네가 실수한 것 아냐. 그거 버릴 거야? 그러긴 아깝잖아. 그리고 우린 네가 주문을 잘못 받는 바람에 또 한참 기다려야 할 것 아냐. 그러니 보상은 해줘야지."

레온이 다시 브란을 돌아보았다. 브란이 이번에도 고개를 끄덕였다.

"알겠습니다. 그럼 드시면서 잠시 기다려 주시기 바랍니다."

버몬과 그란은 히죽 웃으면서 음식을 받았다.

삼십 분 정도 지나서 레온이 다시 양고기 스테이크를 가지고 왔다.

"손님 주문하신 양고기 스테이크랑 와인입니다."

"음? 무슨 소리야? 양고기 스테이크라니?"

'설마 이번에도 또?'

레온은 빠드득 이가 갈리는 걸 간신히 참았다.

"아까 멧돼지 구이가 잘못된 거라고 양고기 스테이크를 시키지 않으셨습니까?"

"그런 거 안 시켰어. 멧돼지 구이를 먹고 나서 또 양고기 스테이크를 먹을 수 있을 리가 없잖아."

"하지만 분명히……."

"우린 맥주 두 잔과 과일을 시켰는데 왜 이렇게 늦나 했더니. 기껏 가지고 온 게 시키지도 않은 양고기 스테이크야?"

그때 루나가 불쑥 끼어들었다.

"이것 봐요! 적당히 좀 하세요!"

버몬이 루나를 위아래로 훑어보더니 음흉한 미소를 지었다.

"이러다가 직원이 손님 치겠네."

"저도 들었다구요! 분명히 양고기 스테이크라고 말씀하셨잖아요!"

"그란, 내가 그랬나?"

"아니, 난 맥주 두 잔과 과일 안주밖에 못 들었는데."

"이 사람들이 진짜!"

"후후, 화내니까 더 귀여워 보이네."

버몬과 그란은 이 도시의 토박이었다. 루나도 마찬가지였다. 서로를 어느 정도 아는 사이이기도 했다. 물론 레온도.

그들은 요 근래 루나만 보면 음흉한 시선을 던지곤 했었다.

버몬이 능글맞게 웃으며 루나의 엉덩이로 손을 뻗었다. 레온이 그 손목을 꽉 움켜잡았다.

"윽!"

레온이 얼른 버몬에게 귓속말로 속삭였다. 물론 다른 사람은 아무도 듣지 못할 정도로 작은 목소리로.

"손모가지 잘리고 싶나?"

마주 앉아 있던 그란이 벌떡 일어나며 소리쳤다.

"이 녀석이! 그 손 놓지 못할까!"

이쯤 되자 식사를 하던 손님들이 술렁이며 이쪽을 돌아보기 시작했다. 개중 몇 명은 말썽을 부리는 자들이 버몬과 그란임을 알아보고 은근슬쩍 자리를 뜨기도 했다.

식당의 분위기가 심상치 않자 레온은 할 수 없이 손을 놓아 주었다. 자칫 식당을 운영하는 데이먼에게 해가 돌아갈까 염려한 탓이었다.

"건방진 놈!"

버몬이 손목을 어루만지더니 돌연 주먹질을 했다.

빠악!

"레온!"

얼굴을 얻어맞은 레온이 주춤거리며 뒷걸음질쳤다. 그의 입가에서 선혈이 흘러내렸다.

"감히 종업원 따위가 손님을 협박해?"

버몬이 허리춤에서 검을 뽑아 들었다.

그란도 일어나며 검을 뽑았다. 검신이 번쩍였다. 날이 잘 선 검이었다.

"왜, 왜들 이러세요!"

루나가 깜짝 놀라서 소리쳤다.

남은 식당 손님들은 누구 하나 선뜻 나서지 못했다. 대신 숨죽이고 돌아가는 상황을 지켜보기만 할 뿐이었다.

상황이 심각해지자 데이먼이 주방에서 달려나왔다.

"무슨 일입니까? 왜들 이러십니까? 우선 침착하십시오."

버몬이 데이먼을 돌아보며 이죽거렸다.

"방금 당신 딸과 종업원이 날 무시하더라고."

버몬과 그란이 횡포를 부린 게 뻔하다는 걸 알면서도 데이먼은 고개를 숙였다. 이 두 사람을 자극시켜 봐야 좋을 건 아무것도 없었다.

"죄송합니다, 손님. 한 번만 봐주십시오."

"난감하군. 주인장이 그렇게까지 말하니."

"주문하신 음식은 곧 준비하겠습니다."

"잠깐, 아무리 생각해도 그냥 넘어가기엔 너무 기분 나쁘단 말이지."

버몬이 레온에게 잡혔던 손목을 어루만지면서 말했다.

"레온이었나?"

"그렇습니다만."

레온이 차분하게 대답했다.

"내 가랑이 사이를 기어서 지나가면 용서해 주지."

아주 짧은 순간, 레온의 전신에 살기가 휘몰아쳤다.

하나 막상 화가 솟구치자, 오히려 그의 이성은 무서울 정도로 차분하게 가라앉기 시작했다.

사람들 모두 긴장한 표정으로 레온을 지켜보았다.

루나가 나섰다.

"레온, 하지 마! 그런 거!"

"호오? 그럼 가게 한 번 엎을까?"

버몬이 이죽거렸다. 그때였다.

털썩!

"레온!"

레온이 두 손을 바닥에 짚고는 기어가기 시작했다. 버몬이 다리를 쫙 벌리고 섰다. 레온이 그 사이로 지나갔다.

"후후, 이건 서비스야."

지켜보던 그란이 테이블 위에 놓인 와인을 바닥에 쏟아냈다.

"핥아 먹어."

"이봐요!"

루나가 다시 달려들어 소리쳤다.

하지만 레온은 아무런 저항도 없이 바닥에 쏟아진 와인을 핥았다.

"뭐야, 진짜 핥잖아? 하하하!"

"이러니까 꼭 개새끼 같군. 킬킬."

"됐어. 이제 일어나도 좋아."

레온이 몸을 일으켰다. 그의 입가에 와인이 번들번들 묻어 있었다.

버몬이 히죽 웃었다.

"와인 맛이 어떻던가?"

레온이 싱긋 미소 지었다.

"생각보다 숙성이 잘 됐더군요."

버몬이 눈썹을 꿈틀거렸다.

이 애송이가 허세까지 부리나.

"흥! 번개를 맞았다더니 머리가 어떻게 된 모양이군. 가자, 그란."

"주인장, 잘 먹었습니다. 그런데 오늘 우리가 시킨 게 나오지 않아서 안타깝군요."

두 사람은 계산도 하지 않고 식당을 나갔다.

그제야 홀 곳곳에서 두 양아치를 욕하는 소리가 터져 나왔다.

루나가 얼른 레온에게 달려갔다.

"레온, 괜찮아?"

레온은 의외로 밝은 표정으로 대꾸했다.

"응, 괜찮아. 별일도 아닌데, 뭐."

'어휴, 넌 속도 없니?'

루나는 마냥 사람 좋은 레온을 안타깝게 바라보았다.

레온은 묵묵히 식당 구석으로 가서 걸레를 가져와 바닥을 닦았다. 그리고 녀석들이 어질러 놓은 음식들을 정리했다.

아무 일도 없었던 것처럼.

그날 저녁.

레온은 방 복판에 기마 자세로 섰다. 그리고 두 손을 나란히 하고는 천천히 정신을 집중했다.

우우우—

그의 전신에서 아지랑이처럼 열기가 피어올랐다. 잠시 후,

양손에서 뭔가 희미한 기운이 생길 듯하다가 이내 소멸됐다.

"후우, 아직 안 되는군."

지금 그는 두 손을 통해 내기를 뿜어내는 시도를 하는 중이었다. 하나 워낙 몸이 약한지라 내기를 밖으로 밀어내는 것이 여간 힘든 게 아니었다.

도통 체내에 진기가 별로 없었다. 단전에는 내단도 만들어지지 않은 상태.

이상한 점은 몸의 상태와 다르게 기분만큼은 언제라도 진기를 자유롭게 사용할 수 있을 것 같다는 것이다.

사실 이러한 기분이 드는 이유는 그가 혈마존의 시절 아무렇지도 않게 진기를 사용하던 것이 몸에 배어 있기 때문인데, 육체가 바뀌어 버렸으니 가능할 리가 없는 게다.

그래도 레온은 별로 낙심하지 않았다.

왜 이러한 것들을 알고 있는지는 모르지만, 계속해서 연마한다면 틀림없이 원하는 경지를 이룰 수 있을 거라는 생각이 들었다.

'몸이 너무 약해. 난 지금까지 뭐 했던 거지? 몸도 단련시키지 않고.'

기억을 잃은 그는 애꿎게 자신의 게으름을 탓했다.

"그래도 그 애송이들을 손보는 것쯤은……."

자세를 바로잡은 그의 두 눈에는 살기가 휘돌았다. 만약 곁에 누군가 있었다면 숨 막힐 듯한 그 기백에 질려 버리고 말았으리라.

"남은 일은 그 개새끼들을 찾아내는 것이군."

레온이 무시무시한 표정을 지은 채 방문을 열고 나갔다. 어쩐지 그의 표정에는 묘한 희열마저 감돌고 있는 듯했다.

*　　　*　　　*

버몬과 그란은 새벽 늦게까지 도시의 주점을 휩쓸듯이 돌아다녔다. 물론 그들이 가는 곳마다 아수라장이 됐음은 말할 것도 없었다.

둘은 남부럽지 않을 만큼 부자였지만 이 도시에서 생활하는 한 돈이 필요없었다. 그들에게 돈을 받아낼 수 있는 상점 주인은 아무도 없었으니까. 오히려 지나가는 거지에게 돈을 받아내는 게 더 쉬우리라.

알딸딸하게 술이 오른 두 사람은 유흥가의 어두운 골목길을 따라 집으로 귀가하는 중이었다. 두 사람이 뒷골목을 거의 벗어날 때 즈음,

"어이, 거기 둘."

문득 등 뒤에서 싸늘한 목소리가 들려왔다.

하지만 버몬과 그란은 아랑곳없이 제 갈 길을 걸어갔다. 목소리를 듣지 못해서가 아니다. 오히려 목소리는 똑똑하게 들었다.

다만 이렇게 시건방진 목소리로 두 사람을 부를 일은 절대 없다고 생각했기 때문에 그냥 걸음을 멈추지 않은 게다. 틀림

없이 다른 사람을 부르는 소리일 터.

하지만 목소리는 다시 두 사람을 향해 똑똑히 들려왔다.

"거기, 사람하고 개도 구분 못하는 병신새끼, 둘."

이번에는 좀 더 가까이서 들려왔다.

그제야 버몬과 그란이 걸음을 멈췄다. 뭔가 이상했다. 분명 걸어오는 동안 이 골목에는 자신들밖에 없었다. 그렇다면 잘못 부른 게 아니란 말인가? 저렇게 시건방진 소리를 지껄이는 놈이 정말 자신들을 불렀단 말인가? 어떤 정신 나간 놈이?

버몬과 그란이 몸을 돌렸다.

이제는 부른 자가 누구든 용서할 수 없었다. 사람을 착각해서 부른 것이든, 다른 사람을 향해 부른 소리든 봐주지 않는다. 자신들의 발걸음을 세웠다는 것 자체만으로도 충분히 맞아 죽어도 할 말이 없을 터.

"어떤 놈이 감히⋯⋯."

버몬이 말을 뱉다 말고 어안이 벙벙한 표정을 지었다. 그는 황당하다는 듯 그란을 돌아보았다. 그란 역시 마찬가지였다.

살다 보니 이렇게 어이없는 일도 다 있나.

목소리가 익숙하다 싶었지만, 설마 저놈일 거라고는 생각도 못했다.

어둠 속에서 저벅저벅 걸어 나온 사내는 선한 외모에 호리호리한 체격의 레온이었다.

'방금 저놈이 우리를 부른 게 맞나?'

버몬은 너무 황당해서 한참 동안 말도 나오지 않았다.

레온은 두 사람과 다섯 보 정도 떨어진 곳에 딱 멈춰 섰다. 그리고 팔짱을 끼고는 턱을 살짝 들었다.

"기어라."

버몬과 그란은 서로 시선을 마주쳤다.

'내가 잘못 들은 거지? 그렇지?'

두 사람은 서로에게 같은 눈빛을 보내고 있었다.

저게 술을 핥아 먹고 취했나? 도대체 얼마나 맞고 싶어서 저 지랄을 하나.

버몬과 그란이 술을 마셨다지만, 두드려 맞을 정도로 만취된 상태는 아니었다. 게다가 두 사람은 근근이 검술을 익히고 몸을 단련해 왔기 때문에 어지간한 싸움에서는 밀리지 않았다.

한데 새파란 애송이가, 그것도 낮에 자신들 앞에서 네 발로 기어다니던 식당 종업원이 얼토당토 않는 소리를 하다니. 어이가 없다 못해 비웃음도 나오지 않았다.

"미쳤나?"

그란이 물었다.

레온은 표정 하나 변하지 않고 대꾸했다.

"기라고 했다."

"번개 맞고 머리가 이상해졌다더니, 그 소문이 사실이었군."

"그냥 돌아가라. 이번에는 특별히 봐줄 테니. 하지만 더 이상 우리를 화나게 하면 용서하지 않는다."

버몬과 그란은 전에 없이 선심을 베풀었다. 사실 당장 때려 죽여도 상관없었지만, 괜히 미친놈 건드려서 재수라도 없을까 봐 그냥 돌려보내자는 의도였다.

한데 레온의 입에서 나온 소리가 더욱 가관이었다.

"지금 기어도 네놈들은 본좌가 용서할 수 없어. 그래도 조금 이라도 빨리 기는 것이 네놈들이 덜 고통스러운 길이야. 수를 세지. 하나씩 늘어날 때마다 네놈들 고통은 일 분씩 추가다."

"이 자식, 이거 완전히 돌았구먼?"

그란이 히죽 웃으면서 재미있다는 듯이 걸어왔다.

"하나."

어쭈구리?

"둘."

하, 이 미친놈 보게.

확실히 뭘 잘못 먹어도 심하게 잘못 먹었나 보다.

"셋."

"셋, 뭐? 셋, 뭐? 이 새끼야. 넷, 다섯, 여섯, 어쩔래?"

그란이 레온의 뒤통수를 치려고 손을 들어 올렸다. 그 순간 레온이 그의 손목을 탁 움켜잡았다. 그 와중에도 레온은 수를 세는 것을 멈추지 않았다.

"넷."

"이 새끼, 손 안 놔?"

그란은 손을 빼내려고 힘을 주었다. 그런데 한 번 잡힌 손은 쉽게 빠지지 않았다. 오히려 레온의 힘에 눌려 손목이 아플 지경이었다.

"다섯."

그제야 버몬이 목을 이리저리 비틀며 걸어왔다. 단단히 손을 봐주려는 생각이었다. 이제 미친놈이든 뭐든 사정을 봐주기에는 놈이 지나치게 기어오른 탓이다.

"도저히 말로는 안 되겠군. 건방진 녀석!"

버몬이 순간 커다란 주먹을 휘둘렀다. 찰나,

쉬익!

레온이 번개처럼 몸을 날렸다.

파바밧!

"컥!"

"억!"

레온은 두 사람을 순식간에 벽으로 밀어붙이면서 재빨리 어깨 부분의 거골혈(巨骨穴)을 짚었다. 거골혈은 마혈(痲穴)의 일종으로 점혈당하면 사지가 뻣뻣하게 굳어 움직일 수가 없다. 물론 상대가 고수라면 점혈하는 순간 진기를 불어넣어야겠지만, 이런 양아치를 상대로는 단순히 혈을 점하는 것만으로도 충분했다.

눈 깜짝할 사이에 마혈을 짚인 두 사람은 자신들이 왜 뻣뻣하게 굳는지도 모른 채 눈만 끔뻑끔뻑했다.

두 사람이 뭐라고 입을 열려는 순간, 레온은 다시 목 가운데의 아문혈(啞門穴)을 번개처럼 점했다.

아혈(啞穴)까지 점혈당하자 당연히 버몬과 그란은 비명조차

내지를 수 없었다.

이 모든 행동이 레온의 본능에 따라 이루어졌다.

레온은 두 사람을 보고 씨익 웃었다.

그 웃음이 어찌나 섬뜩한지 버몬과 그란은 마치 악귀의 광소를 마주한 것처럼 오싹했다.

'이 녀석이 낮에 보았던 그놈 맞나?

아무리 생각해도 평소 보던 레온과 너무 달랐다. 지금의 레온은 마치 사악한 악마에게 영혼이 덧씌워진 것처럼 보였다.

레온이 즐거운 듯 말했다.

"다섯까지 셌다. 오 분이야. 원칙대로 하자면 지금도 세고 있어야겠지만 네놈들에겐 오 분도 오십 년처럼 느껴질 게다. 크크."

버몬과 그란은 레온의 비소를 보면서 등골이 서늘해졌다.

이 자식에게 이런 힘이 있던가. 도대체 뭘 할 셈일까?

마치 두 사람의 생각을 읽어내기라도 한 것처럼 레온이 말했다.

"지금부터 네놈들에게 안마를 좀 해주지. 제법 시원할 거다."

레온은 버몬의 한쪽 팔을 잡더니 슬쩍 힘을 주었다. 순간 우두둑하면서 뼈가 으스러지는 소리가 났다.

버몬은 눈알이 튀어나올 만큼 두 눈을 부릅떴다. 머리가 아찔해질 만큼 격심한 고통이었지만 목구멍에서는 비명조차 터지지 않았다.

레온은 멈추지 않고 버몬의 몸 곳곳을 주물러 갔다. 그럴 때마다 우두둑하는 소리가 선명하게 울렸고, 버몬은 입에 거품을 물어갔다.

마혈단골참(魔穴斷骨斬).

혈마존이 만든 독자무공으로 분근착골의 고문 방법 중 하나였다. 하나 일반적인 분근착골에 비해 그 고통은 상상을 초월할 정도로 극심한데다 너무 잔인하기에 마공으로 분류됐다. 마혈단골참을 제대로 시전하면 상대는 단 일각도 견디지 못하고 광인(狂人)이 된다는 말이 있을 정도였다.

내기가 부족한 레온으로서는 마혈단골참을 시전하면서 투살진기를 주입할 순 없지만, 기본적인 수법만으로도 충분히 상대를 질려 버리게 만들 수 있었다. 특히 내공을 전혀 수련한 적이 없는 일반인이라면, 마혈단골참을 당하며 괴로워하느니 차라리 죽는 게 낫겠다는 생각이 들 정도이리라.

곁눈질로 버몬이 당하는 것을 본 그란은 벌써부터 몸이 쑤셔오고 있었다.

사실 점혈을 당하는 순간에도 극심한 고통이 따르는 법이다. 다만 워낙 빨리 당해서 비명을 지를 사이도 없었던 게다.

한데 지금 버몬의 표정을 보면 그야말로 죽는 게 낫겠다는 표정이지 않나. 버몬은 입에서 거품이 나고 눈동자가 뒤집어져 흰자위가 다 드러날 정도였다.

레온은 평소의 레온이 아니었다. 마치 지옥에서 화염을 뚫고 올라온 발록처럼 무시무시했다.

레온의 말대로 오 분은 길었다.

고문을 당하는 버몬에게도, 순서를 기다리는 그란에게도 50년처럼 길었다. 아니, 영원이라고 느껴질 만큼 긴 시간이었다.

이윽고 버몬의 고문이 끝나자 레온이 그란을 돌아보며 히죽 웃었다.

그란은 온몸에 소름이 돋았다.

레온이 그의 어깨를 잡았다.

마음 같아서는 비명이라도 지르며 도망가고 싶었지만 몸도 입도 말을 듣지 않았다.

"벌써 땀으로 축축하잖아. 너무 긴장하지 마. 긴장하면 더 아파."

'이, 이런 괴물 같은 새끼!'

욕지기가 튀어나왔지만, 당장 말문이 열린다면 용서해 달라고 소리치고 싶었다.

"지금부터 안마해 줄 테니까 정신 똑바로 차려. 하긴, 기절하고 싶어도 기절할 수 없게끔 할 테니까 문제는 없겠군. 본좌가 직접 안마까지 해주는데 의식을 잃어버리면 곤란하지."

우두둑!

'끄아아악!'

상상을 초월하는 극심한 고통이 뇌리를 쑤셨다. 비명을 토하고 싶어도 머릿속에만 왕왕 울릴 뿐이다.

우두둑, 뚜두둑.

의식이 끊어지면 차라리 편하겠건만, 레온의 말대로 의식은 또렷했다. 그만큼 고통은 더욱 고스란히 느껴졌다. 먼저 고문을 당한 버몬이 눈물 나도록 부러웠다.

레온은 이번에도 정확히 오 분 동안 마혈단골참을 시전했다.

고문이 끝났다고 해서 고통이 사라지는 것은 아니다. 뼈가 부러지고 근육이 찢어졌으니 고통은 완치되는 동안 계속될 것이다.

그란은 비 맞은 생쥐처럼 전신이 땀으로 젖었다.

레온이 뒤로 한 걸음 물러나며 말했다.

"몸을 완전히 회복하려면 석 달은 족히 걸릴 게다. 하지만 한 달 뒤부터는 거동이 가능하겠지. 그렇게 해놨으니까. 정확히 한 달의 여유를 주지. 한 달 안에 우리 가게에 다시 오도록."

레온은 마지막으로 히죽 웃고는 두 사람에게 가까이 다가갔다. 그리고 작은 목소리로 속삭였다. 두 사람에게는 마치 악마의 속삭임처럼 소름끼쳤다.

"알아들었지?"

레온이 두 사람에게 물었다.

마혈과 아혈을 당했으니 대답을 할 수 있을 리가 없었다.

"알아들었으면 눈동자라도 굴려."

버몬과 그란이 미친 듯이 눈동자를 굴려댔다.

"그래, 그럼 이제 혈을 풀어주마."

레온은 두 사람의 마혈과 아혈을 모두 풀어주었다.

하나 그건 또 다른 고문이었다.

마혈은 몸을 마비시키는 효과도 있지만, 그만큼 고통을 느끼는 감각도 무디게 만들어주었던 것이다.

때문에 혈이 모두 풀려 버린 두 사람은 봇물 터지듯 밀려오는 극심한 고통에 처절한 비명을 내지를 수밖에 없었다.

바닥에 그대로 쓰러진 두 사람은 밤하늘이 찢어져라 비명을 내질렀다.

그런 두 사람을 등지고 레온이 뚜벅뚜벅 걸어갔다.

'아아, 정말 듣기 좋은 소리야.'

그나저나 나는 왜 이런 것들을 알고 있는 것일까? 혹시 주위 사람들 모르게 엄청나게 나쁜 짓만 하면서 살아온 것은 아닐까?

문득 과거에 대해 생각하니 마음이 복잡해졌다.

하지만 그는 곧 생각을 정리했다.

과거에 어떤 모습이었든지 지금의 난 올바르다고 생각되는 길을 걸으면 된다. 그게 내가 만들어가는 나니까.

'착하게 살아야지.'

이제 이런 짓도 안 해야겠다.

레온은 다시 한 번 착하게 살 결심을 하고는 걸음을 옮겼다.

복수를 해서 그런지 발걸음이 몹시 가벼웠다.

*　　　　*　　　　*

"버몬! 도대체 이게 무슨 일이냐?"

문을 벌컥 열고 들어온 모리안 제프리는 애가 타는 표정으로 침대 옆에 앉았다. 먼저 와 있던 그의 부인은 눈이 퉁퉁 붓도록 울기만 했다.

모리안은 미라처럼 전신에 붕대를 칭칭 감고 있는 아들의 손을 잡고 울상을 지었다.

"내 아들아, 도대체 이게 무슨 일이냐? 어쩌다가 이 지경으로 당한 게냐? 널 이렇게 만든 녀석이 누구냐? 이 애비가 가만두지 않으마!"

하지만 전신의 고통이 지독하게도 생생한 버몬은 대꾸할 기운조차 없었다. 설사 그럴 기운이 넘친다고 하더라도 솔직히 대답할 생각은 추호도 없었다.

제프리 가의 버몬이 고작 식당 종업원인 레온에게 당해 앓아누웠다고 하면 온 도시의 비웃음거리가 될 게 분명했다. 생각만 해도 분이 차오르지만 이런 일일수록 차분하게 대응해야 했다.

사실 레온에게 당하던 순간까지만 해도 그가 시킨 모든 일을 그대로 행할 생각이었다. 그때는 단지 레온이 빨리 자신을 놓아주기만 바랄 뿐이었다.

한데 막상 그 악몽의 시간이 지나고 나자 기억에 남는 것은 오로지 분한 심정뿐이었다. 도대체 어떻게, 왜 그딴 애송이 따위에게 당했는지 지금 생각해도 알 수 없었다.

이대로 넘어갈 수는 없는 노릇.

분수를 모르고 설친 놈에게는 톡톡히 대가를 치르게 해야
한다.

'뼈를 갈아 마셔도 시원찮을 새끼!'

분이 복받쳐 오른 버몬은 저도 모르게 전신에 힘을 주었다.
그러나 곧 온 근육이 찢어질 듯 아픈 걸 느끼고 신음을 비실비
실 흘렸다.

"으으으……!"

모리안이 의사를 돌아보며 물었다.

"닥터, 도대체 이게 어떻게 된 일인가? 도대체 어디가 어떻
게 아픈 것이야?"

"그게… 외상은 없습니다만 이상하게 전신의 근육이 찢어
지고, 뼈가 어긋나 버렸습니다. 군데군데 골절을 당하기도 했
습니다."

"골절? 아니, 외상이 없는데 어떻게 그럴 수가 있어!"

"그게 저로서도 참 의아하군요."

모리안은 '이런 돌팔이'라고 소리치려다가 입을 다물었다.
상대는 벌써 수년 동안 제프리 가의 주치의로 일하고 있었다.
때문에 그의 실력에 대해서는 누구보다도 모리안이 잘 안다.
그가 절대 돌팔이 의사가 아니라는 것을.

"치료는?"

"막 끝냈습니다만, 석 달 정도 요양을 하실 필요가 있습니
다. 삼 주 정도 지나면 거동이 가능하겠지만 너무 무리하지 않

는 편이 좋습니다. 이건 그동안 복용해야 할 약입니다. 우선은 일주일분을 드리지요."

"수고했네."

의사가 나가고 나자 모리안은 다시 아들의 손을 꼭 잡았다.

"버몬, 이 애비에게 다 말하거라. 널 이렇게 만든 자가 누구냐? 그놈을 네 앞에 데려와서 무릎 꿇고 사과하게 만들겠다. 그뿐이더냐. 네게 한 짓을 똑같이 그놈에게 되갚아주마. 아니, 그러고도 놈의 열 손가락, 열 발가락을 전부 잘라 버리겠다. 도대체 널 누가 이렇게 만든 거냐?"

버몬은 아버지의 말을 들으면서 눈물을 흘렸다. 새삼 아버지의 사랑에 감격해서가 아니다. 다시 생각할수록 분하고 화가 치밀어서다.

버몬이 탁한 목소리로 힘겹게 말했다.

"아버지, 이 일은 제가 해결하겠습니다."

"무슨 말이냐, 버몬. 이 지경이 된 네가 뭘 어떻게 하겠다는 거냐?"

"부탁이 있습니다."

"오냐, 그래. 뭐든지 말만 하거라. 이 애비가 무엇이든 들어주마."

"어쌔신을 둘만 고용해 주세요."

"어쌔신?"

모리안은 약간 놀란 표정으로 아들을 보았다.

무슨 일이기에 어쌔신까지 고용해 달라는 건가. 도대체 상대가 누구기에?

 하긴, 버몬이라면 웬만한 일반인에게 이렇게까지 당하진 않을 게다. 비싼 돈을 들여 검술도 가르쳤고, 틈틈이 제 한 몸을 지킬 수 있을 정도로 수련도 시켰다. 그 결과 웬만한 놈들에게는 당하지 않을 만큼 강한 아들이라고 자부했다.

 한데 이토록 처참하게 당했으니 호락호락한 상대는 아니리라.

 "오냐, 알겠다. 당장 알아보마."

 도시 제일의 부자인 모리안이 어쌔신 둘을 고용하는 것은 일도 아니었다. 그는 영주와도 연이 닿아 있었고, 다른 도시의 귀족들과도 인맥이 넓었다. 그리고 살인 청부업자와 같은 어둠의 경로로도 많은 이들을 알고 있었다.

 돈이면 다 되는 세상.

 필요하다면 어쌔신 둘이 아니라, 소규모 용병단 하나를 통째로 살 수도 있을 만큼 재력가였다.

 "그리고 이 일은… 아무에게도 말씀하지 마세요."

 "오냐, 오냐. 또 다른 할 말은 없니?"

 "어쌔신… 강한 자로 불러주세요."

 "그래, 그건 염려 말거라. 필히 실력있는 자로 고용하마."

 "그럼 좀 쉬겠습니다."

 "그래, 안정을 취하는 게 제일 우선이지. 그럼 애비는 이만 가보마."

 모리안이 부인을 다독이고는 방에서 데리고 나갔다.

고개도 제대로 돌릴 수 없는 버몬은 가만히 천장만 올려다보았다. 그는 어금니를 악다물었다. 그것만으로도 턱뼈가 찡하게 아파왔다.

'레온, 개자식. 죽여 버리겠어.'

＊　　　　＊　　　　＊

'꿈의 밥상'에서는 한동안 평온한 나날이 흘렀다.

하지만 버몬과 그란이 다녀간 이후로 확실히 매출이 줄어들었다. 그전 같았으면 빈자리가 별로 없었지만, 녀석들이 다녀간 후로는 점심, 저녁 때도 홀의 테이블이 절반이 채 차지 않았다.

레온이 할 일 없이 파리만 쫓고 있을 때, 반가운 얼굴이 식당으로 들어섰다. 바로 레온의 주치의를 맡고 있던 헤일즈였다.

레온은 그간 헤일즈와 만나면서 그가 평소에 어떤 사람이었는지 확실히 알 수 있었다. 그리고 과거 자신이 가장 편하게 속내를 터놓고 이야기했던 사람이라는 사실도.

물론 데이먼 역시 친아버지처럼 편하고 좋은 분이었다. 하지만 가끔은 가족에게도 말하기 어려운 점을 타인에게 상담할 때도 있는 법이다.

레온은 얼른 일어나며 인사했다.

"어서 오세요, 헤일즈 선생님."

"오늘은 한가하구나."

카운터에서 독서에 빠져 있던 루나가 그를 보고는 입술을
삐죽 내밀었다.

"요즘은 매일 이래요. 오죽하면 손님보다 책 보는 시간이 더
많겠어요."

"그야 루나가 독서광이라서 그런 건 아니고?"

"요즘 같아서는 손님이 책 보는 시간 좀 뺏어갔으면 좋겠네
요."

"그래? 루나를 보려고 몰려드는 사람도 이제 없어?"

"선생님!"

"하하, 농담이야."

헤일즈가 웃으며 넘겼지만, 사실 어느 정도는 진담이었다.

루나의 외모는 마르텐에서도 은근히 유명했다. 게다가 그녀
는 지적인 면모도 있었다. 해서 손님들 중에는 정말 식사를 하
기 위해 오는 사람도 있었지만, 루나에게 어떻게든 수작을 걸
어보려고 오는 청년들도 제법 있었다.

실제로 루나는 여러 차례 남자들의 구애를 받았다.

하지만 그럴 때마다 그녀는 칼로 무 자르듯 거절해 버렸다.
그녀는 아직까지 남자에 대해서 진지하게 생각해 본 적이 없
었다.

"오늘은 무슨 일로 오셨어요?"

레온의 정기 검진일은 아직 며칠 여유가 있었기에 헤일즈의
방문은 뜻밖이었다.

헤일즈가 습관처럼 안경을 밀어 올리며 레온을 보았다.

"며칠 전에 별로 좋지 않은 일을 겪었다면서?"

무슨 일을 말하는지 바로 알 수 있었다. 버몬과 그란의 이야기리라.

옆에서 듣던 루나의 안색이 대번에 굳어졌다. 그녀는 조심스레 레온의 눈치를 살폈다. 그에게는 다시 떠올리기 싫을 만큼 치욕적인 날이었으리라.

하지만 의외로 레온이 해맑게 웃으며 대꾸했다.

"별로 큰일도 아니었던 걸요. 이제는 다 잊었어요."

뒤통수를 긁으며 대답하는 레온을 보고, 루나는 내심 안도했다. 그러면서도 한편으로는 속이 상했다.

그렇게 당하고도 저리 웃음이 나올까? 어휴, 속도 좋아.

"별일 아니었다니 다행이구나. 그래도 잠깐 진찰해 볼까? 마침 홀도 한가하니 잠깐 올라가자."

"그래, 가서 선생님이랑 얘기도 좀 하고. 여긴 나랑 브란 아저씨가 보면 돼."

"정말 괜찮은데……."

결국 레온은 멋쩍은 표정을 지어 보이고는 헤일즈와 함께 2층으로 올라갔다.

헤일즈는 레온을 침대에 눕게 한 뒤 몸 여기저기를 손으로 꾹꾹 눌러보았다.

"아픈 곳은 없니?"

장난하나? 그 정도로 아직까지 아프면 본좌는 살 가치도 없지.

'아, 젠장! 난 왜 이렇게 생각이 극단적이지?

레온은 불쑥 떠오른 생각을 후회하면서 상냥한 표정으로 대답했다.

"예, 별로 심하게 맞지도 않았어요."

헤일즈는 밝게 대답하는 레온을 보며 내심 안도했다. 사실 남자로서 '맞았다'는 표현을 쓰는 건 상당히 자존심이 상할 텐데, 레온은 오히려 천연덕스럽게 말하고 있었다.

"확실히 몸에는 이상이 없는 것 같구나. 이제 앉아도 된다."

레온은 윗옷을 입고 침대에 바로 앉았다.

헤일즈는 의자에 등을 기대며 느긋하게 물었다.

"요즘 운동하니? 몸이 좋아 보이는구나."

"예, 내공 수련을… 아, 그냥 가볍게 몸을 단련하고 있어요."

레온은 내공 수련을 한다는 말을 삼키고 대충 둘러서 말했다. 경험상 이곳 사람들은 내공이라는 말 자체를 모르는 게 확실했다. 때문에 이것저것 설명하기가 귀찮은 그가 대충 둘러댄 것이다.

"몸을 단련하는 건 좋은 일이지. 건강한 육체에서 건강한 정신이 나오는 법이니까."

헤일즈는 빙긋 웃으며 들고 온 종이에 간단하게 메모했다. 레온의 몸 상태에 대해서 적는 것이리라.

"혹시 그날 이후로 달라진 점은 없니?"

"예를 들면요?"

"뭐든 좋아. 몸의 변화도 좋고, 감정의 변화라든지, 기억의 변화라든지."

외부에서 정신적 충격을 받으면 불현듯 잊혀진 기억이 떠오를 때도 있는 법이다. 수많은 사람들 앞에서 그만한 치욕을 당했으니 정신적 충격이 없을 리가 없다. 어떤 자극이든지 기억을 잃은 레온에게는 외부의 작은 자극도 뜻밖의 결과를 초래할 수 있었다.

하지만 레온은 고개를 저었다.

"없어요. 충격을 받을 만큼 별로 대단한 일도 아니었구요."

"그래, 정말 대수롭지 않았나 보구나."

"살다 보면 이런 일, 저런 일 다 겪는 거죠, 뭐. 더한 고통을 겪을 수도 있을 테고."

헤일즈는 빙긋이 웃었다.

어쩐지 레온이 과거에 비해 부쩍 성숙한 느낌이 들었다. 때때로 요즘 레온을 보면 거의 칠십대 노인과 대화한다는 기분이 들 때도 있었다.

물론 가끔은 아주 엉뚱하게도 보이지만.

헤일즈는 메모하는 것을 멈추고 화제를 돌렸다.

"너도 이제 스무 살이구나. 이제 서서히 네 앞날을 생각할 나이도 되었구나."

"예, 앞으로도 열심히 가게를 도와서 꼭 은혜에 보답할 생각이에요."

"하하, 그것도 좋지. 하지만 네 꿈이라든지, 네가 하고 싶은 일이 있지 않을까?"

이런 질문을 하는 이유 중 하나는 레온의 기억을 되찾기 위한 것이기도 했다. 과거를 파헤쳐서 기억을 되살리기 힘들다면, 미래를 떠올려서 오히려 과거를 알아낼 수도 있는 법이니까.

기억을 잃기 전 레온이 하고 싶었던 것을 지금 되새겨 낸다면 그것이 매개체가 될 수도 있지 않을까?

한데 이어진 레온의 대답은 황당하기 그지없었다.

"착한 일을 하고 싶어요. 착한 사람이 되고 싶어요."

잠시 멍하게 있던 헤일즈는 이내 웃음을 터뜨리고 말았다. 그는 방 곳곳에 붙은 글귀를 둘러보며 말을 이었다.

"확실히 그 의지가 분명하게 보이는군. 왜 그렇게 착한 일에 집착하는 거니?"

'왜라니? 그야 본좌의 성격이 지랄 같으니까 좀 고쳐 보려고 그런 거 아니냐. 아! 안 돼. 또 욱하고 말았다. 자중하자. 나를 위해주는 사람에게 이 무슨 불경한……'

"마음이 넓어지고 싶어서요."

레온이 해맑게 대답했다.

"하지만 좀 더 구체적인 것이 있지 않겠니? 어떤 직업이라든지, 어떤 일을 하면서 살고 싶다든지."

"흐음. 직업이라……"

레온은 곰곰이 생각에 잠겼다.

그리고 한참 후 그가 고개를 들고 물었다.

"모든 사람들이 존경하는 인격을 가졌고, 언제나 희생하며 남을 돕고 보살피는 사람은 누굴까요?"

"응?"

헤일즈는 엉뚱한 질문에 잠시 고민했다.

모든 사람들이 존경하는 인격에 언제나 남을 돕고 보살피는 사람이라.

선뜻 떠오르지 않았다.

이 질문이 어렵다고 느껴질 만큼 세상이 그리 삭막했던가.

한참을 생각하던 헤일즈는 가까스로 하나의 결론을 도출해 냈다.

"대신관님 정도라면 그렇지 않을까? 그분이라면 모두가 존경하는 인격과 언제나 희생하며 남을 보살피고 기도하시는 분이니까."

실제로 현재 아란스 왕국의 대신관은 역대 최고의 성자라고 불릴 만큼 훌륭한 사람이었다. 특히 그는 종교가 가지는 국가 내의 권력을 부정한 최초의 인물이었다. 단지 신관이 할 일은 많은 사람들을 돕고, 고통스러워하는 자들에게 귀를 기울이고 힘을 주는 것이라며.

"아! 그럼 대신관이 되면 모두가 존경하는 착한 인격을 소유한 사람이 될 수 있는 건가요?"

"오히려 그 반대지. 모두가 존경하는 착한 인격을 소유한 사람이 대신관이 될 수 있다고 생각한다."

"그럼, 저 결정했어요. 대신관이 되겠습니다."

짧은 대화였다.

한데 이 짧은 대화로 과거, '악마의 현신' 이라고까지 불리던 혈마존의 새로운 목표가 정해졌다. 본래 그와는 전혀 어울리지 않는 목표.

그에게 '대신관이 되겠다' 는 의지가 심어지는 순간이었다.

어쩌면 혈마존 시절 살상만 일삼던 그가 무의식중에 느꼈던 회의감이 이 순간 반영이 된 것인지도 몰랐다.

하나 그는 알지 못했다.

앞으로 남은 그의 인생에서 그 목표가 얼마나 멀고 험난한 길인지. 주위에서는 그를 착하게만 살도록 내버려 두지 않는다는 것을. 더구나 자신의 성격은 죽어도 당하고는 못사는 성격이라는 것도. 남을 위한 희생 따위는 당최 할 성질이 못 된다는 것을 그는 모르고 있었다.

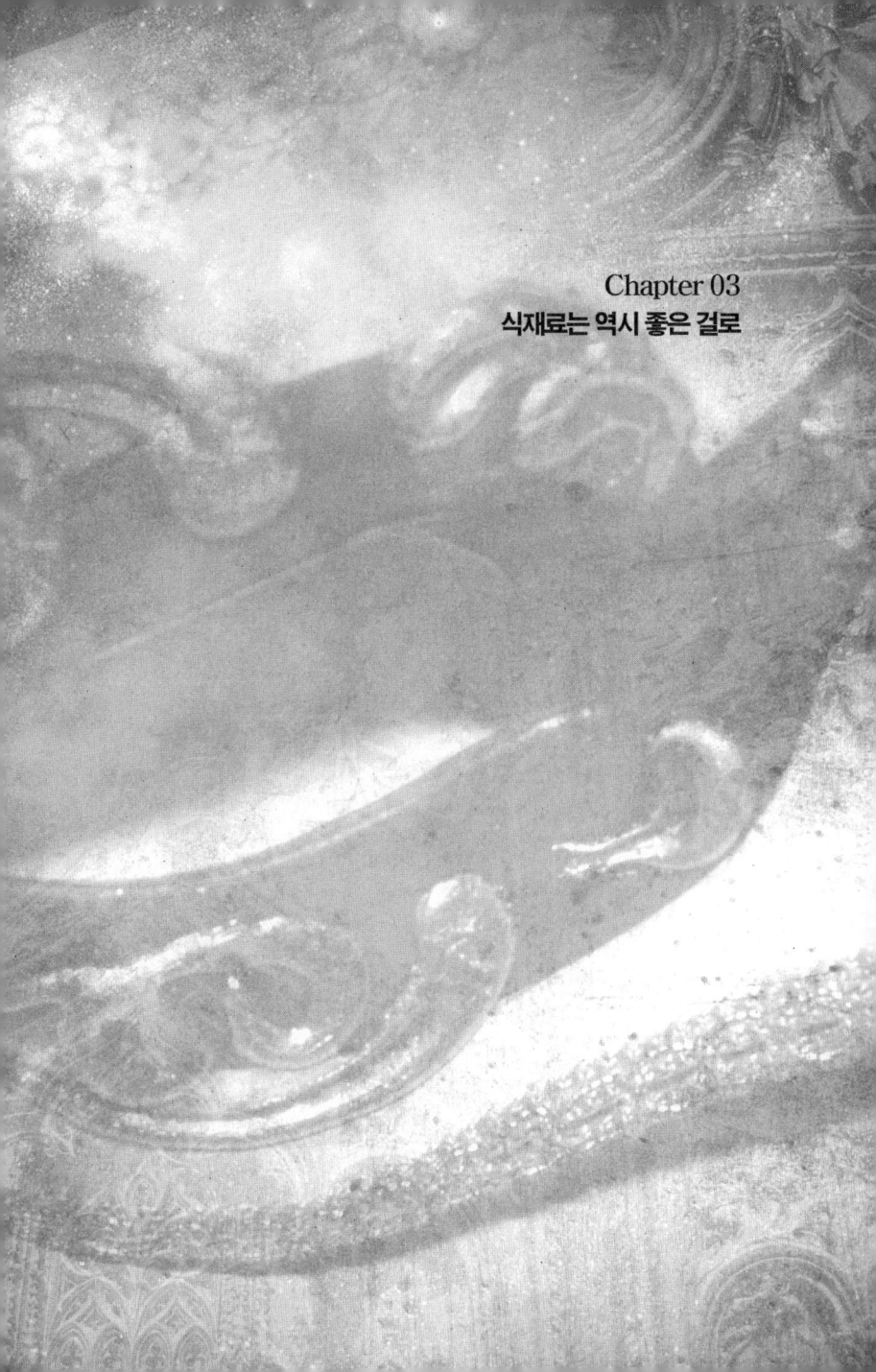

Chapter 03
식재료는 역시 좋은 걸로

가면의
레온

"만만한 놈이 아닐 수도 있습니다."

버몬은 침대에서 간신히 상체만 일으키고 앉았다. 그는 자신 옆에 서 있는 두 복면인에게 말했다.

"어쩌면 그 녀석이 번개를 맞은 후, 묘한 힘이 생겼는지도 모르지요."

"그런 일 들어본 적 없다. 가능하다고 생각하지도 않고."

복면인 중 한 명이 말했다.

버몬이 살며시 눈살을 찌푸렸다.

초면에 대놓고 하대를 내뱉는 두 사람이 썩 마음에 들지는 않았다.

비록 제프리 가가 오등작(공작, 후작, 백작, 자작, 남작)에 속하는 가문은 아니었지만, 영주로부터 정식 기사로 임명받은 엄연한 귀족 가문에 해당했다. 그런 귀족의 아들인 자신에게 초면부터 반말지거리로 대하는 것은 상당한 결례였다.

하지만 그는 별로 문제 삼지 않았다.

두 사람은 어쌔신이다.

돈만 주면 얼마든지 목숨을 내걸고 타깃을 찾아 제거하는 일을 천직으로 삼는 자들. 세상에서 가장 지저분한 일을 도맡아 처리하는 자들. 그런 이들에게 예의를 강요하는 것 자체가 넌센스다.

"하지만 방심하지 마시오."

"호랑이는 토끼를 잡을 때도 신중을 기하는 법. 우리는 프로다."

두 명의 어쌔신은 상당한 자부심을 가지고 있었다. 버몬은 그들과 몇 마디 나누지 않았지만 그들의 프로 정신을 확실히 느낄 수 있었다. 실제로 두 사람의 경력을 보면 자부심을 가질 만도 했다.

한 명은 여태까지 서른아홉 번의 청부 살인을 모두 성공한 인물. 그리고 다른 한 명은 서른두 번의 타깃을 모두 제거하는 데 성공한 인물이었다.

물론 모든 어쌔신들에게는 백 퍼센트 이외의 성공률이란 존재할 수 없다, 그들은 실패하는 즉시 죽는다고 봐야 하므로. 만약 운 좋게 목숨을 부지한다고 하더라도 임무 실패자는 조직에서 제명당할 수밖에 없다. 실패와 동시에 청부자의 목숨이 오히려 위태로워질 수 있기 때문이다.

즉, 그들의 직업에서는 무조건적인 성공만이 필수다.

다만 버몬에게 믿음을 주는 것은 두 어쌔신 모두 서른 번이 넘는 실전 경력을 가졌다는 점이다. 실전이 서른 번 이상이라는 것은 중급 어쌔신들이라는 뜻.

아마도 아버지가 꽤나 많은 돈을 썼으리라.

"토끼가 아닐 수도 있소."

"그래 봐야 여우겠지."

"뭐라 해도 자신있나 보군요."

어쌔신들은 굳이 대꾸하지 않았다.

솔직히 대답을 하자면 이번 청부 자체가 기분이 나쁠 정도였다.

자신들의 조직에서 어쌔신 두 명이 동시에 고용된 적은 드물었다. 뭔가 대단한 임무를 맡겠거니 생각했다.

한데 이건 뭔가.

막상 와서 들어보니 재벌 집 아들이 식당 종업원에게 두들겨 맞고 와서 하소연하고 있는 게 아닌가. 그래서 고작 하는 말이 그 식당 종업원을 죽여 달란다. 지금까지 많은 청부를 받았지만 이렇게 돈지랄하는 인간들도 드물었다.

"이번 의뢰, 우리 중 한 명만으로도 충분했다."

"쿠쿠. 믿음직해서 좋소. 제가 부탁드린 건 확실히 기억하고 있겠지요?"

"최대한 고통스럽게, 잔인하게."

"맞소. 크크크. 그것만 지켜주면 됩니다. 마지막으로 죽기 전에 내가 시킨 일이라는 걸 확실히 밝혀주시고."

"기억하지. 그런데 하나 묻지."

버몬이 무엇이냐는 눈빛을 보냈다.

"자네 정도면 그런 애송이에게 당할 것 같지는 않은데."

"그런데 왜 당했냐고?"

어쌔신이 고개를 끄덕였다.

"그래서 말하지 않았소. 놈은 번개를 맞고 묘한 힘이 생긴 것 같더라니까. 그놈, 번개 맞은 후 성격이 변했다는 소문도 있소. 그놈이 나와 그란에게 뭘 어떻게 했는지 알 순 없지만 몸을 전혀 움직일 수 없었소. 그리고 몸 여기저기 주무르기 시작했지. 온몸의 뼈마다가 으스러지고 살이 찢어져 나가는 느낌이었소. 차라리 죽고 싶다는 생각이 들 정도로."

버몬은 그때의 기억을 떠올리자 다시 식은땀이 났다. 정말 다시 상상하고 싶지 않은 기억이었다.

어쌔신은 가만히 침묵했다.

혹시 그 종업원이라는 자가 마법사는 아닐까?

하지만 이내 그는 고개를 저었다. 지금까지 살아오면서 외상도 없이 상대방의 뼈와 근육만을 상하게 하는 마법이라는 건 들어본 적이 없었다.

"재미있군."

"단지 비리비리한 애송이는 아닐 거요. 그때의 녀석은 분명히 뭔가 달랐으니까."

"부디 그러길 바라지."

"언제 할 거요?"

"조만간."

＊　　　＊　　　＊

레온은 신전을 찾았다.

마르텐의 신전은 꿈의 밥상에서 그리 멀지 않은 언덕 위에 위치해 있었다.

"우와, 정말 크다."

마르텐 신전의 입구에 멈춰 선 레온은 먼저 신전의 웅장한 크기에 놀랐다. 입구의 양쪽으로는 커다란 원기둥이 천장을 떠받치고 있었는데, 기둥의 둘레는 어른 대여섯 명이 둘러 안아야 될 정도로 굵었다.

'이걸 일장에 때려 부술 수 있을까?'

레온은 돌기둥을 매만지다가 고개를 세차게 저었다.

오자마자 때려 부술 생각부터 하다니. 이런 불경할 데가.

그는 한숨을 작게 내쉬고는 신전 안으로 걸음을 옮겼다.

제법 늦은 밤이라서 그런지 신전 안에는 아무도 보이지 않았다. 신전 정면에는 빛의 여신 루카스가 벽화로 새겨져 있었다.

신전을 둘러보던 레온이 큰 소리로 외쳤다.

"계십니까?"

그의 목소리가 신전 내에 왕왕 울렸다.

레온은 뚜벅뚜벅 걸어가서 가장 앞자리에 앉았다.

'썩을, 손님이 왔으면 얼굴이라도 보여야 할 것 아냐. 뭐 이딴 곳이 다 있어?'

신전이라는 곳을 처음 와본 그로서는 불만이 치솟았다. 하지만 다시 한 번 이곳에 온 목적을 되새기면서 마음을 다스렸다.

그래도 의자에 앉아 있으니 마음이 편해졌다. 마치 집 옥상에 있을 때처럼 근심이나 걱정이 덜어지고 기분이 푸근해졌다.

잠시 뒤, 신전 앞쪽에서 문이 열리더니 사제복을 입은 성직자가 걸어나왔다. 머리가 하얗게 세었고, 인자한 미소가 잘 어울리는 노년의 사내였다.

성직자는 레온을 보더니 싱긋 미소 지었다.

"늦은 시간인데 기도하러 오셨나 보군요."

"누구냐?"

레온이 대뜸 상대를 올려다보며 경계하듯 물었다. 이 역시 그의 본능과도 같은 습관이었다.

상대가 인자한 미소로 대답했다.

"이곳 신관, 메이븐이라고 합니다."

그제야 레온이 벌떡 일어나며 인사했다.

"아, 당신이 사람들이 존경하는 신관이군요! 처음 뵙겠습니다. 본좌는 레온이라고 합니다."

"그렇군요. '본좌는 레온' 님, 혹시 제게 용무라도?"

"아뇨. '본좌는'은 빼고. 편히 레온이라고만 불러주십시오."

"하하, 그렇군요. 반갑습니다, 레온."

"예. 그나저나 어째서 문주님 혼자 계십니까? 부하들은 모두 어디에 있습니까?"

메이븐은 상대의 말투가 재미있다고 생각하며 대답했다.

"하하, 부신관은 잠시 수도에 파견 나가 있습니다. 그 밖의 성직자는 한 명뿐입니다만, 지금은 시간이 늦어 집으로 돌아갔답니다."

"흐음. 그렇군요. 생각보다 규모가 작은 방파군요."

"하하하, 재미있는 표현이군요. 그런데 혹시 제게 볼일이 있어서 오신 건가요?"

"아, 예, 있습니다. 용무도 없이 이런 곳을 찾아올 리가 없지요."

레온은 말을 꺼내놓고도 아차 싶었다. 그가 서둘러 말을 정정했다.

"그러니까 본좌의 말은… 용무도 없이 신관님을 찾아와 귀찮게 할 일이 없다는 말입니다."

메이븐이 부드럽게 웃으며 물었다.

"무슨 용무이신지요?"

"다름이 아니라… 저 그게……."

"말하기 힘든 고민이라도 있으신가요? 루카스 여신님은 자비로운 분입니다. 그분께서는 분명 당신과 고민을 함께하실 겁니다."

"그게 아니라 대신관이 되고 싶습니다."

"예?"

메이븐이 깜짝 놀라서 되물었다.

느닷없이 찾아와서 다짜고짜 대신관이 되겠다니. 그는 황당한 표정을 애써 감추며 다시 물었다.

"무슨 말씀이신지……."

"음, 물론 지금 당장은 힘들다는 것을 알고 있습니다. 하지만 열심히 노력하면 불가능하지 않다고 생각합니다."

그제야 메이븐은 레온이 무슨 말을 하려는지 알 수 있었다.

그가 더없이 인자한 표정으로 말했다.

"성직자의 길을 걷고 싶으신 거군요."

"바로 그렇습니다, 존경하는 신관님!"

"여신께서 기뻐하실 것입니다. 혹시 신학교를 다닌 적은 있습니까?"

신학교? 그건 또 뭐지?

레온이 어리둥절한 표정을 짓자 메이븐이 웃으며 설명을 이었다.

"성직자가 되는 길은 두 가지 방법이 있습니다. 하나는 신학교를 가서 교리를 배우며 수행하는 것이요, 다른 하나는 신전을 다니면서 신관이나 부신관 아래에서 교리를 배우며 성직자의 길을 걷는 것입니다. 전자의 경우는 신학교를 졸업하는 것과 동시에 성직자라는 직업이 인정되고, 후자의 경우는 보통 10년에서 15년 정도의 과정을 거친 후 정식 성직자로서 임명됩니다. 물론, 개개인의 믿음이나 능력에 따라서 그 차이는 있습니다."

"후자의 경우는 10년에서 15년이나 걸리는 겁니까? 저는 식당 일을 도와야 하기 때문에 신학교를 갈 수 있는 형편이 되지 못합니다만."

"보통의 경우 그렇다는 겁니다. 정말 빠른 경우는 3년 만에 명예 성직자가 된 분도 있습니다. 이 경우는 신학교를 졸업하는 것보다도 빠른 경우지요. 물론, 느린 경우 50년 가까이 지나고 나서야 성직자의 직위를 받으시는 분도 있습니다."

"그렇군요! 그렇다면 후자를 택하겠습니다."

원래부터 선택의 여지는 없었지만.

"그럼 어떤 계열을 희망하십니까?"

이건 또 무슨 소린가?

"계열이라니요?"

성직자가 되겠다는 자가 아무것도 모르고 온 것이 답답할 만도 하건만 메이븐은 내내 푸근한 미소로 답했다.

"성직자에는 세 가지 계열이 있습니다. 하나는 힐러 계열. 이 경우 신성력을 이용해 아픈 자를 치료하고 병을 낫게 해주는 것을 전문적으로 수행하는 자들입니다. 두 번째로 가이더 계열입니다. 이들은 악한 마음의 소유자들을 옳은 길로 인도하거나 교화시키고, 여신님의 뜻을 많은 사람들에게 전하는 역할을 합니다. 끝으로 파이터 계열입니다. 이들은 보통 성기사단으로 들어가 공권력과 별개로 도시의 치안을 유지하는 데일조하고, 전쟁 시에는 자국의 병사들을 호위하는 역할도 하지요."

"무엇보다 파이터 계열이 있다는 것이 신기하군요."

레온은 자신에게 제일 어울리는 것이라면 파이터 계열이라고 생각했다.

하지만 그 계열을 덥석 물어버리기에는 자신의 의도와 너무다른 방향으로 나아가는 것 같았다. 잠재된 폭력성과 난폭한성격을 누그러뜨려 왔는데, 파이터 계열을 선택하면 자칫 그습성이 강해질 수도 있을 것 같았다.

그렇다고 힐러 계열을 선택하기에는 자신과 너무 안 어울린다고 생각했다.

가장 무난한 건 가이더 계열이려나.

"신관님은 무슨 계열이십니까?"

"저는 힐러입니다."

"아~ 그럼 모든 신관님은 힐러 계열입니까?"

"아닙니다. 세 가지 계열 모두 고루 존재합니다. 성직자의직위와 계열은 무관합니다."

그럼 정했다.

"신관님, 저는 가이더 계열을 선택하겠습니다."

"그렇군요. 루카스 여신이 당신을 축복할 것입니다. 앞으로시간이 될 때마다 저를 찾아오십시오. 가이더는 특히 교리를 비롯해 많은 것들을 배우지 않으면 안 됩니다."

"알겠습니다! 감사합니다!"

레온은 꾸벅 절을 하고는 몸을 돌렸다.

새로운 목표가 생기고 이제부터 그 길을 간다고 생각하니 절로 마음이 들떴다.

*　　*　　*

레온의 발걸음은 무척 가벼웠다.

처음으로 가본 신전인데 이렇게 쉽게 성직자의 길을 가게 될 수 있을 줄은 꿈에도 몰랐다. 신관 메이븐 역시 무척 인자했기에 집으로 돌아오는 내내 기분이 좋았다.

역시 세상은 참 좋은 사람들이 많다.

이렇게 좋은 사람들 속에서 자신은 걸핏하면 욕지기를 쏟아내고, 때려 부술 생각만 하니.

에휴, 마음을 다스리자.

어느덧 꿈의 밥상에 도착한 레온은 2층 계단으로 올랐다. 그리고 방으로 들어가려는데,

"정말 큰일이야. 이대로라면 뾰족한 수가 안 생겨."

잔뜩 근심에 찬 목소리가 방 안에서 흘러나오고 있었다. 분명 데이먼의 목소리였다.

그냥 지나치려던 레온은 아무래도 신경이 쓰여 그 소리에 귀를 기울였다.

데이먼의 목소리에 이어 이번에는 브란의 말이 이어졌다.

"아무래도 주방 보조들을 해고해야 할 듯합니다."

"하지만 그들도 우리 식구인데……."

"그냥 해고하는 것이 아니라, 적당한 일자리를 알선해 주면 되지 않을까요? 제가 일자리를 한번 찾아보겠습니다."

"후우, 그래도 3년 동안 같이 일했던 식구들을 해고할 수는 없네."

"사장님, 정에 이끌리면 지금의 경제난을 헤쳐 나갈 수가 없습니다. 특히 근래 보조원들이 임금을 올려달라고 요구하고 있지 않습니까? 임금 상승이 늦어지니까 그들의 불만도 점점 눈에 보이고 있습니다. 특히 프라이스 그 녀석은 요즘 드러내놓고 고든까지 부추기고 있습니다. 솔직히 마음 같아서는 그놈들에게 일자리를 찾아주고 싶지도 않습니다만."

프라이스와 고든은 주방 보조로서 일하는 자들이었다. 사실 레온의 눈에도 그 두 사람이 요즘 사장에게 불만이 많고 일을 게을리한다는 게 보일 정도였다.

하지만 데이먼은 지나치게 사람이 좋았다.

"브란! 말을 함부로 하지 말게. 그들의 입장에서는 당연히 불만이 생길 수 있지 않겠나. 그래도 지난 3년 동안 열심히 우리 가게를 도운 자들이야."

"죄송합니다, 사장님. 저는 단지 녀석들이 은혜도 모르고."

"그 이야기는 됐네."

가만히 귀를 기울이던 레온은 이맛살을 구겼다.

브란은 경제난이 어쩌고 하면서 이야기를 꺼냈다. 그 말은 심각할 정도로 식당의 수입이 줄어들고 있다는 뜻일까? 보조원들을 모두 해고할 정도로?

그때 다시 데이먼의 목소리가 들렸다.

"만약… 그들을 해고하면 부족한 일손은 어떻게 채우겠나?"

"제가 돕겠습니다. 홀 서빙은 레온과 루나가 함께하면 될 겁니다. 이대로 계속 보조원들을 고용하면 임금 때문에 계속 빚만 늘어날 거예요."

결국 데이먼이 길게 한숨을 내쉬었다.

"후우, 어쩔 수 없군. 그럼 자네가 그 두 사람의 일자리를 한번 알아봐 주게."

"알겠습니다. 그리고 제 봉급도 50코퍼만 받겠습니다."

"그건 또 무슨 소린가. 지금 80코퍼도 높은 금액이 아닌데. 거의 절반을 깎으면."

"사장님께서 재워주시고 먹여주시지 않습니까? 50코퍼만 해도 충분히 여유있게 지낼 수 있습니다."

"그렇다고……."

"전 괜찮습니다. 대신 그 돈으로 헤일즈 선생님께 약값을 드리도록 하지요. 헤일즈 선생님도 레온에게 지어주는 약을 자비로 사용하실 테니 부담이 클 겁니다."

"자네… 고맙네. 그리고 정말 미안하네."

"무슨 말씀이세요. 제가 사장님께 받은 은혜에 비하면 아무것도 아니지요."

브란의 부드러운 목소리 끝에 데이먼의 흐느낌이 느껴졌다.

레온은 조용히 발걸음을 옮겨 자신의 방문을 열고 들어갔다.

그랬나? 자신을 치료하느라 식당의 사정이 많이 좋지 않았던 건가. 그것도 모르고 자신은 태평하게 지내지 않았던가. 최근 손님이 떨어진 것에 대해서도 별 신경을 쓰지 않았었다.

'제길!'

레온은 입술을 질끈 깨물었다.

은혜를 갚겠다고 그렇게 다짐했으면서, 벌써부터 신세 지는 일에만 익숙해지고 만 게다.

'데이먼과 브란. 두 사람 모두 너무 좋은 사람들이다. 내 주위에는 하나같이 좋은 사람만 모여 있구나.'

레온은 침대에 털썩 몸을 눕혔다.

그러고 보면 그가 의식을 찾은 뒤 주위 사람들은 온통 선한 사람들뿐이었다. 데이먼과 루나 그리고 브란. 자신을 치료해 주는 헤일즈. 거기에 오늘 만난 메이븐 신관까지.

환경이 사람을 만든다고 하던가.

어쩌면 이런 환경 때문에 혈마존이었던 그가 착한 레온으로 사는 것이 가능한 건지도 몰랐다.

레온은 한참 동안 이불을 덮고 뒤척였다. 데이먼과 브란의 이야기를 듣고 나니 쉽사리 잠이 오지 않았다. 어떻게든 그들에게 도움을 주고 싶었다.

무슨 방법이 없을까?

그때, 레온이 문득 뒤척임을 멈췄다. 그는 미동조차 하지 않았다.

기척이 하나, 둘.

두 녀석이 여기 숨어 있었군. 언제부터 있었을까?

처음 방을 들어왔을 때는 기척을 전혀 느끼지 못했다. 한데 둘의 호흡이 잠시 흐트러진 순간 곧바로 알아챌 수 있었다.

물론 과거 혈마존이었다면 방에 들어서는 순간, 아니, 들어서기도 전에 둘의 기척을 감지했으리라. 하지만 지금 그는 예전의 그가 아니었다.

혼(魂)은 그대로일지라도 체(體)가 다르다.

그나마 지금이라도 눈치챌 수 있었던 것은 그의 본능과 초인적인 감각 때문이었다.

태어나서 처음으로 수련을 하는 것과, 이미 칠십 인생 수련을 하고 한 번 깨달음을 얻은 자의 차이는 큰 법이다. 기억을 잃었다지만 혈마존은 이미 한 번의 깨달음을 얻은 자였다.

그러니 체가 약해도 본능이 이를 한참 넘어서고 있는 게다.

하지만 아무리 혼이 강하다고 한들, 몸이 그 뜻을 따라가지 못한다면 그 또한 한계가 있는 법.

지금 숨어든 자들은 쉽게 당해낼 수 있는 상대가 아니다.

호흡을 고르는 것과 미묘한 움직임으로 보아 상당한 고수임이 틀림없었다.

어쩐다? 지금의 나로서는 정면 승부로 이기기 힘든 상대.

레온은 짧은 순간 수십 가지의 상황을 가정해 보았다. 인간의 육체는 이미지 트레이닝만으로도 숙련되고 강해질 수 있다. 그만큼 혼이 육체를 지배하는 능력은 무한하다.

물론 그 때문에 레온이 두 달여 만에 지금처럼 건강한 몸을 가질 수도 있는 것이다.

레온이 다시 뒤척였다.

마치 방 안에 잠입한 둘의 존재를 전혀 의식하지 못한 것처럼, 지극히 자연스럽게.

둘은 완벽한 기회를 기다리고 있었다.

한데 그것이 오히려 역효과를 가져다 준 셈이었다. 지금의 레온이라면 방에 들어서자마자 덮쳤어야 했다.

이내 레온은 잠이 든 척했다. 코는 골지 않았다. 어설프게 자는 흉내를 낸답시고 코를 골다간 오히려 들킬 위험이 더 컸다.

잠시 후 숨은 자들의 기척이 확실해졌다. 움직임은 느껴지지 않았지만 호흡이 일반인과 똑같이 평범해졌다. 이 정도면 무공을 수련하지 않았다고 하더라도 조금 민감한 사람이라면 눈치챌 만했다. 정말로 잠이 든 것인지 확인을 하려는 게다.

레온은 꿈쩍도 하지 않았다.

두 사람은 기척을 점점 더 노출했다.

이윽고 두 그림자가 어둠에 파묻혀 소리없는 바람처럼 침대까지 다가왔다.

창가에서 스며드는 달빛이 복면인들의 얼굴을 비추었다. 그들은 서로를 마주 보고 고개를 끄덕였다. 그리고 한 명이 손을 들어 올렸다.

청부자는 타깃을 고통스럽게 죽여 달라고 부탁했다.

놈이 고함을 지르지 못하도록 목부터 칠 생각이었다.

목 가운데 부분에는 아문혈이 지나고 있지만, 중원인이 아닌 그들이 점혈 방법을 알 리는 없었다. 다만 목을 치면 순간적으로 목구멍이 부어올라 소리를 낼 수 없기 때문이다. 이는 혈을 다시 풀어주면 말을 할 수 있는 점혈 방법과는 확연히 다른 방식이다.

복면인이 수직으로 손을 내려쳤다.

그때였다.

레온이 순식간에 몸을 굴려 피한 후, 손목을 낚아챘다.

"헙!"

쉬이익! 탁, 팟! 팍!

"컥!"

레온은 순식간에 상대의 오른손, 비유혈(臂儒穴)을 점하고, 차례로 팔을 따라 곡지혈(曲池穴), 호구혈(虎口穴)을 찔러 들어갔다.

공격 방법을 정한 후 머릿속에서 수십 번 반복해서 이미지 트레이닝을 했기 때문에 그 속도는 가히 빛처럼 빨랐다.

"이……!"

곁의 복면인이 반사적으로 단검을 꺼내 들었지만, 그게 전부였다.

레온은 발가락에 힘을 주어 순식간에 적의 양다리, 위중혈(委中穴)을 가격했다.

파박!

"크읍!"

두 번째 복면인은 하반신을 점혈당했기에 쓰러지는 속도가 비슷했다.

레온이 점한 마혈은 모두 몸이 뻣뻣하게 굳기보다는 흐물흐물 녹아버리는 증세를 나타내는 곳이었다. 둘은 맥없이 무너졌다.

레온이 양손으로 둘의 목줄기를 콱 움켜잡았다.

"끄윽!"

"꺼어……!"

복면인들은 눈을 휘둥그렇게 뜨고 레온을 쳐다보았다.

눈 깜빡할 사이에 벌어진 일. 한동안은 자신들에게 무슨 일이 벌어졌는지도 몰랐다.

물론 상급 어쌔신에 비하면 한참 아래 수준인 그들이지만, 그래도 중급으로 분류되는 두 사람이었다. 결코 적은 경험이 아니었다. 실력 또한 그에 맞게 출중하다고 자부했다.

그런데 이런 새파란 애송이한테 당하다니.

'자는 척을 하고 있었던 건가! 그렇다면 처음부터 눈치채고 있었다는 말인데. 도대체 어떻게 되어 먹은 녀석이지?'

레온은 곧바로 두 사람을 벽으로 밀쳤다.

결국 두 어쌔신은 버몬과 그란이 당했을 때와 똑같은 상황이 되고 말았다.

임무 실패.

이런 곳에서 개죽음을 당할 줄이야.

물론 타깃의 손에 죽을 생각은 없었다.

자결한다.

두 어쌔신은 혀 아래에 숨겨둔 캡슐을 꺼냈다. 그런데,

"그냥은 못 보내지. 크크크."

이제 갓 스무 살이 된 청년에게는 전혀 어울리지 않는 섬뜩한 목소리가 귓전을 때렸다.

레온이 두 사람의 아문혈을 점해 버렸다. 덕분에 어쌔신들은 입술 한 번 달싹이지 못했다.

레온이 양손을 놓자 어쌔신들은 맥없이 풀썩 주저앉았다.

레온은 놈들의 복면을 벗기고 양손으로 두 사내의 볼을 꽉 움켜쥐었다. 입이 저절로 벌어졌다. 그 상태에서 그는 손가락을 넣고 휘저어서 캡슐을 꺼냈다.

"크크, 하여튼 살수(殺手) 녀석들이 하는 짓이란 죄다 똑같단 말이지."

레온은 스스로 이런 말을 내뱉으면서도 문득 기분이 이상했다. 아무리 생각해도 자신이 왜 이런 것에 익숙한지 이해할 수가 없었던 탓이다.

레온이 두 사람 앞에 쪼그리고 앉았다.

"네놈들이 말하지 않아도 누구의 사주를 받았는지 알고 있어."

어쌔신들은 식은땀을 뻘뻘 흘리며 레온을 바라보았다.

최후의 보루인 자결용 캡슐마저 뺏긴 상태. 사지가 굳은 이 대로라면 세 살박이 아기가 와도 마음만 먹으면 죽일 수 있는 상황이었다.

벌써부터 당해야 할 고통을 생각하니 치가 떨렸다.

"그럼 지금부터 내가 묻는 말에 알아서 눈알 굴려."

어쌔신 둘이 눈알을 굴렸다.

"버몬이야? 그란이야? 버몬이면 왼쪽. 그란이면 오른 쪽."

하지만 어쌔신들은 어느 쪽으로도 눈알을 굴리지 않았다.

"훗, 곧 죽어도 규율은 지키겠다는 거지. 좋아, 어차피 둘 중 한 놈은 확실할 테니. 다음 질문. 네놈들 임무 실패하고도 살아 있으면 조직에서 가만둬? 가만두면 왼쪽, 아니면 오른 쪽."

눈알이 오른쪽으로 돌아갔다.

"그건 청부자를 보호하기 위해서지? 맞으면 왼쪽."

눈알이 왼쪽으로 돌아갔다.

"그럼 내가 네놈들 둘을 살려주지. 대신 손가락 하나씩만 끊 자. 쓸 데가 있거든. 그리고 내가 청부한 놈에게 네놈들이 다 죽었다고 얘기해 줄게. 어차피 청부자라고 해봐야 버몬 아니 면 그란일 거 아냐. 그럼 조직에서는 굳이 네놈들을 죽일 필요 가 없어지잖아. 안 그래?"

하지만 그런다고 조직에서 봐줄 리가 만무하다. 조직의 위 신을 생각해서라도 임무 실패자가 살아 있다면 반드시 죽이려고 할 게다. 물론 돈으로 움직이는 청부 조직이 애써서 생존자가 있는지 탐색할 정도는 아니겠지만.

"그러니까 네놈들은 내가 살려주면 재주껏 숨어. 재수 없어서 죽는 건 내 알 바 아니고. 나 꽤 착하지? 맞으면 왼쪽."

이 자식 미친놈인가?

어쌔신들은 기가 막히면서도 일단 눈알을 왼쪽으로 굴렸다.

레온이 고개를 끄덕이고 방구석으로 걸어갔다. 그는 이가 우둘투둘 나간 망혼검을 쥐고 다시 돌아왔다.

"좀 아플 거야. 참아. 아, 그리고 다신 나쁜 짓 할 수 없는 몸으로 만들 생각이야. 단근환동술(斷筋還童術)이라고 들어봤어? 쉽게 말해서 이걸 당하면 반신불수나 다름없게 돼. 급소 몇 군데를 끊어놓을 거거든. 그래도 다리를 좀 저는 정도에다 힘줘서 물건을 들어 올리지 못할 뿐, 큰 불편은 없을 거야. 대신 앞으론 꼬맹이랑 싸워도 이길 수 없겠지."

어쌔신들은 눈을 부릅떴다.

도대체 이놈은 어떤 놈이기에 이런 이야기를 태연하게 한단 말인가. 어쌔신들에게 있어서 다시는 검을 쥘 수 없다는 건 사형선고와 별 다를 바가 없었다.

단근환동술 역시 혈마존의 독자무공이었는데 마혈단골참과 마찬가지로 고문 기술의 일종이었다. 한 가지 다른 점은, 마혈단골참은 시간이 지나면 절로 나을 수 있었지만, 단근환동술은 그렇지 않았다. 단근환동술에 당하면 그 이름처럼 성인이라고 할지라도 몸의 급소가 끊기거나 뒤틀려 결국에는 아이처럼 여린 힘밖에 낼 수 없게 된다.

레온은 대꾸도 없는 상대에게 주절주절 말도 많았다.

"그러니까 착하게 살아. 왜 그렇게 사람을 죽이는 일만 했어? 세상을 살다 보면 얼마나 착한 사람들이 많은데. 옛 말씀에 인명은 재천이라고 하잖아."

과거 혈마존을 아는 자들이 이 소리를 듣는다면 어이가 **뺨**을 치리라.

"그럼 먼저 손가락부터 자를게."

어쌔신들의 눈동자가 움찔 떨렸다.

'이 개자식. 분명히 즐기고 있다. 독한 놈!'

그런데 이어진 말이 그야말로 가관이었다.

"참, 너희들 신전에 가본 적 있어? 없지? 이거 끝나면 신전에 가서 봉사 활동이나 해라. 그럼 조직에서도 못 찾아 낼 거야. 상상도 못할 거 아냐. 살수가 신전에 처박혀 있을 거라고는."

도대체 이놈은……

"그리고 꼭 신관님한테 이렇게 말해. 내 말을 듣고 나서 오고 싶어졌다고. 그래줄 거지?"

"……!"

"이런 쌍놈의 새끼들. 대답 안 해?"

"……!"

"아… 참, 말 못하지. 미안해. 내가 가끔 욱하는 성격이 있어. 알아들었으면 눈알이라도 굴려줘."

어쌔신들의 선택은 하나밖에 없었다.

어차피 이놈은 거절해 봐야 죽음보다 더한 고통을 안겨줄
놈이었다.

그들이 눈알을 한 번 굴렸다.

"그래, 고마워. 난 대신관이 될 거거든."

만약 말문이 터진다면 소리라도 꽥 질렀으리라.

'너 같은 놈이 대신관이 된다면 도대체 이 세상이 어떻게 돌
아가란 말이냐!'

하지만 그런 생각도 오래 가지는 못했다.

뇌리를 들쑤시는 고통이 이어진 탓이다.

레온이 천천히 검날로 새끼손가락을 썰어갔다. 어쩐지 즐거
운 미소마저 머금고.

그러다가 문득 레온이 동작을 멈추고 물었다.

"그런데 너희들, 돈 좀 있냐?"

*　　　*　　　*

다음날 새벽, 마르텐 신전.

"음? 당신은 어제……."

메이븐은 새벽 일찍 찾아온 레온을 보고 두 눈을 끔뻑였다.

비록 날이 바뀌었다지만, 불과 몇 시간 전에 신전을 찾았던
레온이었다. 한데 새벽같이 찾아와서 문을 두드리는 바람에

메이븐도 내심 놀란 것이다.

레온이 신관실 문 앞에서 활짝 웃으며 인사했다.

"안녕하세요, 신관님."

"예, 이른 새벽부터 오셨군요. 무슨 급한 용무라도 있으신가요?"

어쨌거나 메이븐은 웃으며 인사를 받았다.

레온이 들뜬 목소리로 말을 이었다.

"신관님, 오늘은 두 사람을 데리고 왔습니다."

"네?"

레온이 자신의 양옆에 서 있는 두 남자를 가리켰다. 그들은 다름 아닌 어젯밤 레온의 방을 습격했던 어쎄신들이었다. 옷을 수수하게 갈아입어서 그런지 어제처럼 위협적인 모습으로는 보이지 않았다.

"이분들이 신전에서 봉사 활동을 하고 싶다고 해서요."

메이븐이 눈을 번쩍 떴다. 그렇지 않아도 마르텐 신전은 일손이 부족한 실정이었다. 레온의 말이 그 어느 때보다도 반갑게 들렸다.

"오오, 이렇게 고마울 데가……."

"그런데 이분들 몸이 좀 불편하신 듯한데 괜찮을까요?"

메이븐은 그들이 장애인이라는 것을 바로 알아보았다. 그는 여전히 미소를 머금고 대꾸했다.

"여신의 사랑을 실천하는데 있어서 몸이 불편한 것은 조금도 문제되지 않습니다."

"아… 역시."

레온이 감격한 표정으로 메이븐을 바라보았다.

어쩌면 이렇게도 착한 사람이 있단 말인가.

그는 동시에 팔꿈치로 양옆에 선 어쌔신들의 옆구리를 쿡 찔렀다.

그제야 그들이 몸을 움찔거리고는 조금 떠는 목소리로 말했다.

"저, 저희들은 레온님의 가르침을 바, 받고 이곳에서 봉사 활동을 하고 싶어졌습니다."

"그, 그렇습니다. 저희는 보시다시피 몸이 불편해서 마땅히 할 수 있는 일이 별로 없습니다. 삶의 의욕을 잃고 죽겠다는 생각을 하던 중 레온님을 만났습니다. 그, 그리고 레온님의 말씀을 듣고 나서 이곳에서 봉사하고 싶어졌습니다. 봉사란 참 아름다운 것입니다. 남에게 기쁨을 주는 것은 저의 기쁨입니다. 이 세상은 한 번쯤 살 만한 아름다운 세상이니까요."

마치 책을 읽는 듯한 어조. 그리고 필요 이상으로 떨리는 목소리. 가만히 눈여겨본다면 분명 그들은 어딘지 이상했다.

하지만 메이븐은 전혀 의심하지 않았다.

단지 자신 앞에 와서 할 말을 여러 번 연습하느라 그렇게 보인 거라고 생각했다. 도통 그는 타인을 의심하는 성격이 아니었다.

"잘하셨습니다. 분명 이곳에서 일을 하다 보면 여러분들은 보람을 찾으실 겁니다. 여신께서 당신들에게 은혜의 빛을 내리실 겁니다."

보람 같은 소리 하고 있네.

어쌔신들은 속으로 욕지기가 올라왔지만 참을 수밖에 없었다.

레온이 자신들의 몸을 어떻게 만진 건지, 정말로 팔다리가 자유롭지 못했다. 필요 이상의 힘은 절대 들어가지 않았다. 이제 누군가를 죽인다는 것은 꿈에도 힘든 일이 됐다.

누가 알았을까? 그들의 운명이 하루아침에 바뀔 거라고.

레온은 서서히 발길을 돌렸다.

"그럼 신관님, 두 사람을 부탁드립니다. 저는 이제 식당 일을 하러 가봐야 할 것 같습니다."

"이분들은 염려 마시고 가보십시오."

"예, 오늘 저녁에 다시 오겠습니다. 앞으로 매일 와서 신관님의 가르침을 받겠습니다."

레온의 마지막 말에 어쌔신들은 그야말로 살아가는 희망을 잃고 말았다.

앞으로 신전에서 도망가긴 틀린 게다.

레온이 기분 좋게 식당으로 들어섰다.

첫날부터 성직자 가이더의 역할을 훌륭히(?) 해낸 게다. 그 사실이 그의 기분을 뿌듯하게 만들어주었다.

식당에서는 아침 일찍부터 데이먼과 브란이 청소를 하고 있었다.

"음? 레온, 일찍 일어났구나. 운동 다녀오는 길이니?"

데이먼이 밝은 표정으로 레온에게 인사를 건넸다.

레온은 문득 어제 엿들은 이야기가 마음에 걸렸다.

'나 때문에 그렇게 힘든 상황에 처했으면서도 늘 웃으며 대해주다니. 역시 좋은 녀석들…, 아니, 분들이다.'

레온은 짐짓 밝은 표정으로 대꾸했다.

"예, 잠깐 신전에 들렀다가 오는 길입니다."

"허허, 첫날부터 열심히구나. 이러다가 정말 레온이 신관님이 될지도 모르겠구나."

"정말 될 겁니다, 대신관."

레온이 웃으며 대꾸하고는 이층으로 걸음을 옮겼다. 어젯밤부터 어쌔신들 뒤처리를 하느라 옷도 갈아입지 못했던 것이다.

"참, 레온. 심부름 좀 해주겠니?"

"예, 말씀하세요."

데이먼이 짐짓 미안한 표정으로 말했다.

"오늘부터 네가 주방 일도 조금 도와야 할 것 같구나."

"우와! 정말요? 저 주방 일을 꼭 해보고 싶었어요. 재미있을 것 같았거든요."

"그, 그래?"

데이먼은 미안한 마음으로 꺼낸 이야기였는데, 의외로 레온이 기뻐해 주기까지 하자 그나마 마음이 편해졌다.

"그럼 다행이구나. 그래서 오늘 그에 대한 첫 심부름이란
다."

지금까지 레온이 한 심부름은 조미료를 사오는 정도였다.

실제로 이웃 도시까지 가서 소금을 얻어온 지난번 같은 경
우는 그가 이곳에서 일하고 나서 처음 있는 일이었다.

그런데 그 사고를 당했으니, 데이먼도 적지 않게 자책감을
느꼈던 게다.

"무슨 심부름인가요? 기대되네요."

"식재료를 몇 가지 사왔으면 한다. 오늘은 처음이니까 혼자
가지 말고 프라이스가 오면 같이 가는 게 좋겠구나. 참, 앞으로
보조 일을 돕는다는 건 프라이스에게는 당분간 말하지 않았으
면 한다."

'그렇군. 프라이스는 아직도 출근하지 않았단 말이군.'

별로 인상이 좋지 않은 프라이스와 함께 간다는 게 내키지
는 않았지만 레온은 내색하지 않았다.

"알겠습니다. 맡겨만 주세요."

레온이 싱긋 웃고는 이층으로 올라갔다.

데이먼은 그런 레온을 보며 푸근한 미소를 지었다.

10년 전부터 레온을 정말 아들같이 여기며 함께 살아왔다.
그래서인지 레온이 늘 어려 보였고, 애틋하기만 했었다.

그런데 어느덧 벌써 어른이 된 모양이다.

                    *   *   *

프라이스는 레온과 함께 식재료를 사러 가는 내내 말이 많았다. 식당에서 일한 경력으로만 본다면 레온이 한참 위였지만, 직위상 주방 보조는 서빙하는 사람보다 높은 위치였다. 그래서인지 그는 다소 거드름까지 피웠다.

"알겠지? 음식에 좋은 맛을 내기 위해서는 무엇보다도 식재료가 중요해. 너는 아직 잘 모를 테니 그냥 나만 따라다니면서 잘 보기만 해라. 그리고 앞으로는 이런 잔심부름은 네가 하게 될 테니 가게 위치가 어디인지 잘 기억해 두라고. 내가 한마디 해놓으면 상인들이 알아서 너한테 좋은 물건으로 내줄 거다. 참, 사오라고 한 게 뭐지?"

"오이랑 가지 그리고 배추랑 생선입니다. 아, 돼지고기도 있네요."

"그렇군. 그럼 먼저 야채상부터 가자."

두 사람은 야채상으로 갔다.

아마도 프라이스가 단골로 가는 야채상이 따로 있는 모양이었다.

시장에는 많은 사람들이 북적였는데 역시 레온에게는 이런 것들이 모두 생소하게 느껴졌다. 이런저런 호객꾼들을 지나 두 사람은 야채 가게 앞에 도착했다.

"왔나, 프라이스."

빼빼 마르고 콧수염이 고르게 번진 중년인이 가게 안에서 걸어나왔다.

"예, 오늘부터 이 녀석이 야채를 사러 올 겁니다."

"호오? 앞으로 레온이 온다고?"

아마도 야채상은 레온을 진작부터 알고 있는 모양이었다.

그는 뭔가 얕잡아 보는 듯한 눈빛으로 레온을 보더니 곧 프라이스를 돌아보았다.

"그래, 오늘은 뭘 사려고?"

"오이, 가지, 그리고… 뭐였지?"

프라이스가 레온을 돌아보았다.

"배추요."

"아, 배추. 그렇게 주세요."

"후후, 기다려 보게."

중년인은 가게 안으로 들어가더니 잠시 후 주문한 것들을 한 상자 안고 나왔다.

"자, 20코퍼네."

순간 레온은 눈을 휘둥그렇게 떴다.

20코퍼라고?

도대체 얼마나 좋은 야채를 내주기에 20코퍼씩이나 하나. 20코퍼면 2실버가 아닌가. 2실버면 어지간한 인부들이 일주일가량을 일해야 벌 수 있는 수익이다. 기껏해야 오이, 배추, 가지가 전부 아닌가. 아무리 수량이 많다지만 액수가 너무 비쌌다.

한데 프라이스는 아무 말도 없이 2실버를 내밀었다. 그는 상자 안에 담긴 식재료를 확인도 하지 않고 걸음을 돌렸다.

"그럼 수고하세요."

"그래. 또 보세."

"잠깐."

두 사람의 작별을 방해한 사람은 레온이었다.

그가 야채상에게 저벅저벅 걸어갔다.

"얼마라고요?"

"20코퍼라고 했네. 왜 그러나?"

야채상이 탐탁지 않은 표정으로 레온을 깔아보았다. 레온은
그 시선에 아랑곳하지 않고 대꾸했다.

"너무 비싸지 않아요? 겨우 야채 세 가지 샀는데 20코퍼라
니."

"무슨 소리를 하는 거냐? 내가 준 야채는 최상급 재료들이
야."

"아무리 최상급이라도 너무 비싼데?"

레온이 도발적으로 나오자 야채상은 몹시 기분이 상했다.

듣고 있던 프라이스가 얼른 나섰다.

"레온, 아저씨한테 무례하잖아! 어서 사과드려라!"

"당신도 똑같아. 20코퍼나 되는 돈을 아무렇지도 않게 내면
서 야채는 확인도 안 하고 들고 가?"

프라이스는 당황한 표정으로 레온을 바라보았다. 평소 맥없
이 착하기만 하다고 여긴 녀석이었다. 한데 지금의 레온은 마
치 다른 사람처럼 낯설게 느껴졌다.

프라이스가 짐짓 화난 표정으로 말했다.

"이곳에서 얼마나 오랫동안 거래했는지 네가 몰라서 그러나 보구나. 아저씨와 나는 벌써 3년 동안이나……"

"3년 동안이나 이딴 걸 20코퍼에 샀단 말이군?"

레온이 상자에 담긴 야채를 보며 중얼거렸다.

프라이스도 은근히 자존심이 상했는지 버럭 고함을 내질렀다.

"어허! 무슨 말버릇이 그러냐! 네가 야채를 잘 볼 줄 모르는 모양인데."

"그럼 잘 볼 줄 아는 당신이 말해보지."

"다, 당신?"

프라이스는 이제 머리 꼭대기까지 화가 나서 결국 야채 상자를 바닥에 내려놓았다.

야채상 앞에서 전에 없이 실랑이가 벌어지자 어느덧 주위에는 많은 사람들이 몰려들어 북적였다.

"어이, 무슨 소란이야?"

"글쎄, 야채가 안 좋은가 본데?"

사태가 심각해지자 오히려 당황한 쪽은 야채상이었다.

사실 그는 지금까지 프라이스와 은밀히 암거래를 해오고 있었다. 조금 덜 싱싱한 야채를 높은 값에 프라이스에게 팔아넘겨 왔던 것이다. 그리고 남은 이득 중 절반은 프라이스에게 따로 챙겨주었던 게다.

야채상이 얼른 중재에 나섰다.

"이거 이러다가 집안싸움 나겠군. 그러지 말고 프라이스, 내가 1코퍼 깎아줄 테니 19코퍼만 내게."

사태가 더 커지기 전에 마무리 하려던 야채상은 얼른 프라이스에게 1코퍼를 내주었다.

하지만 이어진 레온의 말에 그는 입을 딱 벌리고 말았다.

"반값으로 해줘야겠어, 아저씨."

"뭐, 뭣?"

"이 야채, 별로 싱싱하지 않잖아. 최상품으로 해도 20코퍼는 너무 비싸. 그런데 이렇게 싱싱하지도 않은 걸 20코퍼나 받다니. 사기야."

"사, 사기?"

사실 레온은 프라이스가 순순히 20코퍼를 넘겨줄 때부터 사태를 짐작하고 있었다. 두 사람이 모종의 암거래가 없었다면 이렇게 태연히 말도 안 되는 거래를 할 수는 없는 법이었다.

자신을 얕잡아 봐도 너무 얕잡아 본 게다.

그때 프라이스가 소리쳤다.

"오냐, 그래! 어디 네가 그렇게 안목이 좋은지 한번 보자. 도대체 이게 어디가 그렇게 문제라는 거냐? 이건 주방 보조 일을 하고 있는 나로서도 자존심이 걸린 문제야!"

프라이스가 알기로는 레온이 식재료를 보는 안목이 있을 리가 없었다.

하지만 그건 그의 착각이었다. 과거의 레온은 어땠을지 모르지만, 지금의 그는 달랐다.

지금의 레온은 혈마존으로서 어렸을 때 유랑단을 따라다니며 요리를 비롯한 갖은 일을 도맡아 했었다. 때문에 좋은 식재료를 알아보는 것은 누워서 사탕 빨기보다 쉬운 일이었다. 물론 기억을 잃었다지만, 상당수 지식은 고스란히 머리에 배어 있었다.

'아주 제 무덤을 파는군. 이 녀석은 왜 내가 이런 것도 모른다고 생각하는 거지?'

레온이 피식 웃고는 상자가 놓인 곳으로 걸어갔다. 그리고 야채를 들어 올리며 말했다.

"야채는 기본적으로 그 본 색깔이 짙고, 만졌을 때는 단단해야 해. 이걸 보라고. 이 오이는 본래 짙은 녹색을 띠고 있어야 하는데 그 색이 꽤 바랬어."

그러면서 레온은 다른 오이를 집어 들었다.

"이건 그나마 낫지. 제법 초록색을 띠고 있으니까. 하지만 꼭지가 말랐어. 꼭지가 말랐다는 건 신선도가 꽤 떨어졌다는 거야. 그리고 오이는 자고로 겉면에 잔가시가 많아야 해. 이렇게 미끈하게 잘 빠진 오이는 실격이지."

레온은 오이를 반으로 뚝 부러뜨렸다. 그가 부러진 단면을 보여주며 말했다.

"오이는 씨가 적을수록 좋은 거야. 그런데 이건 씨도 많고 수분도 별로 없군. 한마디로 쓰레기지."

레온은 아무렇지도 않게 부러뜨린 오이를 어깨너머로 던졌다.

프라이스의 눈꼬리가 파르르 떨렸다.

'이, 이 자식이 언제 이런 것까지.'

레온이 이번에는 가지를 집어 올렸다.

"가지는 짙은 보라색을 띠는 게 좋아. 역시 단단해야 하고, 겉은 매끄럽고 광택이 나야 하지. 가지에 달린 이파리, 바로 이 부분. 여기에는 잔가시가 많을수록 좋아. 한데 이건 모든 면에서 실격이군."

그는 이번에도 가지를 어깨너머로 던졌다.

그리고 배추를 집었다.

사실 레온에게 배추는 조금 생소했다. 그가 알고 있는 배추 즉, 중원에서 본 배추와는 다른 생김새를 가지고 있었기 때문이다.

하지만 야채의 기본적인 성질은 똑같은 법이다.

"이 배추도 단단할수록 좋아. 그리고 이렇게 겉을 둘러싸고 있는 파란 겉잎이 적은 게 좋지. 배추가 단단하지 않다는 건 속에 공기가 차고 재료로 쓸 수 있는 양도 별로 없다는 거야. 그리고 이렇게 갈랐을 때 배추 속의 심지가 많은 건 실격이야. 한마디로 이것도 쓰레기."

이쯤 되자 야채상의 얼굴이 벌겋게 달아올랐다. 레온의 한마디 한마디에 반박할 수 있는 여지가 없었다.

프라이스는 아예 고개도 들지 못했다.

언제 이런 것까지 알았을까?

가끔 번개에 맞고 깨어난 사람이 어딘지 성격도 변하고 엉뚱한 분야에 재능을 가지게 된다는 이야기를 들은 적이 있다.

혹시 레온이 그런 경우인가?

주위에 몰려든 사람들은 레온의 식견에 감탄을 금치 못했
다.

"오오, 정말 그렇군."

"이거 정말 별로 싱싱한 게 아닌 모양이야."

여기저기서 레온이 집어던진 야채를 살펴보며 입을 모았다.

결국 야채상이 얼른 나와 레온에게 말을 걸었다. 지금까지
와 달리 다정하고 친절한 태도였다.

"하하, 이거 내가 오늘 깜빡하고 어제 남은 것들을 내준 모
양이군. 정말 큰 실수를 했구나. 그나저나 레온, 너의 안목에
이 아저씨도 놀랐다. 언제 그렇게 공부를 했니?"

"글쎄, 원래부터 알고 있던 거라서."

"그, 그래? 한마디로 천재란 소리구나. 하하. 그나저나 이걸
어떻게 하지. 오늘은 내가 큰 실수를 했으니 네 말대로 반값만
받으마. 물론 10코퍼는 돌려주마. 그리고 최고 상품으로 다시
주마."

레온이 다른 사람에게는 들리지 않게 조금 작은 목소리로
말했다.

"그리고 덤으로 한 상자 더."

"뭐, 뭣?"

"왜 싫어? 그럼 이제 거래를 끊을 수밖에. 이런 일이 벌어졌
으니 소문도 날 테고……."

결국 야채상이 큰 소리로 외쳤다.

"하하하! 무슨 소리냐! 이 아저씨가 실수를 했으니 덤으로 한 상자 더 얹어 주마! 그것도 최고 상품으로! 어떠냐? 부디 사양하지 말거라!"

"좋아요."

레온은 전혀 다른 사람처럼 해맑게 웃었다.

그제야 몰려들어서 상황을 지켜보던 사람들도 웃으며 돌아갔다.

"하하, 실수가 있었나 보구만."

"저 청년은 오늘 운이 좋았네. 야채상도 인심이 후하군."

레온은 결국 두 상자를 야채상으로부터 받아냈다.

야채 두 상자를 혼자 든 프라이스는 속으로 이를 갈았다.

'건방진 자식. 하지만 네 녀석이 생선 고르는 법까진 모르겠지.'

다음은 생선을 살 차례였다.

그곳 역시 프라이스가 지난 3년 동안 거래를 해온 곳이었다. 야채상과 마찬가지로 질 낮은 생선을 높은 가격에 샀던 곳이기도 했다.

두 사람은 생선 가게에 도착했다.

생선장수는 사십대 중반 정도로 보이는 여인이었다. 그녀는 프라이스를 보자마자 안으로 들어가더니 알아서 생선을 들고 나왔다.

"15코퍼."

야채상에서 당한 게 있었기에 프라이스는 생선을 한 번 꼼꼼히 관찰하는 척했다.

"어디 보자. 눈도 맑고, 지느러미에 상처도 없고, 비늘에도 광택이 나는군."

여인이 힐끗거리며 물었다.

"뭐 하는 거야? 새삼스럽게."

"아… 아니, 식재료는 좋은 걸로 사야 한달까? 하. 하. 하."

프라이스가 어색하게 웃었다.

"싱겁긴, 돈이나 내놔."

"좋습니다, 이건 좋은 게 분명하니까 여기 15코퍼."

그런데,

"잠깐."

레온이 제지했다.

'헉! 저 녀석이 또! 이번에는 또 왜 그러냐!'

프라이스가 안면 근육을 파르르 떨며 뒤를 돌아보았다.

사실 이번에 여인이 내준 생선은 평소에 비하면 확실히 상태가 좋았다. 눈도 맑았고, 지느러미에 상처도 없었다. 그리고 비늘에도 확실히 광택이 났다.

한데 레온은 생선을 한 번 만져 보더니 불쑥 말을 뱉었다.

"10코퍼만 해도 충분하겠는데?"

여인의 눈썹이 성큼 치켜 올라갔다.

"뭐야? 얘는."

프라이스가 난감한 표정으로 대꾸했다.

"그, 그게 레온이라고. 우리 가게에서 일하는……."

그제야 여인도 레온을 알아보았는지 입을 열었다.

"아, 오랜만이네, 레온. 그런데 너 방금 뭐라고 했지?"

"10코퍼만 해도 충분하겠다고."

"호호, 레온. 이 아줌마가 그래도 장사를 20년 가까이 해왔단다. 그렇게는 흥정을 못해 주겠……."

"이거 별로 싱싱하지 않잖아."

"뭐?"

프라이스가 이마를 짚었다.

젠장, 또 시작했군.

한편 여인은 화가 나서 소리쳤다.

"이 생선이 싱싱하지 않다고? 어딜 봐서? 당장에라도 살아서 날뛸 것 같은 게 안 보여?"

"확실히 비늘도 반짝이고, 지느러미에 상처도 없어. 눈도 그럭저럭 맑은 편이야."

"그런데?"

"재생도라고 해야 하나? 이렇게 피부를 손가락으로 찔렀을 때, 싱싱한 생선이라면 금방 본래 모습으로 돌아오지. 한데 이건 그 속도가 너무 느린걸?"

"그, 그건 네가 너무 힘을 줘서 그런 거지!"

"과연 그럴까?"

레온은 생선을 한 마리 들더니 평평한 진열대 위에 놓았다.

그리고 항상 허리춤에 차고 다니는 부러진 망혼검을 꺼냈다.

"뭐, 뭐 하는 거냐?"

"보면 알아. 아줌마도 생선 가게에서 일하니까."

레온이 생선 대가리 바로 뒷부분을 칼로 썰었다. 우둘투둘이가 나간 검인데도 매끄럽게 썰리는 것이 더 신기했다.

레온은 벌어진 틈으로 생선의 피를 말끔히 빼냈다.

"역시……."

레온이 벌어진 살 틈을 보면서 중얼거렸다.

여인이 입술을 깨물고 물었다.

"뭐가 역시라는 거지?"

"이걸 보라고. 이렇게 대가리 부분을 잘라서 척추를 끊은 후, 피를 빼내면 생선 상태를 알 수가 있지. 자, 보이지? 싱싱한 생선은 이렇게 피를 빼내고 나면 빛에 비쳤을 때, 그 살이 투명하면서 광택이 나게 되어 있어. 물론 이것처럼 흰 살 생선일 경우에 말이야. 그런데 이건 핏물이 번진 것처럼 벌겋잖아? 게다가 살결까지 벌어졌어. 붉은색이 퍼져 있는 것은 혈관이 터져서 그런 거야. 즉, 이놈이 스트레스를 받았거나 건강이 별로 좋지 않았다는 뜻이지. 그리고 살결이 벌어진 건 사후 시간이 꽤 경과했다는 뜻이지."

그나마 여인은 야채상에 비해서 머리가 좋은 편이었다. 그녀는 더 일이 커지기 전에 얼른 나섰다.

"어머! 아줌마가 미처 그것까진 확인하지 못했구나. 이런, 오늘 내가 미쳤나 봐. 정신줄을 놓고 있다니까. 호호호."

"확실히 정신줄 챙겨야겠어, 아줌마."

"그, 그래. 호호호. 오늘은 아줌마가 실수했으니까 싱싱한 생선으로 다시 내주마. 그리고 가격은 특별히 10코퍼에 줄게."

"고마워요."

레온은 이번에도 역시 해맑게 웃으며 대꾸했다.

프라이스는 눈살을 파르르 떨었다.

'독, 독한 놈. 이 녀석, 설마 고기도······.'

"고기는 살이 선홍색을 띠고 지방은 우윳빛을 띠는 게 좋아. 이건 분명히 그 점에서 합격이군. 하지만 고기는 지방과 살의 비율이 일대일로, 그 분포가 일정해야 하며······."

레온의 설명은 장황하게 이어졌다.

'이 미친놈. 번개 맞더니 식재료의 신이 강림하셨나.'

프라이스는 슬슬 레온이 두려울 지경이었다.

"······그리고 고기는 사후 강직 후에 숙성이 되고 나서 완전히 부드러워지는 순간이 있어. 바로 그때가 가장 맛있을 때지. 하지만 이건 시간이 좀 지났는데?"

정육점의 대머리는 식은땀을 뻘뻘 흘렸다.

"허허, 내가 살다 보니 실수를 할 때가 다 있군. 다시 한 번 찾아보마."

결국 레온은 자신이 원하는 고기를 이번에도 저렴한 가격에 살 수 있었다.

갈 때와 달리 식당으로 돌아오는 길은 프라이스에게 고된 여정(?)이었다.

야채 두 상자에 생선 한 상자, 그리고 고기까지 그가 전부 들어야 했다. 어느 정도 왔을 때, 문득 레온이 걸음을 멈췄다.

"안, 안 가냐?"

프라이스가 고개를 돌려 물었다.

그러잖아도 짐이 무거워 죽겠는데, 레온이 움직일 생각을 하지 않으니 속에선 욕지기가 끓었다.

"저긴 뭐 하는 거죠?"

레온이 가리킨 곳은 많은 사람들이 모여 있었다. 보아하니 연극단에서 야외 정기 공연을 하는 모양이었다. 레온이 프라이스의 옷자락을 잡아끌었다.

"잠깐 보고 가죠."

"연극단이 공연하는 거야. 볼 것도 없다."

"그래도 잠깐 보고 가죠."

결국 프라이스는 한숨을 내쉬고 레온의 뜻에 따를 수밖에 없었다.

연극은 한창 진행 중에 있었는데, 레온은 그들의 연기를 유심히 살펴보았다. 어쩐지 이런 연극이 낯설지 않게 느껴진 탓이다.

연극의 내용은 전설적인 아란스의 검사가 포악한 레드 드래곤과 겨루어 이긴다는 이야기였다.

'저자는 너무 호흡이 흐트러져 있다. 이 사람은 표정부터 틀렸어. 적어도 제대로 된 연기를 하려면 진짜 자기 자신은 버려야 한다. 연기에 들어가는 순간, 자신이 연기하고자 하는 사람으로 완전히 탈바꿈하지 않으면 안 돼. 즉, 연기를 시작하는 순간 그것은 연기가 아니라 자신의 삶이 되어야 한다. 한데, 저자는 연기를 하고 있어. 그저 흉내만 낼 뿐이야. 그리고 상대역을 하는 자는 포악한 흉내만 낼 뿐, 심성 자체가 전혀 포악하지 못하군. 적어도 저런 연기를 하려면 그 순간만큼은 눈앞의 사람도 죽일 수 있을 정도의 독기를 품어야 한다. 저딴 식으로 억지로 포악한 척해봐야 극중 긴장감은 전혀 없어. 쓰레기 같은 연극이로군.'

만약 레온의 이 속마음을 연극단이 그대로 들었다면 침을 튀어가며 욕을 해댔으리라.

그들은 나름대로 마르텐에서 유명한 연극단이었다.

비단 마르텐뿐만 아니라 이웃 도시에서도 알아주는 연극단이었던 게다.

한데 레온의 평은 혹평을 넘어서 비난에 가깝지 않나.

그러면서도 역시 문득 드는 의문 하나.

'왜 나는 이런 걸 알고 있는 거야? 도대체 과거에 난 뭘 하던 놈이지? 아니면 정말 천재가?'

어쨌거나 연극에 대한 묘한 향수에 이끌려 구경하던 레온은 결국 발길을 돌렸다.

'연극의 분장도 너무 허술하다. 연기란 저렇게 간단한 게 아니다. 적어도 연기를 하려면 완벽한 분장, 완벽한 호흡, 완벽한 감정을 가져야 한다. 거기에 기의 흐름까지 완벽하게 다스려

낸다면 진정 자신을 버리고 연기하는 대상이 될 수 있는 거다.
저들은 정말 초짜로군.'

그때 문득 뇌리를 스친 생각이 있었다.

'가만, 분장과 연기라. 이걸 이용해 보는 것도 괜찮겠는데?'

레온이 문득 프라이스를 돌아보고 물었다.

"혹시 소가죽을 어디서 파는지 알아요?"

"갑, 갑자기 웬 소가죽을?"

"그건 알 것 없고."

건방진 놈.

프라이스는 내심 불쾌했지만 저지른 짓이 있어 쉽게 내색하
지도 못했다.

"저 길을 따라 쭈욱 가다가 오른편을 보면 잡화점이 있어."

"그럼, 식재료는 좀 부탁하죠. 난 잠깐 볼일을 보러."

"뭐? 나 혼자 가라고?"

"왜요? 싫은가요?"

'아, 내 신세야. 왜 이렇게 된 거지.'

프라이스는 결국 고개를 끄덕였다.

"알았어. 먼저 돌아가지."

"데이먼한테 제대로 갖다 드리세요. 그동안 부당한 거래를
하면서 돈 빼먹은 거 들키기 싫다면요."

프라이스는 충격을 받았다.

"아, 알고 있었던 거냐? 너 말고 누가 또 알지?"

"본좌 말고 누가 있겠습니까? 오늘 식재료를 사러 돌아다니

면서 안 거죠. 그런 당신을 위해서 일자리를 알아보는 브란이
불쌍하게 느껴질 정도입니다."

"그건 또 무슨 말이냐?"

"나중에 알게 될 겁니다. 아무튼 갖다 드리고 데이먼한테는
말 잘해주세요. 본좌가 입 다물고 있어주길 바란다면."

프라이스는 레온의 눈빛에 등골까지 서늘해지는 걸 느꼈다.

"그, 그러지."

그는 침울한 표정으로 고개를 끄덕였다.

레온이 손을 흔들며 벌써 저만큼 멀어져 갔다.

"도대체 이런 가죽을 뭐 하는데 쓰시려고 그럽니까?"

잡화점 주인은 고개를 갸웃했다.

레온이 고른 가죽은 시중에 내놓지도 않는 최하급 품이었
다. 별로 질기지도 않고 고무처럼 잘 늘어나서 어디에도 쓸 데
가 없는 것이었다. 그럴 수밖에 없는 것이 보통 쓸 만한 가죽
부분을 오려내어 버리려고 모아둔 것들이기 때문이다.

"아무리 필요없는 거라도 찾아보면 요긴하게 쓰일 데가 있
게 마련이지. 개똥도 약에 쓰일 일이 있을지 어떻게 알겠습니
까?"

레온은 그 가죽이랑 함께 이것저것 역용에 필요한 재료들을
구입했다.

잡화점에는 변장에 필요한 도구들이 꽤 많았다.

붙이기만 하면 되는 콧수염이라든지, 갖가지 모양의 가발,

그리고 안경 등.

하지만 레온은 그런 것들에 눈길도 주지 않았다.

저렇게 어설프게 이미 만들어진 것들은 안 하느니만 못하다.

대신 털이 가닥가닥 따로 있는 것들을 길이와 색깔 별로 한 뭉치 샀고, 여러 가지 화장에 필요한 도구를 샀다.

이곳 주인에게 물어본 바에 의하면 이 도시에는 역용에 필요한 도구를 전문적으로 판매하는 곳이 없었다. 때문에 이런 것들을 모두 잡화점에서 구할 수밖에 없었다.

중원이 아니니 당연했다.

가장 중요한 것은 얼굴에 덮어쓸 가죽이었는데, 다행히 잡화점에서 버리려고 모아둔 가죽들이 제법 괜찮았다. 물론 인피면구를 만드는 데 있어서 가장 좋은 것은 진짜 사람의 얼굴 가죽이다.

하지만 정말로 어디 가서 사람 얼굴 가죽을 벗겨올 수는 없는 노릇 아닌가.

"이런 가죽들을 얼마나 구할 수 있겠습니까?"

잡화점 주인은 상인이었다.

그는 단박에 상대가 그 가죽을 원하고 있다는 걸 알아챘다. 그가 짐짓 까다로운 표정으로 말했다.

"글쎄요. 보통은 팔리지도 않는 것이기도 하고, 우리로서도 일부러 만들어내지는 않는 편이라서."

"그럼 만들 수도 있습니까?"

"뭐, 만든다면야……."

레온이 은화를 두 닢이나 던졌다.

어젯밤 어쌔신들로부터 뜯어낸 은화였다. 어쌔신들은 만약을 대비해 최소 금액을 소지하고 다니는데, 그들은 각각 1실버씩 가지고 있었다.

"이것보다 더 얇게, 서른 장 정도. 되겠소?"

돈을 받아 든 상인이 입을 헤벌쭉 벌렸다. 사실 2실버가 아주 큰돈이라고는 할 수 없지만, 쓸모없는 가죽을 처리하면서 받는 것치고는 짭짤한 수익이었다.

다만 그보다 더 얇게 만들어 달라는 것이 조금 손이 가긴 하지만.

"물론입지요. 하지만 당장 만들어 드리기는……."

"언제까지 되겠소?"

"그보다 더 얇게 만드는 것이라면 일주일 정도는 시간이 필요합니다."

"그럼 그때 다시 오지."

"최대한 서둘러 만들어 드립지요."

"서두르는 것도 좋지만, 정교하게 해주시오."

"여부가 있겠습니까? 흐흐. 그런데 그걸 어디에 쓰시려고 합니까?"

"그건 알 필요 없고."

레온은 유유히 몸을 돌려 잡화점을 나섰다.

어제 어쌔신들의 습격을 받은 후, 레온은 여러 가지 대책을 생각했다.

버몬과 그란이 순순히 그의 말에 따르지 않을 것이라는 것은 예상했었다.

하나 어제의 습격은 사실 위험천만이었다.

가까스로 놈들을 제압했지만 절대 두 번은 써먹을 수 없는 방법. 만약 레온이 조금만 늦게 눈치를 챘다면 그 둘에게 목숨을 잃었으리라.

'제길, 너무 약해. 수련을 더 해야 해.'

실제로 레온의 수련 속도는 일반인에 비해 수배에 달할 정도로 빨랐지만, 그는 그걸로 만족하지 못했다.

그도 그럴 것이 과거 중원을 종횡무진하던 혈마존이 아니었던가. 본능과 생각을 따라오지 못하는 육체가 이만저만 답답한 게 아니리라.

'그 녀석들도 가만두면 안 되겠어.'

레온은 버몬과 그란을 떠올리며 걸음을 서둘렀다.

*　　　*　　　*

"오오! 레온, 이제 왔느냐?"

데이먼은 레온을 보자마자 함박웃음을 지으며 달려들었다. 그가 이렇게도 자신을 반기는 이유는 묻지 않아도 뻔했다.

"세상에 네가 식재료를 알아보는 귀신이라며?"

뒤이어 다가온 루나가 다시 봤다는 표정으로 레온을 바라보았다.

데이먼은 한껏 상기된 표정으로 떠들어댔다.

"평소라면 50코퍼는 나갔을 텐데. 단 30코퍼에 이렇게 좋은 재료들을 구해오다니. 레온, 네게 이런 재주가 있을 줄은 정말 몰랐구나!"

그러니 당신은 사람이 너무 무르다고.

레온이 싱긋 웃었다.

"별것 아닌데요, 뭐."

"하하하, 정말이지 오늘은 기분이 너무 좋구나. 피곤하진 않니?"

"아뇨, 별로 한 일도 없는데요, 뭐."

"그래도 좀 피곤하면 쉬려무나."

"그럼 잠깐 방에 갔다가 나올게요."

"그래그래. 오늘도 홀은 한가하니까 서둘지 않아도 된다."

'그렇군. 오늘도 한가하군.'

평소라면 별생각없이 흘려들었겠지만 어제 엿들은 이야기가 있어서 그런지 마음 한 구석이 석연치 않았다. 레온은 가볍게 인사하고는 이층으로 올라갔다.

그는 방에 들어가서 품에 숨겨 들어온 물건들을 침대 아래 두고는 다시 내려갔다.

'어떻게든 가게 수익을 올려야겠는데, 좋은 방법이 없을까? 내가 한번 요리를 해봐?'

사실 데이먼의 요리 솜씨는 나쁘지 않았다.

하지만 어쩐지 레온은 자신이 요리를 해도 그 정도의 맛은

낼 수 있을 거라는 생각이 들었다. 좀 더 솔직히 말하자면 데
이먼보다도 맛있게 만들 수 있을 것만 같았다. 그런 자신감이
어디서 나오는지는 알 수 없었지만.

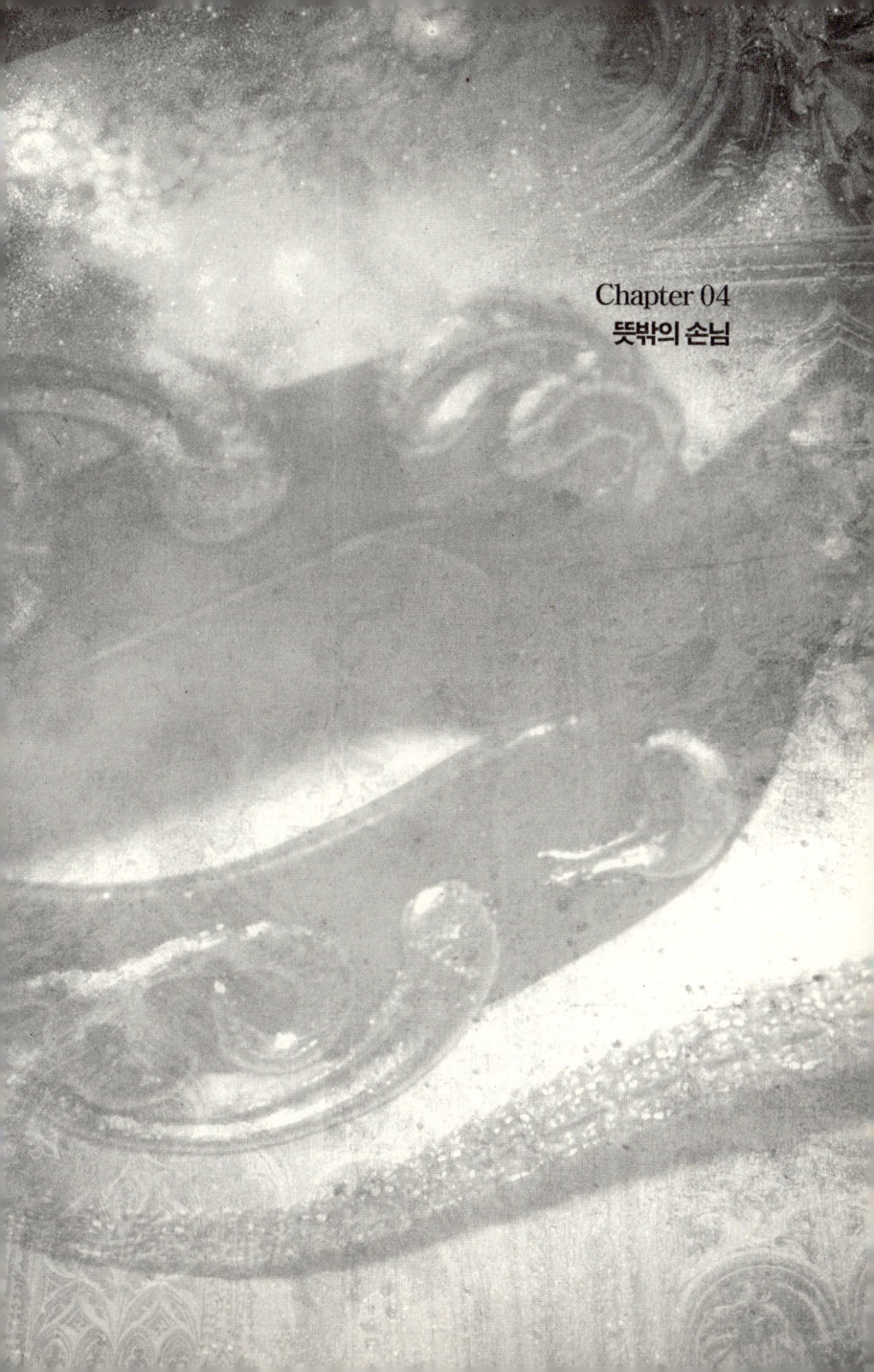

Chapter 04
뜻밖의 손님

가면의
레온

레온은 옥상에 올라 밤하늘을 올려다보았다.

별빛이 총총히 빛나는 맑은 하늘이었다.

'수동적인 그란보다는 버몬이 보낸 어쌔신일 가능성이 크
겠지.'

그는 버몬을 생각하면서 지그시 어금니를 깨물었다.

설마 했지만 어쌔신까지 보낼 줄이야. 이번 기회에 단단히
혼을 내주지 않으면 안 되겠다는 생각이 들었다.

문제는 버몬의 방까지 어떻게 들어가느냐다. 그의 방에 자
유롭게 들어갈 수 있는 자가 누가 있을까?

제일 먼저 그의 부모이리라. 그리고 집사와 하인 정도이려
나. 여러모로 편한 걸 고려해 봤을 때 집사가 제일 적격이리

라. 눈에 잘 띄지도 않고, 적당히 가내에서 권위도 있으니 움직이기에 편할 게다.

좋아, 그럼 집사로 하고.

문제는 그 집사의 얼굴을 아직 모른다는 것이다. 집사의 얼굴을 보려면 저택 안으로 들어가야 하는데…….

'들어갈 수 없다면 끌어내면 되지.'

레온은 가만히 고개를 끄덕였다.

대략의 계획이 섰다. 그때 문득 뒤에서 목소리가 들렸다.

"여기서 뭐 해?"

돌아보니 루나가 서 있었다.

"잠시 생각 좀 하느라고."

"무슨 생각?"

"착한 일 할 생각."

루나가 풋 웃고는 레온이 앉아 있는 난간으로 다가왔다.

"신전에는 다녀왔어?"

"방금 돌아온 길이야."

"정말 열심히 하는구나. 요즘 너 보면 가끔 다른 애 같다는 생각이 들어."

"난 항상 내가 다른 사람 같아."

"바보, 기억을 잃어서 그런 거야."

"그럼 너도 똑같은 거야. 내가 기억을 잃어서."

"누나한테 너라니."

루나가 짐짓 화난 표정으로 말했다.

하지만 정말 기분이 나빠서 하는 소리는 아니었다. 원래 레온은 자신을 누나라고 부르며 잘 따랐지만, 요즘의 이런 레온도 왠지 싫지는 않았다.

"나이 차이도 한 살밖에 안 난다며? 그 정도면 친구지."

"피! 밥을 먹어도 내가 너보다 많이 먹었어."

"사람이 밥 먹은 양으로 위아래를 가릴 수는 없잖아? 그럼 많이 먹고 똥 많이 싼 사람이 무조건 윗사람이야? 돼지들은 전부 형님이겠군."

"치, 말이라도 못하면."

"말이라도 잘해야 할 것 아냐."

"어이구, 잘 나셨어. 우리 동생."

"그렇게 누나로 불리고 싶어? 그럼 이제부터 누님으로 부르지요. 깍듯이 모시겠습니다, 누님."

"됐어!"

루나가 버럭 소리쳤다.

레온이 뜨끔해서 그녀를 돌아보았다.

두 사람은 잠시 서로를 바라보다가 이내 웃음을 터뜨렸다. 루나가 기지개를 켜며 말했다.

"난 그만 자러 갈래."

"잘 자."

레온이 루나를 돌아보고 싱긋 미소 지었다.

루나는 순간 양볼이 화끈 달아올랐다.

'나, 나이도 어린 게 자꾸 어른처럼 군단 말이야.'

그녀는 괜히 차갑게 몸을 돌리며 걸음을 옮겼다. 그러면서도 금방 자신의 행동에 후회했다. 그렇게까지 할 필요는 없었다고.

이상하게 요즘 들어서 레온이 다르게 느껴진다. 어쩌면 자신이 다르게 보고 있는지도 모르겠지만.

루나가 내려가고 나서 레온이 몸을 일으켰다.

"그럼 슬슬 가볼까?"

그는 품에 넣어둔 역용 도구를 다시 확인했다.

*　　　　*　　　　*

한 시간 후, 제프리 가의 저택 앞이 전에 없이 소란스러웠다.

"거참, 내가 이집 주인이랑 친한 사이래도 그러네."

"헛소리 말고 썩 꺼지지 못할까!"

저택 대문을 지키고 있던 사병들이 검집 채로 치근대는 거지의 가슴팍을 밀쳤다.

"어이쿠! 이거 이러다 사람 잡겠구나! 여기 사람 죽소!"

거지는 목이 찢어져라 고래고래 소리를 질러댔다.

저택을 지키는 사병들은 난감한 표정으로 거지를 내려다보았다.

늦은 밤에 갑자기 찾아온 거지는 도통 돌아갈 생각을 하지 않았다. 술에 잔뜩 절었는지 온통 술 냄새가 가득했고, 정신은 반쯤 다른 세계에 가 있었다.

"이러다가 사람들 다 깨우겠군."

"누가 아니래. 이러다가 주인님이라도 깨시면 골치 아파지는데."

거지가 찾아와서 소동을 피운 지 벌써 삼십 분째였다. 처음에는 어르고 달래보았지만 소용없었다. 나중에는 폭력을 휘둘렀지만 아랑곳하지 않았다.

그렇다고 덮어놓고 구타를 하자니 괜히 인사불성인 사람 잘못 쳐서 큰일이라도 날까 싶어 이러지도 저러지도 못하는 상황이었다.

"이 새벽에 대체 무슨 소란이더냐?"

대문 안에서 익숙한 소리가 들려왔다.

사병들이 놀라서 돌아보았다.

다행히 나온 사람은 모리안이 아니라 집사였다. 사병들이 그나마 안도의 한숨을 내쉬면서 하소연했다.

"글쎄, 이 거지 놈이 와서 다짜고짜 주인님 뵙기를 청합니다."

"거지가?"

집사는 대문을 열고 밖으로 나왔다.

찰나 거지의 눈빛이 반짝였다. 물론 그 작은 변화를 눈치챈 사람은 아무도 없었다.

집사가 걸어오더니 거지의 면모를 찬찬히 살폈다.

거지는 집사를 보곤 헤벌쭉 웃었다.

"헤에~"

"누구요?"

집사가 딱딱하게 물었다.

"이 집 주인 친구."

"이름이?"

집사는 신중한 편이었다. 그는 거지가 절대 주인의 친구가 아닐 거라고 생각하면서도 혹시나 해서 물었다.

"이름? 음… 뭐였더라? 글쎄 기억이 잘 안 나는데."

집사는 거지의 행색을 유심히 지켜보다가 내뱉듯이 말했다.

"아무리 보아도 처음 보는 사람이군."

당연한 것이었다.

거지의 정체는 인피면구를 뒤집어쓴 레온이었으니까. 특별히 누군가를 모방해서 만든 인피면구도 아니었으므로 다른 곳에서 볼 수 있는 얼굴이 아니었다.

레온은 곤드레만드레 취한 척하면서도 집사의 외모를 유심히 관찰했다.

'팔자 콧수염과 눈가의 주름이 포인트군. 훗, 이만하면 됐어.'

이윽고 그가 비틀거리며 일어났다.

"응? 아무래도 내가 집을 잘못 찾았나 보군."

사병들은 기가 막혔다.

여태까지 온갖 행패를 다 부려놓고 갑자기 정신을 차린 거지가 얄밉기도 했다. 그러면서도 집사가 나오자마자 바로 문제가 해결되어 버리니 그의 영향력에 내심 감탄하기도 했다.

집사 역시 자신의 침착한 대처로 거지가 정신을 차린 줄 알았다.

그는 더욱 엄중한 표정으로 말했다.

"앞으로 조심하시오. 여기는 당신 같은 사람이 와서 소란을 피울 곳이 아니오."

"알겠수다. 거참, 사람이 살다 보면 실수도 할 수 있는 거지. 빡빡하기는."

거지가 중얼중얼 불평하면서 걸어갔다.

이윽고 집사도 다시 저택 안으로 돌아갔다.

사병들이 멀어져 가는 거지를 보며 소리쳤다.

"네 이놈! 다시는 앞에 나타나지 마라!"

"썩 꺼져라."

레온은 그들의 고함 소리를 뒤로 하고 골목으로 접어들어 갔다.

'미안해서 어쩌지. 내일 또 올 건데.'

레온이 씨익 미소 지으며 얼굴 가죽을 뜯어냈다.

'남은 건 버몬의 방을 찾는 거군. 후후, 그건 어렵지 않겠어.'

금세 대안이 생각났다.

정말이지 나쁜 쪽으로는 귀신도 놀랄 만큼 빠른 두뇌 회전을 자랑하는 그였다. 달빛에 비친 그의 미소는 어쩐지 광기마저 서려 있는 듯했다.

                        *   *   *

　다음날.

　레온은 다시 제프리 일가를 찾아갔다. 이번에도 밤늦은 시
간이었다.

　하지만 사병들은 어제와 전혀 다른 태도로 그에게 인사했
다.

　"이 늦은 시간에 어딜 다녀오시는 길입니까?"

　"잠시 성에서 볼일을 보고 오는 길이네."

　사병들은 더 이상 캐묻지 않고 길을 비켜섰다.

　그럴 수밖에 없는 것이, 레온은 바로 어제 이곳에서 보았던
집사의 모습으로 다시 나타났던 것이다. 이 순간을 위해 사병
들이 언제 근무를 교대하는지도 꼼꼼히 관찰했었다.

　이제 막 야간 교대를 마친 사병들은 집사가 밖에서 들어오
자 내심 놀랐지만 별다른 의심을 하지 않았다.

　비록 집사가 출타했다는 보고는 받지 못했지만, 바로 눈앞
에 버젓이 서 있는 사람을 보고도 의심할 수는 없는 노릇이 아
닌가.

　더구나 도시 제일의 부자인 제프리 일가는 영주와 은밀한
사이이기도 했다. 때문에 집사는 밤늦게 영주를 찾아가는 일
이 잦았기에 대수롭지 않게 여겼다.

　"자네."

레온이 대문을 통해 들어가다가 문득 사병 한 명을 불렀다.

"부르셨습니까?"

"이걸 도련님 방문에 걸어놓게나. 혹시 주무시다가 깨시면 곤란하니 문고리에 걸어놓도록 하게. 내 잠시 볼일을 보고 갈 터이니."

레온이 내민 것은 작은 천 주머니였다. 행여나 의심을 살까 그가 한마디 덧붙였다.

"영주님이 친히 하사하신 걸세. 기력 회복에 좋다는군. 소중한 것이니 잘 다루게."

"알겠습니다. 지금 바로 갖다놓겠습니다."

"그리하게나."

사병은 천 주머니를 두 손으로 조심스럽게 받쳐 들고 저택 안으로 달려갔다. 레온은 그의 뒤를 따라 걸음을 옮기면서 남은 사병에게도 한마디 내뱉는 것을 잊지 않았다.

"어제처럼 소란이 없도록 주의하게."

"각별히 신경 쓰겠습니다."

훗, 멍청한 놈들.

레온이 조소를 지으며 걸어갔다.

그가 저택 안으로 들어설 때쯤, 심부름을 마친 사병이 막 나오고 있었다.

"걸어놓았나?"

"예, 문고리에 걸어놓았습니다."

"수고했네."

그가 사병을 무심히 지나치며 저택으로 들어갔다.

만약 레온을 아는 자가 지금 이 모습을 본다면 혀를 내둘렀으리라.

그는 어제 잠깐 집사를 봤을 뿐이다. 한데 그는 완벽하게 집사의 연기를 소화하고 있었다. 말투나 표정, 몸짓 하나까지 어디 하나 흠잡을 곳이 없었다.

그가 중원에 있던 시절, 유랑단 소속이었을 때 모진 매질까지 당해가며 배운 연기력이었다.

그는 겉모습뿐만 아니라 눈빛과 호흡마저도 완전히 모방했다. 성대모사 역시 수많은 사람의 목소리를 흉내 내며 살았던 그에게는 어려운 일이 아니었던 게다.

'놈은 아직 병석에 있을 테니 일층이겠지?'

사병이 되돌아 나오는데 걸린 시간만 봐도 이층보다는 일층일 가능성이 컸다.

레온은 우선 일층 복도를 따라 걸었다.

아니나 다를까, 복도 중간쯤에 천 주머니가 걸린 문짝이 보였다. 레온이 사병에게 건네준 그 주머니였다.

'여기군.'

레온이 천 주머니를 들었다.

사실 사병에게 천 주머니를 갖다놓게 한 것은 버몬의 방을 찾기 위한 수단에 불과했다. 물론 주머니 안에 든 것은 정말로 버몬에게 줄 것이긴 했지만.

똑똑똑.

늦은 밤이었지만 그는 과감히 방문을 두드렸다.

"누구시오?"

방 안에서 버몬의 목소리가 흘러나왔다. 잠이 밴 목소리였다.

레온이 대답 대신 문을 열고 들어갔다.

"집사?"

버몬이 호롱불을 켜놓고 눈살을 잔뜩 찌푸리며 쳐다보았다.

"아직 안 주무셨습니까?"

"집사가 깨웠지."

버몬이 퉁명하게 말했다.

싸가지 하고는.

레온이 방을 둘러보며 말을 이었다.

"몸은 좀 어떠십니까?"

"보면 모르오? 좋을 리가 없지. 그나저나 이 야밤에 무슨 일이오?"

아무래도 버몬은 집사가 잠을 깨운 것이 몹시나 못마땅한 모양이었다.

레온이 그를 보며 미소 지었다.

"도련님 앞으로 물건이 왔더군요."

"물건? 이 시간에 인편으로?"

"예, 도련님께 꼭 전해달라고 하더군요."

레온이 천 주머니를 버몬에게 건넸다.

버몬이 고개를 갸웃하고는 천 주머니를 풀어헤쳤다. 다음 순간, 그는 '기력에 좋다'는 그 물건을 보고 저도 모르게 짤막한 비명을 내질렀다.

"아악!"

"왜 그러십니까?"

"이, 이걸 누가 준 거요?"

주머니 안에 들어 있던 것은 피로 얼룩진 손가락 두 개였다.

그때 집사의 목소리가 확 바뀌었다.

"누가 주긴. 네가 보낸 쥐새끼 두 마리가 줬지."

"뭐요……? 잠깐, 당신 누구야?"

그제야 목소리가 확 달라진 걸 깨달은 버몬이 기겁을 했다.

집사가 조소를 지었다.

"널 죽이려고 온 저승사자다."

"설, 설마! 너, 너!"

"쉿, 조용히 해. 안 그러면 정말 네 목을 가져갈지도 모르니까."

버몬이 몸을 달달 떨었다.

말도 안 된다. 레온이 어째서 집사가 됐단 말인가. 이 녀석 정말 정체가 뭔가!

"어, 어떻게 네가……."

"아직까지 살아 있냐고?"

버몬이 말을 잇지 못하고 눈만 끔뻑였다.

레온이 피식 웃었다.

"당연한 것 아냐. 그딴 쥐새끼 두 마리 보내놓고 설마 본좌를 죽일 수 있다고 생각한 건 아니겠지?"

"그럼 그 어쌔신들은."

이놈이 보낸 게 맞군. 빌어먹을 놈.

"그거 보면 몰라? 전부 죽여 버렸지."

이제 버몬은 이가 딱딱 부딪칠 정도로 떨어댔다. 레온이 그에게 얼굴을 바짝 들이밀었다.

버몬은 숨이 그대로 멎을 것만 같았다.

얼굴은 집산데 목소리가 레온이라니.

이 녀석 혹시 마법사인걸까?

마법사 중에는 다른 사람으로 모습을 바꿀 수 있는 자도 있다고 들었다.

하지만 그 기술은 상당히 높은 클래스였던 것 같은데.

어느 쪽으로 생각해도 최악이 아닌가. 번개를 맞고 괴물이 된 것이든, 원래 하이 클래스 마법사였든 눈앞에 있는 건 틀림없이 레온인 것이다.

얼굴을 바짝 가까이 댄 레온이 나직한 목소리로 말했다.

"잘 들어. 이번에도 개수작 부리면 다음에는 잘린 네 손모가지를 보게 될 게야. 그러니 쥐새끼는 그만 보내도록 해. 장담하건대 이게 마지막 충고다. 내가 어려운 것 시켰어? 아니잖아. 그냥 가게에 와서 무릎 꿇고 사과만 하라고 했잖아. 그게 그렇게 힘들어? 죽어도 못하겠어?"

공포에 질린 버몬이 도리질했다.

"그래, 할 수 있지?"

끄덕끄덕.

"좋아. 마지막 기회야. 이번에도 안 하면 너는 평생 그 자리에 누워서 지내야 할 거야. 약속하지."

끄덕끄덕.

레온이 마지막으로 씨익 웃었다.

버몬은 그렇지 않아도 불편한 사지가 나뭇가지처럼 뻣뻣하게 굳었다. 그는 지금 레온의 미소를 평생 동안 잊지 못할 거라고 확신했다.

사실 레온도 버몬도 잘 모르고 있었지만, 레온의 마지막 미소 역시 혈마존의 심공(心功)인 멸심마소(滅心魔笑)였다. 때에 따라서는 상대를 꿈에 젖은 것처럼 무기력하게, 또는 공포에 질려 끝없는 절망에 빠지게도 하는 마소였다.

아직 내력이 미약한 레온이었지만 버몬을 상대로는 그 정도로도 충분한 효과가 있었다.

레온이 만족한 듯 몸을 일으켰다. 그러다가 문득 생각난 듯,

"이왕 온 거 손가락 하나만 자를까?"

버몬이 모가지가 떨어져 나갈 정도로 도리질했다. 마음 같아서는 정말 큰 소리로 울고 싶을 지경이었다.

"휴, 관두자. 귀찮아졌어."

그가 정말로 귀찮아진 표정으로 걸음을 옮겼다.

"참, 가져온 손가락은 내가 다시 가져간다. 괜히 시끄럽게 일 만들기 싫거든. 명심해. 또 허튼짓하면 가만 안 둘 거야. 잘 생각해 봐. 너한테 뭐가 가장 쉽고 편한 방법일지. 수치는 짧

지만 불구는 평생이야. 그리고……."

그가 상큼하게 웃었다.

"…뒈지면 영원이고."

레온은 미련없이 방을 나갔다.

버몬은 그러고 나서도 한참 동안 멍하니 앉아 있었다.

저놈, 저놈은 분명히 자기 말을 증명할 놈이다. 나쁜 약속일수록 죽어도 지킬 놈이다. 죽는 한이 있어도 날 찾아와서 먼저 죽이고 죽을 놈이다. 지독한 놈, 마귀 같은 놈.

레온에게서 본 악마의 미소가 머릿속을 떠나지 않았다.

버몬이 괴로운 듯 머리를 감싸 쥐었다.

그는 태어나서 처음으로 자신이 저지른 행동에 대해 뼈저리게 후회하고 있었다.

*   *   *

사흘 후, 프라이스와 고든은 예정대로 꿈의 밥상에서 해고됐다.

"그게 무슨 말입니까? 난데없이 해고라니!"

"정말 미안하게 생각하네. 하지만 이쪽 사정이 그렇게 됐다네. 대신 두 사람에게 임금이 더 높은 일자리를 알선해 주지 않는가."

데이먼이 달랬지만 프라이스는 강하게 반발했다.

"받아들일 수 없습니다!"

사실 그가 높은 임금을 마다하고 이토록 반발하는 이유는 따로 있었다. 그동안 꿈의 밥상에서 식재료를 사며 횡령한 공금만 해도 제법 짭짤한 수익이었던 탓이다. 그게 전부 지나치게 착하다 싶을 정도로 사람 좋은 데이먼이었기에 가능한 일이었다.

한데 이제 와서 다른 일자리로 간다면 그 짭짤한 수익이 모두 사라지는 게 아닌가.

'혹시 레온이 그 일을 고자질한 건가?'

그러면서 그는 데이먼 옆에 서 있는 레온을 뚫어지게 노려보았다.

사실 레온이 지난번 그의 해고를 슬며시 언질해 두었지만 프라이스에게 그 기억은 이미 사라지고 없었다.

한편 고든은 오히려 높은 임금의 일자리를 알선받아서 좋아했다. 그러면서도 프라이스를 보며 이 사람이 이렇게 의리가 좋은 사람이었나 하는 생각을 했다.

"미안하네, 프라이스. 가게 사정이 그렇게 됐으이."

"정말 너무하십니다. 그동안 같이 일한 시간이 얼만데."

"내, 자네 마음을 왜 모르겠나. 그래도 소개해 준 그곳이라면 여기보다 좋은 대우를 해줄 걸세."

"저는 임금보다도 사람을 보고 일합니다."

아우, 쌍! 닭살이 다 돋는다.

그러시겠지. 사기 치기 좋은 사람보고 일하겠지. 어떻게 내가 버젓이 보는 앞에서도 저런 소리를 할 수가 있나.

레온은 손발이 오그라드는 걸 느끼며 내심 콧방귀를 꼈다.

데이먼은 그의 말을 진짜로 생각하는지 연신 사과했다.

"정말 미안하게 생각하네."

결국 프라이스는 항의를 포기했다. 어쨌거나 주인이 더 이상 고용할 의사가 없는데다, 더 높은 임금을 주는 일자리까지 구해주었으니 할 말은 없는 게다. 언제까지 자신과 어울리지도 않는 정을 운운하며 매달릴 수는 없었다.

"할 수 없군요. 그럼 부디 건강하십시오."

"건강하십시오."

두 사람이 데이먼에게 허리 숙여 인사했다.

하지만 그 순간 레온은 프라이스의 표정이 심상치 않음을 읽어냈다.

'뭔가 일이라도 낼 것 같은 표정이구만.'

아니나 다를까 프라이스는 속으로 이를 갈고 있었다.

'나를 잘라? 두고 보자. 후회할 날이 올 것이다.'

그런 속 심정을 모르는 데이먼이 눈가를 훔치며 말했다.

"미안하네. 자네들도 부디 건강하게 잘 살게나."

데이먼으로서는 마치 가족을 잘라내는 심정이었다.

*   *   *

그 후, 꿈의 밥상에서는 한동안 평온한 나날이 흘렀다.

대신 남은 사람들은 전보다 바쁘게 움직여야 했다.

레온이 주방에 들어가는 일은 잦아졌다. 그가 식재료를 보는 안목도 탁월했기에 자주 주방에서 보조 역할을 해주곤 했다.

처음에는 재료를 운반하는 정도에 지나지 않았지만, 시간이 지나면서 야채를 다듬거나 간단한 조리, 그리고 고기를 재워 놓는 일도 도맡기 시작했다.

야채를 처음 다듬던 날, 레온은 이가 나가고 보기만 해도 흉측한 망혼검을 꺼내 들었다. 결국 데이먼과 브란이 기겁을 하면서 말린 후에야 주방용 칼을 사용했다.

데이먼은 식재료를 거의 확인하지 않았다. 다듬어진 식재료로 요리만 할 뿐이었다. 그만큼 자기 직원을 믿고 행동해 왔던 것이다.

'저러니 사기를 당하지.'

레온은 가볍게 한숨을 내쉬고 고개를 내저었다. 데이먼은 사실 장사하기에는 사람이 너무 좋았다. 그게 제일 큰 흠이라면 흠이었다.

레온은 주방 보조 일을 도와주는 일이 잦아지면서 여러 가지 생각을 하게 됐다. 주로 가게 매출을 올리는 것에 대한 것들이었다.

'이대로 매출이 오르지 않으면 정말 빚 때문에 장사를 접어야 할지도 몰라. 보조 일을 하면서 매출을 올릴 방법이 없을까?'

마음 같아서는 직접 요리를 만들고 싶기도 했다.

하지만 어떤 면에서 보면 요리사이자 주인인 데이먼의 자존심 문제도 걸려 있어 섣불리 나서지는 않았다.

레온은 틈틈이 데이먼의 요리를 보면서, 그리고 야채를 다듬으면서 거듭 고민을 해보았다. 가게의 매출을 올리기 위해 자신이 할 수 있는 뭔가가 있지 않을까라는 생각을 하면서.

"일은 할 만해?"

주방에서 야채를 다듬고 있는 레온에게 루나가 뒤로 다가와서 물었다.

"본좌에게 이딴 일쯤이야."

일은 서빙보다 즐거웠다. 어쩐지 요리에 더 영향을 줄 수 있는 보조 역할이 마음에 들었던 것이다.

레온이 루나를 흘깃 보았다.

"서빙은 어쩌고?"

"지금은 여자 손님들밖에 없거든. 브란이 하고 있어."

레온은 무심코 고개를 끄덕였다.

보통 남자 손님이 오면 루나가 서빙을 했고, 여자 손님이 오면 레온이나 브란이 서빙을 했다. 인간의 심리가 왜 그런지, 이성이 내오는 요리를 손님들은 더 좋아했다.

'잠깐. 이성이 주는 음식이라…….'

레온은 문득 칼질을 멈추고 생각에 잠겼다.

이것도 어찌 보면 음양(陰陽)의 조화가 아닌가.

세상의 만물은 음양의 조화로 이루어져 있다. 남자가 있으면 여자가 있고, 빛이 있으면 그늘이 있는 법이다. 선이 있으면

악이 있고.

겨우 한 끼 식사에 불과하지만 남자는 여자에게 받는 요리가 맛있고, 여자는 남자에게 받는 요리가 더 맛있는 걸까? 단지 기분 탓이라고 하더라도 이건 손님의 무의식을 자극할지도 모를 일이었다.

그렇다면 음양오행론(陰陽五行論)을 요리에 적용시켜 보면?

그러고 보니 과거에도 이런 생각을 가지고 요리를 한 적이 있었던 것 같다.

물론 당연했다. 과거 중원의 시절 그는 유랑단에서 요리사에게 직접 요리를 배운 적도 있었으니까. 그리고 이 음양오행론을 이용해서 요리를 하기도 했으니까.

레온은 무슨 생각이 든 것인지 갑자기 벌떡 일어났다. 그리고 주방에 놓인 칼들을 살펴보기 시작했다.

"역시 전부 양쪽날로 되어 있군."

루나가 고개를 갸웃했다.

"무슨 소리야? 식칼은 당연히 날이 하나잖아. 양쪽 날이라니?"

루나가 식칼의 칼등을 매만지며 말을 이었다.

"이쪽으로는 아무것도 벨 수 없다구."

"그 얘기가 아냐."

"그럼?"

"칼날만 자세히 봐봐."

루나는 칼날을 뚫어지게 쳐다보았다.

레온이 칼의 옆면에 손을 대며 설명했다.

"오른쪽 날 면을 보면 이렇게 경사가 있지?"

"응."

"왼쪽 날 면을 보면 어때?"

"아, 이쪽도 경사가 있어."

"그래. 그러니까 양쪽으로 날이 갈아져 있다는 거야. 만약 한쪽은 처음부터 칼을 갈지 않아서 반듯하고 다른 한쪽만 경사가 있다면 한쪽 날로 되어 있는 거고."

루나는 그제야 이해를 하고는 고개를 끄덕였다.

"아아. 그런데 그게 왜?"

"음. 방금 식재료를 다듬는 방법이 떠올랐거든. 뭐, 보통 사람에게는 별로 차이가 없을지 모르겠지만. 역시 무의식에 영향을 끼칠 수도 있지 않을까 해서."

"무슨 방법인데?"

"식재료에서도 음양오행의 조화를 이루는 거지. 거기에 내가 아직은 미약하지만 약간의 진기를 사용한다면 식재료의 맛이 좋아질지도."

확실히 지금 레온의 진기는 미약했다.

하지만 석 달 가까이 지나면서 레온은 제법 내기가 축적되어 있었다. 이미 화경(化經)과 비슷한 극마(極魔)의 경지에 이르렀던 혈마존으로서 보면 이조차도 느린 발전일지도 몰랐다. 그럼에도 범인에 비하자면 대단히 빠른 속도였으니, 이는 그가 칠십 인생을 산 연륜과 무공에 있어서 큰 깨달음을 얻은 적이 있기 때문이었다. 기억을 잃었다지만 그 깨달음만은 본능처럼 배여 있었다. 게다가 그가 익힌 무공은 정공(正攻)보다도 학습 속도가 훨씬 빠른 마공(魔功)이 아닌가.

식칼에 진기를 흘려낸다고 해도 검기를 발하는 수준까지는 되지 못할 게 분명했다. 하지만 식재료를 다듬으면서 검기까지 발할 필요는 없는 게다. 그저 칼날에 미세한 공명만 일어나는 정도면 충분하리라. 아니, 그저 기를 손으로 발산해서 식재료를 다듬는 것으로도 충분하다.

그 정도면 가능할 게다.

비록 하루 종일 식재료만 다듬어도 온몸이 녹초가 되어 쓰러질 정도가 되겠지만. 오히려 그걸 계기로 수련을 하는 데 도움이 될지도 모를 일이었다.

루나가 입술을 삐죽 내밀었다.

"아무리 이해하려고 해도 네가 무슨 말을 하는지 잘 모르겠어."

레온이 싱긋 웃었다.

"쉽게 말해서 잘 썰고, 잘 다듬으면 맛있는 식재료가 나올 거라는 말씀."

"피! 뭐야~ 그 정도는 나도 알겠다."

"그런데 그러기 위해서는 먼저 칼부터 바꿔야겠어."

"칼을? 지금 칼도 무디지 않잖아."

"그런 문제가 아냐. 무딘 거라면 갈면 되지. 아까 말한 대로 한쪽 날로만 되어 있는 칼을 두 자루 사야겠어. 지금 한가하지? 잠깐 다녀올게."

레온은 루나가 대답도 하기 전에 자기 방으로 뛰어올라 갔다. 그리고 평소에 받아서 모아두었던 용돈을 들고 조리기구 상점으로 달려갔다.

레온은 두 자루의 칼을 사왔다.

하나는 오른쪽 날 면에 경사가 있는 것이었고, 다른 하나는 왼쪽 날 면이 경사진 것이었다.

'오른쪽은 양, 왼쪽은 음.'

레온은 조리대 위에 놓인 감자를 집어 들었다.

'감자는 둥글기 때문에 칼의 우측이 닿는다. 그렇다면 감자는 양으로 봐야겠구나.'

레온은 오른 날 면의 칼을 들어 감자를 깎았다. 그는 감자를 깎으면서 진기를 뿜어내려는 시도를 해보았다. 하지만 아직은 두 가지를 동시에 하는 것이 힘들었다. 결국 레온은 그냥 깎은 후, 다듬어 놓은 감자를 손으로 만질 때 진기를 발산했다.

이번 경우는 조금 더 쉬웠다.

레온은 손끝에 기를 모으고 깎은 감자를 고루 만졌다.

음식은 공기에 닿거나 물에 닿기만 해도 변형이 일어난다. 산화되고 발효가 되는 것이다. 이와 같은 원리로 레온은 진기를 뿜어내서 식재료에 영향을 준 것이었다.

더구나 레온의 기는 마기(魔氣)에 해당했다. 때문에 그가 한 음식에는 묘한 중독성마저 생길 수밖에 없었다. 물론, 레온은 그러한 사실까지는 모르고 본능적으로 맛있을 거라고 생각해서 하는 행동이었다. 한데 사실 이런 조리법은 그가 중원에 있던 시절 가장 좋아하는 조리 방법 중 하나였다.

마기는 심성에 변화를 주기도 하기에 경계해야 하는 기의 일종이다. 하나 지금처럼 그 기세가 아주 미약하다면 사정은 또 다르다.

귀족들이 즐겨 마시는 커피가 중독성이 있고 몸에 해로운 점이 있지만, 적당한 선에서는 오히려 긍정적인 효과를 주는 것과 같은 이치인 셈이다.

더구나 지금 레온이 마기를 뿜어낼 수 있는 수준은 요리를 하는 데 있어서 딱 좋을 정도였던 것이다.

감자를 모두 깎고 다듬은 레온은 이제 주위를 둘러보았다. 그가 이번에는 당근을 집었다.

각을 지게 써는 당근은 칼날의 왼쪽이 닿기 때문에 음으로 보았다. 이번에도 레온은 당근을 썰 때는 그냥 칼로 썰었다. 대신 손으로 고루 만질 때는 미약한 마기를 뿜어 발효시켰다.

그런 식으로 레온은 식재료를 모두 다듬었다.

고기와 생선도 마찬가지였다. 모든 식재료를 다듬으면서 레온은 음양의 조화를 생각하고, 마기를 뿜어내 숙성시켰다.

물론, 그 식재료로 정작 요리를 한 사람은 데이먼이었지만.

식재료를 모두 다듬어놓은 레온은 다시 서빙을 돕기 시작했다. 그는 접시에 음식을 담기도 했는데, 그럴 때마저도 음양의 조화를 떠올렸다.

둥근 그릇은 양, 각진 그릇은 음, 얕은 그릇은 양, 깊은 그릇은 음. 그렇게 해서 요리에 따라 음양의 조화에 맞도록 담았다. 또한 다섯 가지 색을 오행(五行)으로 여기고 색의 조화도 이루었다. 한 끼의 요리에 음양오행의 조화가 녹아든 셈이었다.

물론 단지 식재료 다듬는 방식과 그릇에 담는 방식이 바뀌었다고 해서 그 맛의 차이가 얼마나 있으랴. 그런데 그것만으로도 레온에게는 상당히 큰 변화가 일어난 것 같은 기분이었다.

'과연 처먹는 놈들… 아니, 손님들 반응은 어떨까?'

그는 조심스럽게 사람들의 반응을 살폈다.

그런데 의외로 좋은 반응이 쏟아졌다.

"이거 평소보다 더 맛있는데?"

"그러게요. 똑같은 맛인 것 같은데도 뭔가 느낌이 다르네요."

"허허, 배가 고파서 그런지도 모르지."

"왠지 보기에도 맛있게 보여요."

손님들은 맛의 차이를 정확하게 지적하지 못했다.

다만 평소보다 입맛에 맞는 건 확실한 듯했다. 레온은 뿌듯했다.

손님들은 음식이 나올 때마다 탄성을 질렀다.

"우와, 맛있겠다!"

그릇의 모양과 깊이가 하나같이 요리와 잘 어울려 더욱 맛있게 보인 게다. 게다가 색의 조화를 이루어 보기만 해도 군침이 절로 돌았다.

루나가 레온 곁에 다가왔다.

"설마 네가 말한 것 때문에 그런 거야?"

"아직 모르겠어. 그래도 그렇게 믿고 싶은데?"

"확실히 보기엔 더 맛있게 보이더라."

정말 그 정도로 음식 맛이 바뀌었는지는 알 수 없다. 오늘따라 데이먼의 요리가 괜찮았던 것인지도 모른다.

하지만 결정적으로 모든 메뉴에서 손님들의 반응이 평소보다 좋았다.

갑자기 매출이 오를 정도는 아니더라도, 적어도 배불리 맛있게 먹었다는 인상은 심어줄 수 있을 정도였다.

*   *   *

다소 퉁퉁한 체격에 흰 콧수염이 인상적인 중년의 사내가 마르텐의 거리를 걷고 있었다. 그의 곁에는 키가 훤칠하고 어깨가 딱 벌어진 사내가 따르고 있었다. 그는 허리춤에 롱소드까지 차고 있었다. 때문에 두 사람의 모습은 상당히 대조적이어서 지나가는 사람들의 시선을 끌게 마련이었다.

퉁퉁한 중년인이 옆의 사내를 흘깃거리며 말했다.

"좀 떨어져서 걷게. 사람들이 자꾸 쳐다보지 않는가. 누가 보면 사귀는 줄 알겠어."

키 큰 사내가 껄껄 웃었다.

"뭐 어떻습니까? 시선을 즐기십시오. 글라니스."

"시선을 즐길 나이는 한참 지났네."

"그럼 이만 돌아갈까요?"

"식사나 하고 들어가지."

장신의 사내는 고개를 갸웃했다.

"여관에서 드시지 않을 겁니까? 생도들이 기다리고 있을 텐데요."

"늦으면 알아서들 먹겠지. 그 집 요리는 이미 맛을 보았지 않은가."

"그럼 이곳 영주를 만나러 가보시는 건 어떻습니까?"

"만나서 뭐하겠나."

"그래도 혹시 모르지 않습니까? 그곳 요리사의 실력이 또……."

"됐네. 설마 실력이 좋다고 한들 그런 요리사라면 이미 얽매인 몸이 아닌가. 그런 자를 빼내올 수는 없지. 그리고 생도들을 전부 데리고 가서 맛을 보게 하는 것도 힘들고."

만약 이 대화를 마르텐의 영주가 들었다면 땅을 치며 아쉬워하리라.

글라니스는 바로 아란스 왕국의 궁정 요리사였다. 그는 동시에 궁정 조리원에서 생도들을 가르치는 요리 선생님이기도 했다.

글라니스가 비록 오등작에 속하는 고위 귀족은 아니었지만,

궁정 내의 요리사인만큼 특권이라는 것이 있는 법이다. 게다가 입맛이 까다롭기로 소문난 아란스 왕에게 궁정 요리사는 상당히 총애받는 자리이기도 했다. 특히 아란스 왕은 궁정 요리사 세 명 중에서도 글라니스를 가장 좋아했다.

만약 마르텐의 영주가 이 사실을 알았다면 맨발로 성문까지 달려나왔으리라.

그런 글라니스가 마르텐에 머물고 있는 사정은 이러했다.

이번에 그는 생도들을 데리고 아란스 왕국의 산해진미를 찾아 여행길에 올랐다. 맛을 보고 요리도 배우는 견습 과정의 하나였다. 그러던 중 마르텐을 지나게 되었던 것이다. 한 나라의 왕에게 요리를 바치기 위해서는 적어도 그 나라의 모든 음식을 다 맛보아야 한다는 것이 궁정 조리원의 신념이기도 했다.

사실 마르텐은 일정이 뒤틀려 잠시 예정에 없이 머물게 된 곳이었다. 그러니 글라니스는 예고도 없이 생도들을 우루루 데리고 영주에게 찾아가느니 차라리 여관에 머물기로 결심한 것이다.

그의 곁에서 그림자처럼 따르고 있는 장신의 사내는 호위병인 제임스였다.

"어디를 가볼까나."

글라니스가 조금 들뜬 표정으로 말했다.

이럴 때 보면 참 아이 같다는 생각을 하면서 제임스가 놀리듯 말했다.

"그래도 결국 음식을 입에 넣자마자 뱉어내실 것 아닙니까?"

"흥. 맛이 없는 걸 어떡하나."

"하하하. 편식하면 좋지 않습니다."

"편식이 아닐세. 단지 맛이 있는 것과 없는 것을 가릴 뿐, 음식의 종류를 가리는 게 아니란 말일세."

"예, 예. 알겠습니다."

제임스는 웃으면서 고개를 끄덕였다.

하긴 그러고 보면 궁정 요리사 중에서 가장 입맛이 까다롭기로 유명한 마우러스에 비하면 글라니스는 순한 양이었다. 마우러스의 독설은 그야말로 요리를 한 사람을 울려 버릴 정도였으므로.

두 사람은 식당을 찾아 한참 동안 걸었다.

하지만 마르텐이 그리 큰 도시도 아니거니와 많은 외부인이 방문하는 교역 도시도 아니었다. 때문에 변변한 식당을 찾기가 어려웠다.

결국 도시 변두리까지 간 두 사람은 가까스로 식당 하나를 찾아냈다. 글라니스는 허름한 간판을 올려다보았다.

"흠, 꿈의 밥상? 쯧쯧. 작명 센스 하고는."

그들이 도착한 곳은 바로 레온이 일하고 있는 꿈의 밥상이었다.

글라니스와 제임스는 이 운명적인 만남을 앞두고 발걸음을 가게 안으로 옮겼다.

"어서 오십시오."

글라니스와 제임스에게 다가온 사람은 레온이었다.

보통 남자 손님은 루나가 접객했지만, 지금은 루나가 카운터를 보고 있었기에 레온이 다가온 것이었다.

두 사람은 레온이 허리춤에 망혼검을 차고 있는 것을 보고 피식 웃었다. 이 가게의 설정 정도로 생각한 모양이었다.

"무엇을 드시겠습니까?"

글라니스는 메뉴판도 보지 않고 말했다.

"이 집에서 제일 맛있는 음식을 내오게."

"저희 가게 요리는 모두 맛있습니다만."

"그중에서도 제일 자신있는 것으로 내오란 말이네."

레온은 잠시 난감한 표정을 지었다.

'어디서 별 거지같은 놈들이 굴러들어 와서는… 콱 죽여 버려…….'

하지만 레온은 곧 마음을 다스리곤 미소로 답했다.

"알겠습니다. 그럼, 잠시만 기다려 주십시오."

레온이 가고 나서 글라니스는 제임스를 돌아보았다.

"자네, 술 한잔하겠나?"

"임무 중에는 마시지 않습니다."

"거참, 딱딱한 친구 하고는."

"술 드시겠습니까?"

"일단 지켜보고."

제임스는 희미하게 웃었다.

늘 그랬다. 글라니스는 식당에서 음식을 먹어보고 맛있으면 정말 식사만 했다.

하지만 맛이 없을 때는 음식을 물려놓고 술을 시켜서 술만 마셨던 것이다.

잠시 후 레온이 음식을 가지고 나왔다.

"양 꼬치 볶음과 생선살 조림입니다."

레온이 내려놓은 음식을 본 글라니스는 묘한 인상을 받았다.

단지 흔히 볼 수 있는 양 꼬치 볶음과 생선살 조림이었는데, 그릇에 담긴 모양이라든지, 음식의 색깔이 묘하게 구미를 당기고 있었다. 게다가 향 또한 제법 군침이 돌게 만들었다.

"어디 한번 먹어볼까? 자네도 들지."

글라니스는 먼저 양 꼬치 볶음을 입에 넣고 오물거렸다.

'음, 생각보다 맛은 평범하군. 그런데 확실히 뭔가 달라. 모든 요리의 기본은 식재료에서 출발한다. 그런데 이 요리에 사용된 식재료, 확실히 괜찮은 재료에 손질 또한 잘됐군.'

그는 단번에 식재료의 선택과 다듬질이 탁월하다는 것을 알아보았다.

그는 다시 생선살 조림을 먹어보았다.

'이것도 괜찮군. 이곳 식당은 요리사보다 보조 조리사가 더 궁금한데?'

한편 그가 아무 말 없이 음식을 계속 먹는 것을 보고 제임스는 다소 의아했다. 지금쯤이면 호불호가 갈려 맥주를 시켰을 시간인데.

"괜찮으십니까?"

"자네는 어떤가?"

"그냥 그럭저럭 평범한 맛입니다만."

"확실히 맛은 평범하군."

"그런데 왜 맥주를 시키지 않으십니까?"

"맛은 평범하지만 평범하지 않은 점도 있어서네."

"무슨 말씀이신지?"

"후후후. 내일은 이곳에서 생도들과 함께 식사를 했으면 하는군."

"예에?"

제임스는 진심으로 놀랐다. 그는 다시 음식을 먹어보았다. 역시 평범한 맛이었다. 뭔가 특별한 것을 느낄 수가 없었다. 그런데 이게 생도들에게 보여줄 정도의 맛인가?

"요는 식재료라네. 메인 요리는 그럭저럭이지만 식재료의 선택이 탁월할 뿐만 아니라 잘 다듬어졌어. 칼질이 잘되어 있다는 뜻만은 아닐세. 적당히 데쳐지거나 구워진 정도, 또는 숙성 정도 말일세. 그런데 이 재료들 도대체 어떻게 숙성시킨 것인지 감이 오지 않는군. 보통 그런 건 보조 조리사가 하는 것이지. 그리고 보기에도 구미가 당기게끔 접시에 음식을 담는 방법 또한 인상적이야."

"그렇… 군요."

평생 소드만 쥐고 살아온 제임스는 잘 알아듣기 힘든 이야기였다. 하지만 글라니스가 이 정도로 칭찬을 하니 어쩐지 지금까지 먹었던 요리의 맛이 다르게 느껴지는 것도 같았다.

"여보게."

"예, 부르셨습니까?"

레온이 냉큼 달려왔다.

"주인장을 불러주게나."

레온이 다소 걱정 섞인 어투로 물었다.

"음식이 입에 맞지 않으신가요?"

"아닐세. 음식은 괜찮았네."

레온은 안도의 숨을 내쉬었다. 그는 잠시 기다리라고 한 뒤 얼른 데이먼을 불러왔다.

"손님 제가 이곳 주인장입니다만."

"내일 이곳에서 단체 예약을 했으면 하오만. 그러고 보니 내일은 정기 휴일이었던가?"

데이먼의 귀가 솔깃했다.

단체 예약을 한다는데 정기 휴일이 무슨 상관이랴. 그렇잖아도 자금난에 허덕이는 이 판국에.

"단체 예약 말씀입니까? 언제쯤 오시는지요? 손님은 몇 분이나……"

"언제 올지 잘 모르겠으니 괜찮다면 내일 하루 가게 전체를 빌리도록 하겠소. 2골드 드리지. 선금으로는 10실버 드리리다. 어떻소?"

데이먼은 저도 모르게 입을 쩍 벌리고 말았다.

요즘 같이 장사가 안 되는 날, 2골드라는 건 뜻밖의 횡재였다. 2골드면 200코퍼가 아닌가.

"무, 물론 괜찮습니다. 요리는 무엇으로 준비할까요?"

글라니스가 푸근하게 웃었다.

"아무것이나 상관없소. 그나저나 이곳 보조 조리사는 누구요?"

"오늘은 이 아이입니다만. 혹시 뭔가 마음에 안 드시는 거라도……."

데이먼이 레온을 소개시키며 역시 걱정스럽게 물었다.

글라니스가 고개를 가로저었다.

"아니외다. 그냥 한번 물어보았소. 식재료가 좋기에."

"하하하, 그렇지요? 이 아이가 식재료를 알아보는 눈은 귀신이랍니다."

"호오."

글라니스는 의미심장한 눈빛으로 레온을 바라보았다.

이윽고 그가 몸을 일으켰다. 그는 데이먼에게 돈주머니를 건넸다.

"그럼 내일 다시 오겠소이다. 가세, 제임스."

"아직 다 먹지 않았는데……."

제임스가 어정쩡한 자세로 대꾸하자 글라니스가 한숨을 내쉬었다.

"내일 와서 먹게나."

"할 수 없지요."

제임스는 아쉬운 표정으로 몸을 일으켰다. 글라니스의 말을 들어서 그런지 정말 먹을수록 묘한 매력이 있는 음식이었다. 일종의 중독성이 있다고나 할까.

두 사람은 카운터에서 오늘 먹은 음식 값도 따로 계산하고 나갔다. 그들이 식당을 나가자 데이먼이 멍하게 중얼거렸다.

"살다 보니 이런 날도 있구나."

"아빠! 그 사람들 정말 10실버나 주고 갔어요?"

루나가 얼른 달려와 물었다.

"응? 아, 응."

데이먼은 돈주머니를 풀어보았다. 정말 1실버짜리 은화가 열 개 들어 있었다.

레온이 활짝 웃었다.

"정말 잘됐군요."

"하하, 그러게 말이다."

오랜만에 꿈의 밥상 식구들은 함박웃음을 지었다.

그날 저녁.

꿈의 밥상 식구들은 또 한 번 놀랐다.

손님들이 모두 돌아가고 마지막 정리를 하고 있을 무렵, 도시의 양아치 이인조가 다시 찾아왔기 때문이다.

버몬과 그란은 쭈뼛쭈뼛 식당 안으로 들어섰다. 두 사람은 몸이 불편한지 다리를 조금 절었다.

데이먼과 브란은 불안한 표정으로 서로 마주 보았고, 루나는 매섭게 그들을 노려보았다.

"또, 왜 온 거죠?"

"저, 그게……."

레온이 주방을 정리하다 말고 밖으로 나왔다.

"무슨 일이야?"

버몬과 그란은 레온을 보더니 곧바로 시선을 피했다. 감히 레온을 똑바로 쳐다볼 엄두조차 나지 않은 탓이다.

두 사람이 여전히 머뭇거리자 루나가 차갑게 일렀다.

"오늘 영업 끝났어요. 돌아가 주세요."

"그런 게 아니라……."

두 사람은 용기 내서 레온의 눈치를 살폈다.

레온은 아무것도 모르는 사람처럼 순진한 얼굴로 두 사람을 바라보고 있었다.

아, 저 악마.

버몬과 그란은 순간 털썩 무릎을 꿇었다. 그리고 땅에 이마를 찧으며 소리쳤다.

"지금까지 가게에서 소란을 피워 정말 죄송했습니다! 용서해 주십시오!"

놀란 것은 오히려 데이먼 측이었다. 그들은 어안이 벙벙한 표정으로 서로를 바라보았다. 그리고 바닥에서 큰절을 올리고 있는 둘을 번갈아 보았다.

레온처럼 번개라도 맞고 온 걸까?

갑자기 왜 이렇게 딴 사람이 됐나.

그들 중 오로지 레온만이 느긋한 태도로 둘을 내려다보고
있었다.

아무런 대답이 없자 버몬과 그란이 다시 소리쳤다.

"부디 용서해 주십시오!"

데이먼은 당황한 표정이 역력했다.

"두, 두 분이 그렇게까지 말씀하시니……."

"감사합니다! 그리고 이건 그동안 저희들의 외상입니다! 피
해액도 조금 보탰습니다."

두 사람이 두둑한 돈주머니를 내밀었다.

모두 당황해하는데 레온이 태연히 걸어가더니 돈주머니를
받아 들었다.

"와, 이거 꽤 되는데요? 이거 얼마죠?"

버몬이 대답했다.

"삼, 삼백 코퍼입니다."

"그럼 두 분이니까 합해서 6골드?"

"그, 그렇습니다!"

"와, 그동안 많이도 드셨었구나. 공짜로."

레온이 천진난만하게 말하자 루나가 불안한 표정으로 옆구
리를 쿡 찔렀다.

레온이 씩 웃으며 데이먼을 돌아보았다.

"이분들이 이렇게 뉘우치고 있는데 그냥 성의를 봐서 받도
록 해요. 아저씨."

"크흠, 그런데 좀 갑작스러워서……."

사실 데이먼이라고 왜 돈이 싫겠나. 저 돈을 다 받아도 아직 빚을 청산하려면 한참 남았는데.

하지만 갑자기 태도가 싹 바뀐 양아치들을 보자 왠지 두려운 생각마저 들었다. 지금 이렇게 나왔다가 나중에 또 얼마나 뒤통수를 치려고 저러나 싶었다.

그 심중을 읽기라도 한 듯 버몬이 말했다.

"아무 뜻 없습니다. 그저 저희들이 깊이 반성하고, 뉘우친 것입니다. 부디 성의를 받아주십시오."

사실 따지고 보면 성의라고 할 것도 없었다. 당연히 받아야 할 돈을 받는 것에 불과했다.

레온이 더 부추겼다.

"받도록 해요. 아저씨."

"크흠. 그, 그러지. 두 분의 뜻이 정 그렇다면야 받도록 하지요."

데이먼이 돈주머니를 받아 들었다.

그제야 두 사람은 천천히 몸을 일으켰다. 그들은 완전히 일어서고 나서도 바닥만 바라보았다. 레온과 눈을 마주치기도 싫었던 탓이다.

"그럼 저희들은 이만 물러가겠습니다."

만약 도시 사람 누구라도 이 광경을 보았다면 자신의 눈을 의심했으리라.

버몬과 그란은 황망하게 서 있는 사람들을 남겨두고 조심스럽게 뒷걸음질로 가게를 나갔다. 그리고 거리로 나오자마자 그들은 도망치듯 걸음을 서둘렀다.

이걸로 된 거다. 이거면 저 괴물로부터 해방된 거다. 가게를 들어갈 때만 해도 이 치욕을 어찌 감당할까 두려웠던 두 사람이었다.

하지만 막상 모든 게 끝나고 나자 마음은 더없이 홀가분했다.

한편 꿈의 밥상에서는 모두들 어리둥절한 기분이었다. 그야말로 오늘 하루는 대박이 터진 날이었다. 데이먼이 지금까지 살아오면서 가장 많은 돈을 구경한 날이기도 했다.

"브란, 재료는 확실히 준비되었는가?"

"예, 방금 또 확인해 보았습니다."

단체 예약 손님을 받으려다가 소금이 부족해 큰 실수를 한 적이 있기에 이번에는 준비도 꼼꼼히 했다.

브란은 몇 번씩이나 필요한 건 없는지, 또 빠진 건 없는지 살펴보았다.

"정말 잘됐습니다, 사장님."

"앞으로 일이 잘 풀리려나 보네."

"하하, 그러게 말입니다."

사람들은 모두 기뻐했다.

하지만 다음날 그들이 악몽과도 같은 아침을 맞게 될 거라곤 이 순간 아무도 예상하지 못했다.

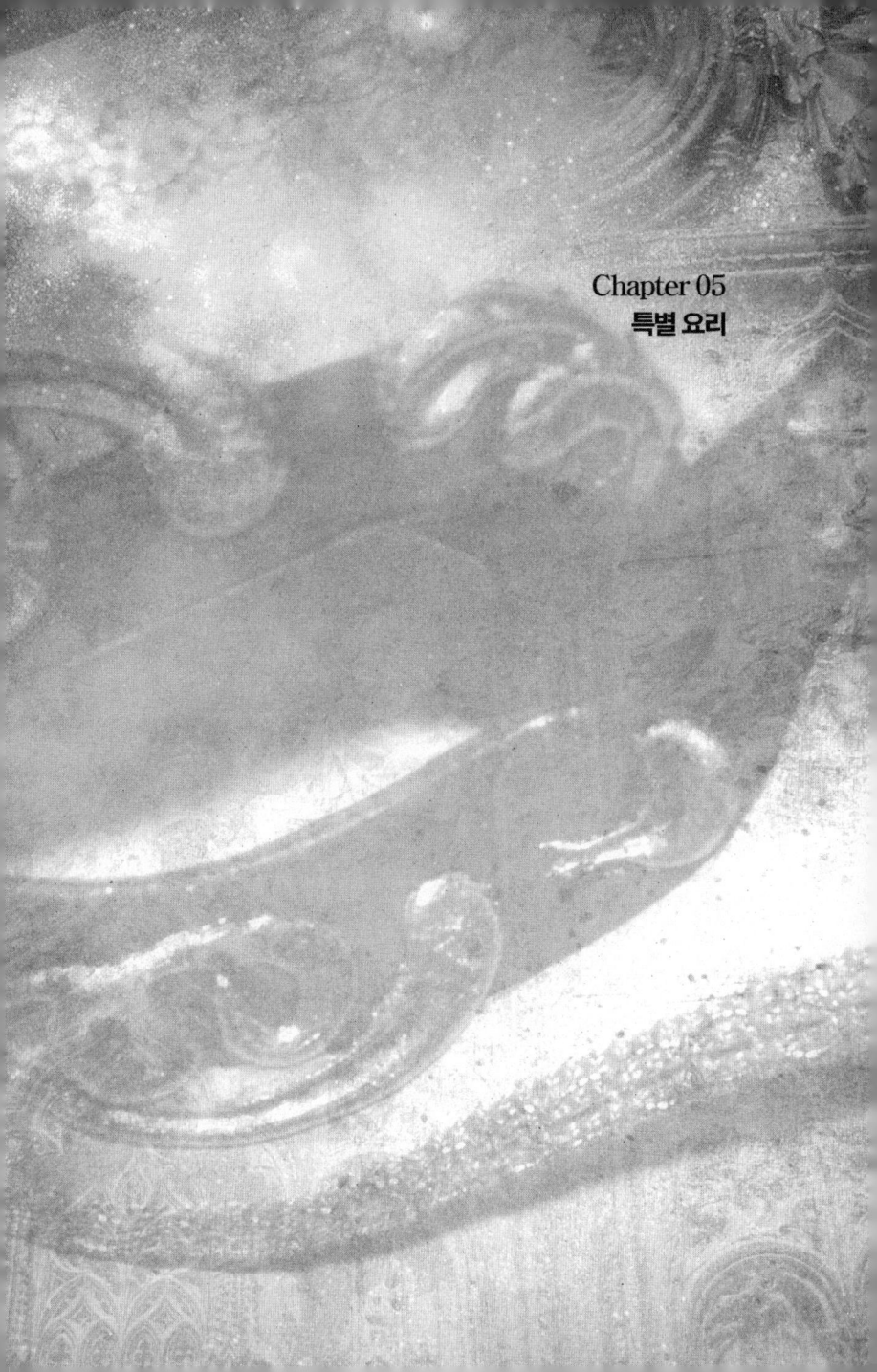

Chapter 05
특별 요리

가면의
레온

　하룻밤의 단잠을 자고 일어난 데이먼에게는 그야말로 청천
벽력 같은 소식이 기다리고 있었다.

　"방, 방금 뭐라고 했나?"

　데이먼은 멍한 표정으로 되물었다.

　루나는 너무 큰 충격에 아예 말을 잃었고, 레온은 묵묵히 생
각에 잠겼다.

　먼저 말을 꺼냈던 브란이 침울한 표정으로 사장의 눈치를
살폈다.

　"식재료가… 전부 없어졌습니다."

　"그럴 수가……."

　털썩.

데이먼이 맥없이 주저앉고 말았다.

넋이 나간 채 앉아 있는 그의 귀에 브란의 목소리가 계속 이어졌다.

"누군가 고의로 빼간 것이 틀림없습니다."

"하지만 누가……."

"혹시 어제 그 녀석들이 아닐까요?"

브란이 말하는 '그 녀석들'이란 버몬과 그란을 두고 하는 소리였다. 지금으로서는 그들이 가장 의심 가는 대상이었다. 갑자기 태도가 싹 바뀐 두 사람이었으니까.

그렇더라도 이해가 안 되는 점이 있다. 이런 짓을 벌여서 놈들이 좋을 게 뭐란 말인가. 더구나 600코퍼를 퍼부으면서 이런 못된 장난을 칠 정도로 놈들이 어리석을까.

"아빠, 이제 어떻게 하면 좋죠?"

루나가 눈물을 그렁거렸다.

이렇게 되면 예약 손님을 받긴 글렀다. 식재료 중에는 이웃 도시까지 가야만 구할 수 있는 것도 꽤 많았던 것이다. 그런데 그 식재료가 전부 사라졌으니 방법이 없는 게다.

더구나 오늘은 정기 휴일이다. 마르텐은 소도시였기 때문에 다른 식료품 상점에서도 문을 닫고 큰 도시로 물자 조달을 위해 떠났을 게다. 즉, 이 도시 전체에 가장 식료품 재고가 없는 순간이기도 했다.

"남은 건 뭔가?"

"생선뿐입니다."

브란의 목소리가 갈수록 침울해졌다.

생선은 운반도 까다롭고 비린내가 몸에 밸 수 있는 만큼 놈들이 노리지 못한 듯했다.

만약 이번에도 예약을 취소하면 그 피해액은 어마어마할지도 몰랐다. 단지 2골드를 벌지 못하는 선에서 그치는 게 아니다. 아란스국의 상도법에 의해 예약을 일방적으로 취소할 시에는 피해자가 선금의 열 배까지도 요구할 수 있었다. 물론 상대가 선금만 돌려받고 끝내겠다고 하면 다행이지만 보통은 그렇지 않았다. 친분이 있는 사람이라고 하더라도 보통 다섯 배의 보상을 받는 것이 통상의 관례였다.

만약 피해자가 요구한 돈을 지불하지 않으면 구속도 가능했다.

10실버의 열 배면 100실버. 즉, 10골드. 어제 받은 600코퍼를 고스란히 내놓고도 400코퍼가 부족한 실정이었다.

말이 400코퍼이지, 400코퍼는 4골드다. 4골드는 보통 공사판의 천민 노동자가 1년 동안 죽어라 일해야 벌 수 있는 거금인 게다.

어쩐지 너무 운이 좋다고 생각했다.

살아오면서 이렇게 좋은 일만 터진 적이 없었거늘.

생선만 가지고 뭘 어떻게 한단 말인가.

"아무래도 예약을 취소해야겠네. 브란, 그들에게 연락할 방도는 있는가?"

"예, 카운터에 현재 숙소를 메모해 두었습니다."

"가지. 어떻게든 말을 잘해보는 수밖에."

데이먼은 퀭한 눈을 한 채 몸을 일으켰다.

그는 발을 떼는 것조차 무거워 보였다.

"잠깐만요."

레온이 나섰다.

"생선은 뭐가 있죠?"

브란이 씁쓸한 표정으로 대꾸했다.

"생선 종류는 다양하다만, 다른 식재료가 없으니 구이밖에 할 수 없구나. 2골드나 낸 손님에게 단지 소금 뿌린 생선 구이만 잔뜩 내줄 수는 없지 않겠니. 괜히 무리를 했다가 오히려 피해 보상액만 더 커질지도 모른다."

"지금이라도 상점을 돌아다니면서 식재료를 구하면요?"

"마르텐에서 그만큼 다양한 식재료를 구하기도 힘들고, 오늘은 거의 모든 상점이 문을 닫았을 게다. 보통 물자 조달이 휴일에 이루어지니까 상점 주인들도 떠나고 없겠지."

"흠, 그럼 조미료는 충분합니까?"

"조미료는 그대로 있다만."

그러자 레온이 결심을 굳힌 듯 말했다.

"제가 한번 해보지요."

"뭘?"

데이먼이 그를 돌아보았다.

루나가 레온의 옷자락을 잡아당겼다.

"야, 너 뭘 할 생각이야?"

"이번 일 제게 맡겨주시지 않겠습니까?"

데이먼은 아직도 사태 파악이 안 돼 멍하니 물었다.

"뭘 말인가?"

"이번 단체 예약 손님. 제가 음식을 준비해 보겠습니다."

"단체 손님을? 도대체 무슨 수로? 방법이 있나?"

"어떻게든 될 것 같습니다. 믿고 맡겨주세요."

데이먼과 브란은 서로 마주 보았다. 그리고 다시 레온을 보았다. 어쩐지 레온의 표정에서는 확고한 자신감이 우러나오고 있었다. 믿기 싫어도 믿음을 가질 수밖에 없는 표정이었다.

"그럼 재료는 뭘 가지고 만들 생각인가?"

"그야 생선이죠."

레온이 씩 웃었다.

"어떻게 할 생각이야?"

루나가 곁에서 걱정스러운 목소리로 물었다.

레온은 아까부터 주방에서 묵묵히 생선만 바라보고 있었다.

정말 방법이 있긴 한 걸까?

가게를 통째로 빌렸다는 것은 그만큼 손님이 많다는 말이다. 그런데 레온 혼자 그들을 맞이하는 게 가능한 것일까? 더구나 지금처럼 식재료라고는 생선과 쌀밖에 없는 상황에서.

데이먼과 브란은 만약을 대비해서 식재료를 구하기 위해 밖으로 나가고 없었다.

레온이 문득 루나를 돌아보고 물었다.

"밥은 할 줄 아느냐?"

무심코 본능대로 흘러나온 말이었다. 말을 내뱉고 나서도 레온은 '네 이년' 이라는 말이 안 들어간 게 천만다행이다고 생각했다.

다행히 루나는 장난스럽게 받아넘겼다.

"아, 예. 할 줄 압니다요."

"그럼 밥 좀 해줄래? 아니지. 먼저 쌀을 전부 물에 담그도록 해."

"얼마나?"

"아마도 손님이 가게를 가득 채울 테니까 될 수 있는 한 많이."

"정말 방법이 있긴 있는 거야?"

루나가 다시 한 번 걱정스럽게 물었다.

레온이 루나를 물끄러미 바라보았다.

'왜 또 그렇게 보는 거니. 사람 부끄럽게……'

루나는 갑자기 시선이 마주치자 어쩔 줄 몰랐다. 전에는 동생이 누나를 보는 시선이었지만 지금은 남자가 여자를, 아니, 그보다는 어쩐지 오빠가 동생을 보는 듯한 느낌이랄까.

언제 레온이 이렇게 커버린 걸까?

레온이 싱긋 웃었다.

"날 믿어봐."

'아, 이놈이 웃어버리면 아무 생각이 안 나.'

루나는 발갛게 된 얼굴로 고개만 끄덕이고 쌀을 물에 담그기 시작했다.

그리고 레온은 생선들만 계속 바라보면서 고개를 끄덕였다.

할 수 있을 거다.

'일단 급한 불부터 끄고, 나중에 범인을 잡아 족쳐야지.'

레온이 소매를 걷어붙였다.

그는 지금, 중원에서도 한 번 해본 적 없는 새로운 요리에 도전하려 하고 있었다.

*   *   *

시장은 조용했다.

상점들은 거의 문이 닫혀 있었고, 거리에는 쓸쓸한 바람만 불었다.

상점이 늘어선 거리를 데이먼이 타박타박 걸어나왔다. 양어깨가 축 처지고 우울한 표정이었다. 그가 고개를 들자 맞은편에서 달려오는 브란이 보였다.

"어떻게 됐는가?"

"샅샅이 찾아봤지만 문을 연 상점이 없습니다."

"이제 다 틀렸군."

"그래도 레온이 뭔가 할 수도 있지 않습니까?"

"그 아이가 뭘 할 수 있겠나, 아무 재료도 없이 고작 생선만 가지고."

"지금이라도 찾아가서 예약을 취소할까요?"

브란이 주머니에서 메모해 둔 주소를 꺼내 보며 물었다.

데이먼은 그 메모를 물끄러미 보다가 고개를 저었다.

"레온을 한번 믿어보세."

브란도 희미하게 웃었다.

"저도 이번에는 왠지 그 아이에게 걸어보고 싶군요."

두 사람은 결국 걸음을 돌렸다.

이 난관을 해결할 수 있는 뾰족한 수가 없을 거라고 인정하면서도 왠지 레온에게 희망을 걸고 싶었다. 레온의 마지막 미소를 보았을 때 어쩐지 그의 뜻대로 될 거라는 믿음이 생겼던 게다. 비록 바람 앞의 호롱불처럼 자꾸만 흔들리고 불안한 믿음이긴 해도.

*　　*　　*

"지금이라도 이야기해, 방법이 없다면."

루나가 짐짓 화난 표정으로 말했다.

하지만 정말 화가 나기보다는 조바심 때문에 말투가 거칠어진 것이다.

레온은 쌀을 물에 담아 불리라고 한 후 아무것도 하지 않았다. 단지 주방에 남아 있는 조미료들을 이것저것 살펴보았고, 몇 가지 향신료들을 확인하거나 맛을 보았다.

"이 정도면 되겠군."

도대체 뭐가 된다는 거야. 기껏해야 조미료, 향신료, 생선밖에 없는데!

질책이 목구멍까지 차올랐지만 루나는 우선 지켜보기로 했다. 마지막에 레온이 자신을 믿어달라고 한 말이 아직도 또렷하게 귀에 울렸기 때문이다.

레온이 생선을 전부 조리대에 올려놓기 시작했다.

"칼을 줘. 오른쪽 날로."

"응? 아, 알았어."

칼을 건네받은 레온은 빠르게 생선 비늘을 벗기기 시작했다.

'살아 있는 생선을 바로 잡은 것이었다면 더 확실했을 것 같은데. 일단을 할 수 없지, 마기를 최대한 이용해 보는 수밖에.'

그는 지느러미와 아가미를 떼어내고 사악사악 살을 발라갔다. 그 속도가 어찌나 빠른지 루나는 한동안 조바심마저 잊고 멍하니 바라보기만 했다.

"언제 그렇게 배워둔 거야?"

"원래 알고 있던 거야."

정말 배운 기억은 없었다.

다만 원래부터, 아주 오래전부터 알고 있었던 기분이다. 레온은 생선들을 전부 같은 방법으로 다듬기 시작했다. 썰어낸 생선은 크기도 모양도 똑같았다.

'도대체 뭘 하려고 저러지?'

궁금증이 치밀어 올랐지만 잠자코 레온이 하는 양을 지켜보왔다.

쌀을 불린 지 한 시간 정도 지났을 때, 레온이 커다란 냄비에 소금과 설탕, 식초를 넣고 약한 불에 올렸다.

그가 문득 루나를 돌아보았다.

"할 일 없지?"

"어? 응……."

"그럼 이거나 좀 저어."

레온이 주걱을 건넸다.

'이거나 좀 저으라니. 저게 정말 누나 알기를 뭐로 보구.'

루나는 내심 투덜거리면서도 군소리없이 주걱을 받았다. 레온의 진지한 눈빛을 보니 괜히 안심이 되기도 했다.

"그냥 젓기만 하면 돼?"

"응. 설탕이 바닥에 눌러 붙지 않게 해. 그렇게 저으면서 소금이랑 설탕을 녹이도록 해."

"아, 알았어."

이 모습에 마르텐의 남자들은 아마도 레온을 질투 섞인 시선으로 바라보리라. 비록 루나가 식당에서 서빙을 하지만, 식당을 찾는 손님들조차도 그녀에게는 함부로 대하지 못했다. 물론, 그 양아치들만큼은 예외였지만. 그만큼 그녀는 아름다운 몸매에 예쁜 얼굴이었다, 식당 일이 그녀와 어울리지 않을 정도로.

그런데 지금은 레온의 말을 고분고분 들으며 설탕물을 젓고 있는 것이다, 데이먼도 시킨 적이 없는 주방 일을.

그래도 루나는 전혀 기분이 나쁘지 않았다. 오히려 뭔가 도움이 된다는 생각에 묘한 기쁨마저 느꼈다.

레온은 생선을 썰면서 틈틈이 냄비를 확인했다.

"됐어, 다 녹았군. 온도도 적당해."

"이제 어떻게 하면 돼?"

"비켜주면 돼."

'뭐야, 칫.'

루나가 뒤로 한 걸음 물러나자 레온이 불린 쌀을 냄비에 넣었다. 그리고 뚜껑을 열어놓고 센 불에 팍팍 끓였다.

"여기 있다가 밥이 끓어오르면 불을 조금 약하게 만들고, 물이 거의 없어져서 자박해지면 불을 더 약하게 해서 일각 정도, 아니, 15분 정도 뚜껑 닫아놓고 뜸 좀 들여."

루나는 그저 고개만 끄덕였다.

'설탕이랑 소금이 들어간 밥이라니. 게다가 식초도 넣었지?'

루나가 고개를 갸웃했다.

그녀는 모르고 있었지만 사실 이런 방식은 중원에서 초밥을 만들 때 사용하는 방법 중 하나였다. 물론 송조 때 중원에서 흥행했던 초밥들은 몽고인들의 원나라가 세워진 후 대부분 그 흔적이 사라졌다. 하지만 명조 시절에도 객잔에서는 간단하게 간을 맞춘 초밥이 제법 팔리고 있었다. 주먹초밥은 혈마존이 좋아하던 것 중 하나이기도 했다.

물론 지금 만드는 것은 보통 먹었던 주먹초밥과는 다르게 조금 응용해 본 것이었다.

그때 누군가 가게 문을 두드렸다.

"내가 나가볼게."

레온이 홀로 나가자, 어제 보았던 제임스가 문을 열고 들어왔다.

"어서 오십시오. 벌써 도착한 건가요?"

"아닐세. 앞으로 두 시간 정도 후에 도착할 거라고 말해두려고 왔네."

두 시간 후. 충분하군.

"알겠습니다. 준비해 두겠습니다."

"그럼 수고해 주게."

제임스가 돌아가고 나자 루나는 다시 조바심이 타올랐다.

"벌써 온다는 거야? 정말 큰일이네."

"큰일은 무슨. 잘 준비하고 있잖아."

"준비가 어디에 됐다고 그래? 생선과 밥뿐이잖아."

"그거면 된 거야."

"뭐?"

'아, 도대체 이 녀석이 무슨 생각을 하는지 정말 모르겠다.'

루나는 발을 동동 구르면서 마냥 태연하게 대꾸하는 레온을 야속해했다.

잠시 후, 데이먼과 브란이 돌아왔다.

"준비는 잘되고 있느냐?"

"예, 걱정 마세요. 참, 두 시간 정도 후면 손님들이 온다는군요."

"그래? 그럼 어서 식기구라도 갖다놔야겠군."

"아닙니다. 식기구는 필요없어요. 손을 닦을 깨끗한 물수건만 놔둬주세요."

"뭐? 식기구가 필요없다니 그게 무슨 말이냐?'

데이먼에 문득 불안한 표정으로 되물었다.

레온이 천연덕스럽게 싱긋 웃었다.

"아무래도 이 요리는 손으로 먹어야 할 것 같습니다."

두 시간 후.

데이먼과 브란은 홀에서 연신 서성거렸다.

처음에는 레온을 믿어보자는 생각이었지만, 시간이 갈수록 후회가 밀려왔다. 레온은 사람이 많으면 분주하다며 두 사람을 홀로 내보냈다. 주방에서 뭘 하고 있는지 아직도 알 수가 없었다.

"이제 곧 올 텐데."

데이먼의 표정은 지나친 긴장으로 새파랗게 질려 있었다.

"레온을 믿어보지요."

"그래야지, 그러기로 했으니까. 그런데 도대체 뭘 준비하는지 도통 알 수가 없으니. 재료가 생선이랑 밥뿐이지 않은가."

"흐음."

브란도 자신없는 듯 침음을 흘렸다. 그러다가 문득 어떤 생각이 떠올라 고개를 들었다.

"혹시 우리를 놀라게 하려고 일부러 들어오지 못하게 한 건 아닐까요? 비장의 한 수가 있을지도."

"그럴까? 그렇다면 정말 다행이네만."

"그러니 그렇게 믿어달라고 한 것이겠지요."

"그렇겠지? 그래, 뭔가 특별한 소스가 있을 게야. 그러지 않고서야."

두 사람은 겨우 마음을 달랬다.

하지만 주방에 있는 레온은 여전히 밥과 생선만 펼쳐 놓고 있었으니……

보다 못한 루나는 거의 울음을 터뜨리기 직전이었다.

"이제 곧 사람들이 올 건데 어쩔 거니?"

"오라면 오라지. 본좌는 모든 게 준비됐으니까."

"이걸로?"

루나는 조리대 위에 죽 펼쳐진 밥알과 생선을 보았다.

레온은 여전히 자신있는 웃음을 지었다.

"그러지 말고 밥이나 펼쳐 줘. 대신 동판 같은 금속판 위에 놓으면 안 돼. 금속 재질에 닿으면 밥에 수분이 생겨 버리거든."

"휴, 알았어."

루나는 포기한 심정으로 레온이 시키는 대로 했다.

밖에 계신 아빠와 브란은 알기나 알까, 지금 주방은 그들이 보고 간 후 달라진 게 아무것도 없다는 것을.

하지만 레온은 아무것도 하지 않고 있는 것이 아니었다. 계속해서 손으로 생선들을 훑으며 마기를 뿜어내는 중이었다. 그 기가 워낙 미약해서 루나는 아무것도 느낄 수 없었지만 레온으로서는 혼신의 힘을 다하는 중이었다. 그렇게 마기를 입은 생선살들은 조금씩 레온이 원하는 맛으로 숙성되어 가고 있는 중이었다.

그때 가게 문이 열리면서 글라니스가 들어왔다.

"안녕하시오, 주인장."

"어서 오십시오. 기다리고 있었습니다."

"하하, 오늘 내가 친구들을 모두 데리고 왔소이다. 조금 시끄럽겠지만 이해해 주시오."

"별말씀을요."

데이먼과 브란은 그들에게 자리를 안내했다. 과연 손님들은 제법 많았다. 홀을 가득 메우고도 몇 명이 자리가 없어서 의자를 더 가져와 테이블 틈에 비집고 앉아야 했다.

테이블에 앉은 글라니스는 물수건으로 손을 닦으며 고개를 갸웃거렸다.

"음? 식기가 없군."

"아, 그게 오늘 요리는……."

데이먼이 차마 말을 맺지 못하자, 브란이 대신 나섰다.

"오늘 요리는 특별히 손으로 먹는 음식입니다."

"호오? 손으로? 혹시 게를 삶은 거요?"

"그건 아닙니다만… 잠시 기다리시면 알게 될 겁니다."

브란도 모르는 요리를 가르쳐 줄 수도 없었기에 대충 말을 둘렀다.

"하하하! 기대하겠소!"

그가 데리고 온 생도들도 잔뜩 기대를 한 표정이었다. 글라니스가 예정에도 없는 이곳으로 데리고 온 것을 보면 뭔가 엄청난 요리가 나올 거라는 생각이 들었기 때문이다.

한편 주방에서 루나는 거의 자포자기 심정이 됐다.

손님들이 벌써 테이블을 잔뜩 메우고 있는데 레온은 아직도 밥알이랑 생선살만 펼쳐 놓고 있으니.

아아, 어떡하면 좋아.

"뭘 그렇게 풀 죽어 있어? 자 시작해 보자."

레온이 경쾌하게 말하며 우선 손을 깨끗이 씻었다.

그리고 왼손에는 얇게 썬 생선살을 올려놓고, 오른손에는 밥을 쥐었다. 밥을 굴리듯이 모양을 잡은 후 오른 손으로 곱게 간 고추냉이를 찍어 생선살에 발랐다.

고추냉이는 사실 중원에도 있는 향신료였지만 이렇게 사용해 본 적은 없었다. 다만 레온이 생각하기에 숙성된 고추냉이가 들어간다면 약간 매콤한 맛을 내면서 좀 더 맛이 괜찮을 것 같다는 생각에 넣은 것이었다. 거기에 마기를 뿜는다면 맛이 더해질 게다. 그다음 레온은 생선살 위에 밥을 얹고 모양을 잡으면서 마기를 적절히 뿜어 숙성시키는 것도 잊지 않았다.

그렇게 생선 얹어진 반듯반듯한 밥을 열 개씩 그릇에 담고는,

"다 했다."

"이게?"

"먹어보면 놀랄걸?"

"감히 그러고 싶지도 않아."

"그래? 안타깝군. 최초의 시식 권한을 너에게 주려고 했는데."

"정말 이걸로 된 거야?"

"그렇다니까? 반응 한번 볼까? 참, 간장을 찍어 먹어야지."

레온은 작은 그릇에 준비했던 간장을 담았다.

사실 아란스 왕국에서 간장을 사용한 것은 그리 오래된 일이 아니었다. 십여 년 전, 먼 동쪽 코이펜 대륙에서 수입되고 나서부터 조금씩 사용해온 조미료였다. 때문에 레온의 요리는 다른 이가 볼 때 무척이나 생소한 것이었다.

게다가 쌀 또한 주식이 아니었으므로.

"데이먼, 요리 나왔습니다."

"웅! 그래!"

반갑게 주방 쪽으로 달려온 데이먼은 안색이 창백해져 버렸다. 그는 밥과 생선만 담겨 있는, 그야말로 밋밋한 접시를 보면서 말을 더듬더듬 뱉어냈다.

"이, 이게 뭐냐?"

"요리죠."

"먹, 먹을 수 있는 거지?"

"당연하죠."

데이먼의 울고 싶은 심정을 아는지 모르는지 레온은 연신 해맑은 표정으로 대꾸했다.

"이게 다인 거요?"

글라니스가 어리둥절한 표정으로 물었다.

데이먼이 옆에서 손을 비비며 창백해진 안색으로 대답했다.

"그, 그렇습니다."

"흐음. 생각보다 단순하군."

"하하하! 그, 그렇네요."

데이먼은 안절부절못했다. 그러는 동안에도 생선밥은 꾸준히 생도들에게 나가고 있었다. 모든 생도들이 음식을 받았을 때, 주방에서 레온이 나왔다.

"이 음식은 손에 들고 간장에 찍어 먹어야 합니다. 마지막으로 입에 넣을 때는 생선이 아래로 오게 해서 드시는 게 좋습니다."

생도들도 어리둥절한 표정이었다.

"이게 다야?"

"뭐야, 이건 그냥 날생선이 얹어진 밥이잖아."

생도들이 실망한 낯빛으로 글라니스를 바라보았다.

글라니스도 다소 황망한 기색이었다. 그래도 아란스 왕국 내의 거의 모든 요리를 맛보았던 그였다. 한데 레온이 만든 이 요리는 그도 태어나서 처음 보는 것이었다. 언뜻 보아서는 없는 재료로 대충대충 만든 것 같기도 했다.

하지만 그는 곧 차분하게 말했다.

"모두들 먹어보자."

그제야 생도들이 물수건으로 손을 닦기 시작했다.

글라니스가 음식을 먹기 전에 데이먼을 불렀다.

"보아하니 아까부터 홀에 계시던데, 그럼 이 요리는 누가 한 거요?"

데이먼이 섣불리 대답하지 못하고 머뭇거렸다. 만약 레온이 라고 얘기하면 이 사태의 잘못을 그가 전부 뒤집어쓸까 봐 염 려된 탓이었다. 몰매를 맞아도 자신이 맞아야 한다. 이 가게의 주인은 자신이니까.

데이먼의 그런 생각을 읽기라도 한 건지 글라니스가 재차 말했다.

"걱정 마시오. 그냥 궁금해서 물어본 거요. 어차피 내가 어 떤 요리든 상관없다고 했으니. 이것도 먹어보기 전에는 모르 는 법이고."

"음, 이 아이입니다."

글라니스와 생도들의 시선이 레온에게 향했다.

글라니스는 레온에게 물었다.

"이 요리의 이름이 무엇인가?"

레온이 잠깐 머뭇거렸다. 사실 이 요리는 중원에서도 쉽게 볼 수 있는 것이 아니었다. 때문에 이름 같은 것을 알고 있을 리가 없었다.

주먹초밥에 생선을 얹었으니.

"생선초밥이라고 합니다."

"자네가 개발한 요리인가?"

"뭐, 그런 셈이지요."

사실 여러 변칙이 적용되고 마기까지 뿌려댔으니 자신이 개발했다고 해도 과언이 아닐 거란 생각에 그리 대답했다.

그때였다.

식당 구석에서 한 생도가 벌떡 일어나서 소리쳤다. 그의 표정은 어쩐지 환상에 사로잡힌 모습이었다.

"우와아! 파도 소리가 들린다! 갈매기가 머리 위를 지나고 있어. 이거, 정말 맛있잖아!"

최초의 반응이었다.

생선초밥을 먹은 첫 생도였다. 그러자 다른 생도들이 너도나도 초밥을 집어먹기 시작했다.

"오오! 나는 지금 고향 마로체니의 앞바다를 보았어!"

"아~ 내 다리에 지느러미가 달린 것 같아. 이 순간 물고기가 된 것 같아. 푸른 바다에서 헤엄치고 놀고 싶어져."

모두들 몽환적인 표정으로 우스꽝스러운 감상을 외쳐 댔다. 보는 사람이 민망해져서 닭살이 돋을 정도로⋯⋯.

한편 데이먼과 브란은 놀란 표정으로 서로를 바라보았다. 루나도 마찬가지였다.

세 사람은 어찌 된 영문인지 몰라 레온에게 시선을 던졌다. 레온이 그것보라는 듯 씨익 웃었다. 중원에 있던 시절 오랜 세

월 동안 요리를 해왔던 그였다. 때문에 무의식중의 자신감이 충만해 있었다.

마지막으로 그들은 글라니스를 보았다.

글라니스는 오히려 생도들이 지나치게 호들갑을 떨자 콧방귀를 꼈다.

'흥! 어쩌다 처음 먹는 요리에 저리 호들갑을 떨기는. 내가 추천한 곳이라곤 하지만 맛이 없다면 솔직히 맛없다는 반응을 보여야지. 다들 날 너무 의식하는군.'

그는 생도들의 반응이 자신 때문이라고 생각했다. 자신이 이곳을 추천했으니, 생도들은 별로 맛이 없어도 그에게 잘 보이기 위해서 지나치게 맛있는 척한다고 여긴 것이다.

그리고 저런 손발이 오그라들 것만 같은 독특한 반응은 주로 대단히 유명한 미식가들이 사용하는 방식이었다. 흔해빠진 미사여구 대신, 자신만의 독특한 반응을 보임으로서 요리의 특질을 알아맞히고 자신들의 이름을 더 널리 알리기 위한 수단이기도 했다.

그러니 글라니스가 보기에는 저런 반응까지 내뱉는 생도들이 그저 겉멋만 잔뜩 든 치기 어린 모습으로만 비쳤던 게다.

글라니스가 레온을 힐끔 보았다.

'요리를 개발하는 단계로는 안 보이는 어린 청년인데. 내가 확실히 평가해 주지.'

그의 표정은 마치 전장에 나서는 장군의 그것이었다. 그는 생선초밥을 간장에 찍었다. 이 간장도 생소했다. 아란스 왕국에서는 간장을 수입한 지 얼마 되지 않았기에 그 용도가 흔하지는 않았다. 게다가 이 간장은 뭔가 다른 양념이 첨가되어 있는 듯했다. 나올 때부터 간장의 냄새가 달랐던 것이다. 그만큼 글라니스의 후각은 뛰어났다.

어쨌든 글라니스는 레온의 말대로 생선이 아래로 오게 한 후 생선초밥을 입에 넣었다.

데이먼은 물론 브란과 루나, 그리고 생도들까지 긴장한 표정으로 그를 보았다.

단지 레온만이 느긋한 태도로 그를 보고 있었다.

"헉!"

문득 글라니스가 두 눈을 부릅떴다.

"오오오! 나는 이미 바다에 왔노라!"

돌연 그가 입고 있던 옷 단추를 풀기 시작했다. 그가 웃통을 모두 벗고 출렁이는 뱃살까지 드러냈을 때, 제임스와 생도들이 가까스로 말렸다.

제임스는 내심 놀랐다.

'글라니스가 이런 특급 반응을 보일 줄이야. 도대체 무슨 맛이기에!'

그도 초밥을 하나 집어 먹었다.

"헉!"

잠시 후, 그가 갑자기 물컵을 들더니 자기 머리 위에 쏟아부었다.

"물속에 살고 싶다!"

그는 아예 주전자를 들더니 자기 머리 위에 쏟아붓기 시작했다. 이번에는 글라니스가 그의 행동을 제지했다.

반응은 그야말로 대박이었다.

글라니스와 생도들은 삼 년 굶은 거지처럼 생선초밥을 허겁지겁 집어 먹기 시작했다. 물론 처음에는 보기만 해도 손발이 오그라들고 민망해서 닭살이 돋는 장황한 리액션이 줄을 이었다.

하지만 리액션을 보인 후부터는 그저 먹기에 바빴다. 마기를 입고 숙성된 생선초밥은 그야말로 마약과 같은 힘이 있었던 게다. 먹어도, 먹어도 자꾸만 먹고 싶은.

"아, 아빠, 지금 좋은 반응인 것 맞죠?"

"그런 것… 같구나."

"사장님, 이제 걱정 안 하셔도 될 것 같습니다."

브란이 눈물까지 글썽이며 말했다.

그동안 얼마나 마음을 졸였던가. 혹여라도 무리를 했다가 1천 코퍼 이상을 물어줘야 하는 건 아닌지 내심 걱정이었다. 한데 결과는 보다시피 정반대. 지금 심정이라면 레온을 껴안고 덩실덩실 춤이라도 추고 싶었다.

글라니스와 생도들은 접시를 완전히 비우고 나서도 연신 생선초밥을 추가로 주문했다.

그래서 데이먼과 브란은 눈코 뜰 새 없이 바빴고, 루나는 레온 곁에서 설거지를 하는 등 허드렛일을 거들었다.

정신없이 바쁜 와중에도 꿈의 밥상 식구들의 얼굴엔 웃음만 가득했다.

한 시간가량 후.

음식 문화의 충격(?)을 받은 생도들은 아낌없는 찬사를 남기고 글라니스보다 앞서 돌아갔다. 식당에는 글라니스와 제임스만이 남았다.

글라니스는 아직도 환상에 사로잡힌 사람처럼 몽롱한 표정이었다. 그가 데이먼을 불렀다.

"주인장, 계산하겠소."

"예, 손님. 잔금 10실버입니다."

"하하! 당신도 너무 정직하군. 우리가 계속 추가 주문했으니 5실버를 더 내겠소."

5실버씩이나!

데이먼은 깜짝 놀랐다. 한편으로는 상대의 정체가 궁금하기도 했다. 얼마나 부자면 저렇게 거금을 아무렇지도 않게 내놓는 것일까? 게다가 일류 미식가들이나 하는 그 우스꽝스러운 반응들. 혹시 수도 아란스에서 유명한 식당 주인 정도 되려나?

"10실버만 내셔도 충분합니다. 이미 과분한 돈입니다."

"그건 아니지! 어딜 가서 이런 요리를 먹어볼 수 있겠소! 오늘 나는 음식 문화의 충격을 받은 것이오! 그 신선한 충격 앞에서 5실버는 오히려 부족할 지경이오! 이, 생선밥……."

"생선초밥입니다."

레온이 가만히 정정해 주었다.

"그렇지, 이 생선초밥은 그야말로 내 인생의 한 획을 긋는 음식이었소! 그러니 그냥 받으시오. 주인장이 거부하면 나야말로 이 요리를 먹을 자격이 없었던 사람이 되고 마는 거요."

'후후, 제법 생각이 있는 새끼… 아니, 손님이군.'

레온은 마치 당연하다는 듯 고개를 끄덕였고, 데이먼은 5실버를 받아도 될지 말지에 대해 행복한 고민을 했다.

글라니스는 요리에 대한 자부심이 대단했다. 그로서는 맛있는 음식에 대한 합당한 가치를 내놓는 것이라 생각할 뿐이었다.

그가 워낙 완고한 표정으로 나오자 데이먼은 두말없이 받았다.

"감사합니다, 손님."

"나야말로 감사하오. 그리고 자네."

그가 레온을 불렀다.

"이 요리를 자네가 만들었다고 했나? 아니, 개발했다고?"

"그렇습니다."

"호오, 그럼 이 요리를 만드는 방법을 간단히 설명해 줄 수 있겠나? 아, 물론 비결을 전부 가르쳐 달라는 것은 아니네. 몇 가지 요점만 짚어줘도 좋네."

"일단은 온도가 중요합니다. 입에 넣었을 때 뜨겁지도 차갑지도 않는 온도. 즉, 인간의 체온과 가장 흡사한 정도가 좋습니다."

"그건 왜 그런가?"

"입에 넣었을 때 뜨거움이나 차가움을 먼저 느껴 버리면, 맛은 그 감각 뒤에 따라오게 되니까요."

"과연. 그리고?"

"밥을 뭉쳐 만들 때는 이쑤시개로 찔러서 들어 올려도 그 모양이 흐트러지지 않아야 합니다. 그리고 생선의 숙성도도 아주 중요하지요. 밥은 적당히 양념을 해놓으면 됩니다."

레온은 마기를 이용해서 생선을 적절히 숙성시켰다는 이야기를 쏙 뺐다. 그 비결을 밝히기 싫어서가 아니라, 어차피 말해도 못 알아들을 것이라고 짐작했기 때문이다.

"그렇군."

글라니스는 흥미로운 눈길로 레온을 아래위로 훑어보았다.

당당한 기품과 두려움이라곤 느껴지지 않는 표정. 비록 작은 식당에서 하찮은 허드렛일이나 하는 자로는 전혀 보이지 않았다. 어쩐지 모든 사람을 아래로 깔아보는 듯한 느낌마저 들 정도였다.

글라니스가 제임스를 돌아보고 물었다.

"어떤가, 이 친구?"

"재미있는 친구군요."

제임스도 레온에게서 느껴지는 기백을 느끼고 내심 감탄했다.

글라니스가 눈을 가늘게 뜨고 말했다.

"자네, 혹시 왕성에서 일해볼 생각이 있는가?"

"예에?"

깜짝 놀라 소리쳐 물은 사람은 레온을 제외한 모두였다.

왕성이라니. 그럼 이 사람은 왕성에 관계된 자였던 것인가? 그럼 저 생도들과 이 사람의 정체는 혹시… 이자가 왕성 요리사?

여기까지 생각이 미치자 사람들은 입을 쩍 벌리고 멍하니 서 있기만 했다.

왕성 요리사의 눈에 띄어 직접적으로 제의를 받았다면 그야말로 일생일대의 횡재가 아닌가! 이런 순간은 다시 오지 않을 절호의 기회다.

그런데 이어진 레온의 대답이 기가 막혔다.

"그럴 생각 없습니다."

"뭐?"

모두 놀라서 레온을 쳐다보았다.

질문을 한 글라니스도 놀랐다.

"자네, 왕성에서 일한다는 것이 어떤 뜻인지 모르나?"

"왕성에서 일한다는 건 왕성에서 산다는 뜻이겠지요."

"그게 아니라, 그 일이 자네에게 얼마나 큰 영향을 줄 수 있는지 모르냐는 말일세."

"왕성을 구경할 수 있겠군요."

레온이 태연히 말을 받았다.

모두들 어이없다는 표정으로 레온을 바라보기만 할 뿐이었다.

루나가 불쑥 끼어들어 레온에게 귓속말로 속삭였다.

"너 제정신이야? 왜 이런 기회를 놓치는 거야? 앞으로 살면서 이런 기회가 몇 번이나 올 것 같아?"

레온이 아무런 대답이 없자, 글라니스가 그를 물끄러미 바라보며 재차 말했다.

"왕성에서 일을 하게 되면 자네 삶이 훨씬 윤택해질 거라는 걸 보장하네."

"물론 그렇겠지요. 그 정도는 알고 있습니다."

"그런데 왜 기회를 놓치려 하나?"

"좋은 기회라는 건, 본좌도 알고 있습니다. 하지만 본좌는 이곳에서 해야 할 일이 있습니다."

그러자 데이먼이 나섰다.

"레온, 혹시 우리 때문에 그러는 것이냐? 만약 그런 거라면 우리는 신경 쓰지 말거라. 이건 네 인생에 다시없는 좋은 기회다. 그리고 이 기회는 네가 스스로 만든 것이잖느냐."

"그래. 그냥 가. 이런 기회가 언제 또 있다고."

루나도 나서서 레온을 설득했다.

하지만 레온은 빙그레 웃으면서 대답했다.

"분명히 좋은 기회인지는 모르겠지만 도리를 지키기 위해 포기한 것이라면, 언젠간 다시 그만한 기회가 찾아올 거라고 생각합니다."

정말이지 과거 혈마존에게는 절대 어울리지 않는 대답이었다.

하지만 그것이 지금 레온의 솔직한 심정이기도 했다.

그래도 다른 사람들이 보기에는 이건 너무나 중요한 기회였다. 게다가 이런 기회를 잡지 않는 이유가 자신들 때문이라면 더더욱 마음이 불편할 수밖에 없는 것이다. 해서 데이먼은 끝까지 레온을 설득했다.

"레온, 만약 왕성으로 가게 되면 대신관이 되는 길도 가까워진단다."

"그래. 그곳에서 네 꿈을 키워야지."

사람들의 말에 레온은 잠시 생각에 잠겼다.

다른 것보다도 목표한 바를 이룰 수 있는 길이 좀 더 가까워진다니 조금은 고민이 됐다.

글라니스는 묵묵히 레온을 바라보다가 품에서 양피지 두루마리를 꺼냈다.

"그럼 일단 자네에게 소개장을 주지. 이 소개장을 가지고 있다가 마음이 내키면 왕성으로 한번 찾아오겠는가? 당장이 아니라도 좋으니 여유있게 생각하게. 혹시 혼자 가는 것이 내키지 않는다면 누구라도 한 명 더 함께 갈 수 있을 걸세. 이걸 가지고 간다면 최고의 대우를 받을 수 있을 것이네. 그리고 나는 왕궁 요리사 글라니스 미르첸이라고 하네."

그의 마지막 말에 사람들은 모두 깜짝 놀랐다.

어제부터 쉴 새 없이 놀라는 사람들이었지만, 이번만큼은 그 어느 때보다도 놀랐다.

'왕궁 요리사라니. 이 사람이 바로 왕궁 요리사였구나!

데이먼은 짜릿한 전율마저 느꼈다. 국내 최고의 요리사를 이런 허름한 식당에서 대접하게 될 줄이야 누가 알았겠나. 그것도 두 번씩이나.

글라니스라는 이름은 모르고 있었지만, 아란스의 왕궁 요리사가 단 세 명뿐이라는 것은 알고 있었다. 왕성 요리사 중에서도 아란스 왕에게 직접 음식을 만들어 바치는 자들만이 왕궁 요리사라고 불린다.

"흐응, 그렇구나. 레온이라고 합니다."

레온이 시큰둥하게 인사를 받았다.

'아, 이 바보. 이건 통성명이나 하잔 소리가 아니잖아. 이분의 위명을 알고 좀 놀라란 말이야!'

루나가 가슴속으로만 발을 동동 구르는데, 이어진 레온의 한마디는 더욱 가관이었다.

"그런데 이거 잃어버리면 안 되는 거죠?"

"자네가 왕궁의 주방에서 요리를 해볼 생각이 있다면 안 되겠지."

"그렇군요. 참고하겠습니다."

레온이 건성으로 대답하고는 두루마리를 대충 주머니에 쑤셔 넣었다. 두루마리는 주머니에서 삐죽 튀어나와 금방이라도 떨어질 것만 같았다.

사람들은 레온의 행동을 보고 그저 할 말을 잃었다.

이건 대담한 건지, 무모한 건지, 생각이 없는 건지.

글라니스도 잠시 멍하니 보다가는 웃음을 터뜨렸다.

"하하하하!"

그가 웃음을 그치고 레온을 물끄러미 바라보았다.

'상상 이상으로 그릇이 큰 건지, 아니면 무식한 건지 알 수가 없군.'

그가 이윽고 몸을 일으켰다.

"그럼 왕궁에서 볼 날을 기대하겠네."

"감사합니다, 손님."

레온은 마지막까지 그저 평범한 종업원으로서 평범한 손님을 대하듯 했다.

식당을 나온 글라니스가 걸음을 옮기며 제임스를 돌아보았다.

"자네 생각은 어떤가?"

"저 친구 말씀입니까?"

"그렇네."

"기백이 있고, 당당한 친구더군요."

"혹시 바보는 아니겠지?"

제임스가 빙그레 웃었다.

"그렇게 보이지는 않더군요, 오히려 그 반대면 모를까. 글라니스도 그렇게 생각하지 않았습니까?"

"후후, 재미있는 아이를 발견한 것 같아."

글라니스는 뭔가 생각에 잠겨 걸음을 옮겼다.

잠시 뒤 제임스가 조심스럽게 입을 열었다.

"오늘은 좀 그랬습니다."

"뭐가 말인가?"

"생도들 앞에서 웃통까지 드러내시다니요. 글라니스가 그런 반응까지 보일 줄은 몰랐습니다."

"호오? 자네는 뭐라고 했더라? 물속에 살고 싶다라고 했던가? 아니, 물고기가 되고 싶다고 했나? 거기에 주전자까지 들어 올려서……."

"그, 그건 글라니스께서 먼저 그렇게까지 반응을 보이니……."

제임스의 얼굴이 발갛게 달아올랐다.

글라니스가 재미있다는 듯 물었다.

"어쩔 수 없이 따라한 거다?"

"그, 그렇습니다."

"하하! 그런 건 따라하지 않아도 되네. 그리고 무엇보다 그 분위기에 자네도 취한 것 아니었나."

"그건 그렇습니다만."

"훌륭한 요리사는 훌륭한 코멘트를 할 수 있어야 하는 법이네. 다른 사람이 보기에 우스꽝스럽고, 미친 짓으로 보여도 이건 차후에 유명한 이야기가 될지도 모르네."

"훗날에요? 어떤 식으로 말입니까?"

글라니스는 벌써 그 훗날을 떠올렸는지 빙그레 웃으며 팔을 활짝 펼쳤다.

"보라, 그 옛날 왕궁 요리사 글라니스는 어느 시골 가게에서 이 생선초밥을 먹고 웃통을 벗어던졌다고 한다. 그리고 그는 '나는 이미 바다에 왔노라'라고 말했다 한다."

글라니스가 제임스를 돌아보고 씩 웃었다.

"어떤가? 이런 재미있는 실화가 전해진다면 훗날 생선초밥을 먹는 사람들의 입맛을 더 돋구어주지 않겠나? 그리고 그 말은 아주 유명해질 수도 있네. 마치 유명한 음유시인의 노래처럼 말일세."

"흠. 그렇게 말하고 보니 그럴싸하군요."

"그렇지. 주전자로 머리에 물을 쏟아붓는 것보다야 훨 낫지. 안 그런가?"

"글라니스, 제발 그 소리는 그만……."

"하하하!"

두 사람은 웃음을 터뜨리고는 길을 걸었다.

그런데 그때 멀어져 가는 두 사람을 가만히 지켜보는 또 다른 눈이 있었다. 그 눈은 다시 허름한 간판이 걸려 있는 꿈의 밥상을 쳐다보았다. 그는 며칠 전까지 이곳에서 주방 보조를 하다가 해고된 프라이스였다.

"제길. 도대체 어떻게 된 거지? 녀석들이 어떻게 단체 손님을 받은 거지?"

그는 머리를 쥐어뜯었다.

어두운 새벽 위험을 무릅쓰고 한 일이 모두 허탕이 되고 만 게 아닌가.

사실 그는 지난밤 모두가 잠든 시간, 남몰래 꿈의 밥상에 잠입했다. 그리고 식재료를 전부 빼돌렸던 게다. 꿈의 밥상이 단체 손님을 맞이하게 됐다는 소식을 들었을 때, 자신을 해고한 분풀이로 이보다 좋은 방법도 없다고 여겼다.

그의 속셈대로라면 꿈의 밥상은 오늘 손님도 받지 못하고 거액의 위약금만 물어주어야 할 것이었다.

한데 이게 웬 걸.

단체 예약 손님이 들이닥치더니 한참 후 이를 쑤시며 나가는 게 아닌가, 그것도 극찬을 하며.

도대체 뭘 어떻게 만들어서 내놓았단 말인가?

"따로 숨겨놓은 식재료라도 있었던 건가? 제기랄!"

프라이스는 주먹으로 애꿎은 건물 벽만 때렸다. 그때,

"어? 프라이스, 여긴 어쩐 일이세요?"

프라이스가 깜짝 놀라 뒤를 돌아보았다.

"레, 레온?"

"오랜만이군요. 새로 얻은 일자리는 좋은가요? 임금도 훨씬 세니까 좋겠죠?"

"그, 그래. 할 만하다."

프라이스가 어색한 태도로 대답했다.

'설마 이 녀석, 내 말을 들은 건 아니겠지?'

그는 얼른 주위를 둘러보며 말했다.

"그런데 너는 왜 여기에?"

"아, 오늘 일 끝나고 신전으로 가는 길이에요."

"그렇군."

"프라이스는 어쩐 일이세요?"

"나, 나도 그냥 오늘 휴일이니 산책이나 할까 해서 지나가던 길이었다."

"흐응. 그렇군요. 그런데 어쩐지 기분이 안 좋아 보이네요?"

내심 뜨끔한 프라이스가 애써 웃음을 지어보였다.

"하하! 그럴 리가. 딱히 안 좋은 일이 없는데, 뭐."

"그렇다면 다행이네요. 저희 가게도 요즘 계속 좋은 일만 생겨요."

"그, 그러냐? 다행이구나. 듣자하니 오늘 단체 예약 손님을 받았다면서?"

"그렇죠. 그런데 어떤 개새끼가 식재료를 전부 가지고 도망갔어요. 그래서 데이먼이 조금 당황했는데, 결국은 잘 해결됐습니다."

레온은 활짝 웃었다.

하지만 그가 '개새끼'라고 말을 내뱉는 부분에서는 프라이스도 등골이 오싹했다. 아주 짧은 순간이었지만 레온의 두 눈빛에서 살기가 느껴졌기 때문이다.

'기분 탓이겠지.'

프라이스가 활짝 웃었다.

"그것참 잘됐구나. 앞으로도 좋은 일만 있으면 좋겠구나."

"그럴 거예요. 내일도 단체 손님을 받기로 했거든요."

"내일도?"

"예."

"식재료가 없는데도?"

"사실 식재료는 숨겨놓은 게 따로 또 있었거든요. 주방 안쪽 창고 아시죠?"

프라이스가 곧 떠올리고는 대꾸했다.

"거긴 술통만 쌓아두는 곳이잖나?"

"예, 하지만 데이먼이 이번에는 워낙 조심성이 많아서 그 창고에도 식재료를 조금 넣어두었거든요."

"그랬구나. 그것참 다행이다. 식재료 도둑은 거기에 둔 걸 몰랐던 모양이구나."

"그런 것 같아요. 참 바보 같지요. 조금만 찾아보았으면 알 수 있었을 텐데. 문을 잠가놓는 것도 아니니."

"그래도 다행이잖니?"

"그건 그렇죠. 내일은 삼백 코퍼짜리 단체 손님이어서 정말 돈을 많이 벌 수 있을 것 같아요."

프라이스가 깜짝 놀라서 물었다.

"삼, 삼백 코퍼?"

"네, 대단하죠?"

"그럼 혹시 형편이 좋아지면 사장님은 나를 다시 부르실까?"

레온이 짐짓 우울한 표정을 지었다.

"안타깝지만 그럴 일은 없을 듯합니다. 지금 인원으로도 충분하다고 여기시는 것 같더군요. 게다가 프라이스는 지금 우리 가게보다 더 높은 임금을 받고 일하니 다시 올 필요가 없잖아요."

"그, 그렇지."

레온이 장난기 있는 표정으로 물었다.

"아니면 혹시 그동안 식재료 사면서 남겼던 돈이 높아진 임금보다도 센 거예요?"

"무, 무슨 소리냐! 그런 짓은 몇 번 하지도 않았다! 그때 한 번 본 걸로 사람을 그렇게 몰아가는 게 아니다!"

"하하하! 농담이에요."

레온이 호탕하게 웃었다.

하지만 프라이스는 빨리 이 자리를 뜨고 싶은 마음뿐이었다.

자꾸 레온과 이야기하니 수치심과 증오심만 커져갔다.

'두고 보자. 그 웃음이 쑥 들어가게 해주마.'

프라이스는 속으로 이를 갈았다.

문득 레온이 잊은 것을 떠올린 듯 말했다.

"아! 신전에 가야 하는데. 그럼 본좌는 이만 먼저 가보겠습니다."

그래, 제발 좀 꺼져라.

"그래. 조심해서 다녀오렴. 나도 이만 돌아가야겠다."

"예, 그럼 다음에 뵙도록 해요."

레온이 손을 흔들며 멀어져 갔다.

그 뒷모습을 보는 프라이스의 눈은 차갑기만 했다.

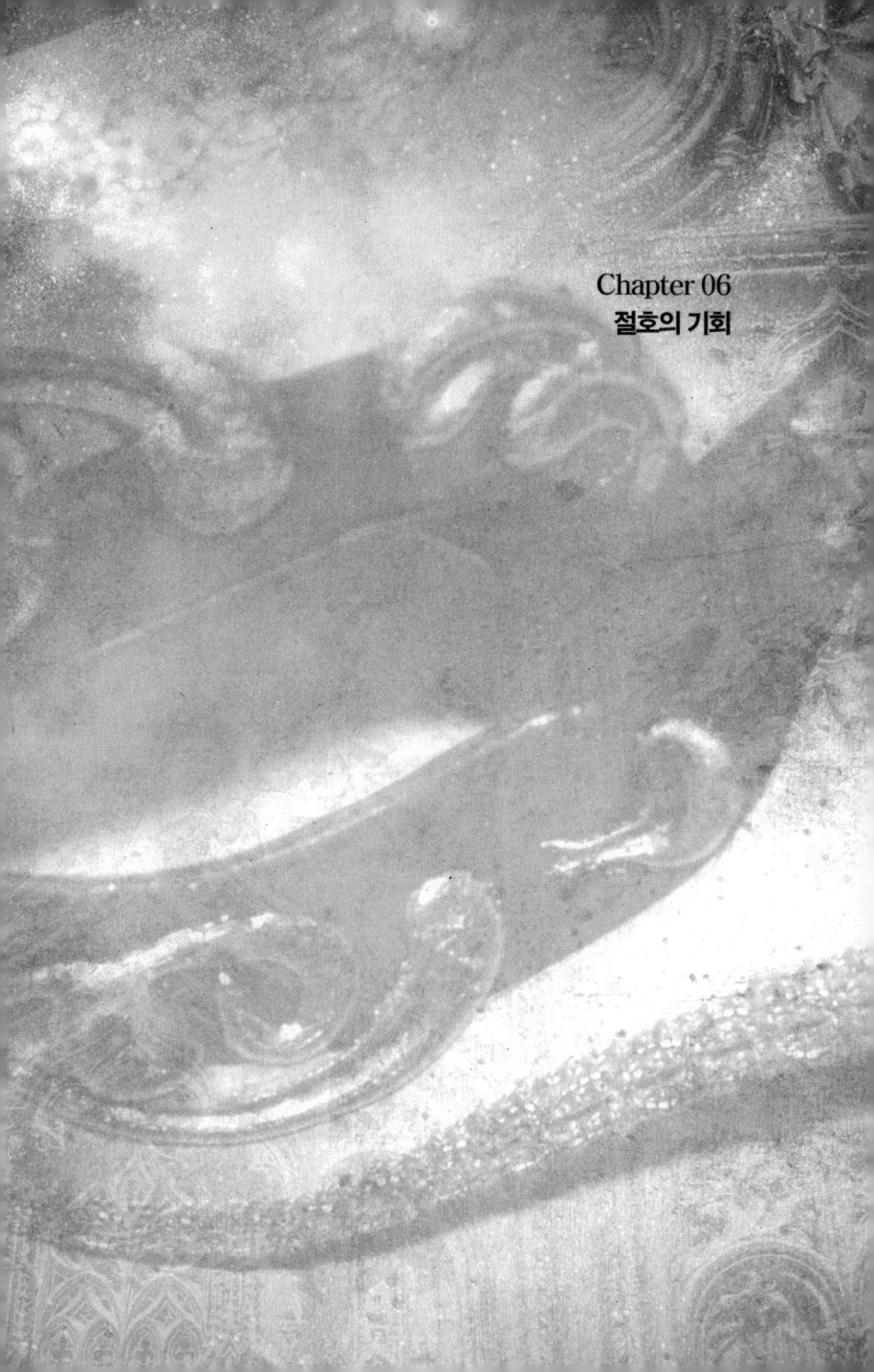

Chapter 06
절호의 기회

가면의
레온

　레온이 신전을 찾았을 때는 어쌔신 둘이 마당에서 투닥거리
고 있었다.

　"알, 룬."

　레온이 부르자 두 사람이 싸움을 멈추고 고개를 돌렸다.

　두 어쌔신의 신성명이 바로 알과 룬이었던 것이다. 누구든
원하기만 한다면 신전에서 신성명을 받을 수 있다. 두 사람이
어쌔신으로 지내고 있을 때는 이름없이 그저 번호로만 불렸기
에 레온은 신관에게 그들의 신성명을 지어줄 것을 부탁했던
것이다. 그리고 지금은 그 신성명으로 불렸다.

　알은 다소 흰 피부에 키가 컸고, 일전에 레온의 목을 내려
치려고 했던 자였다. 그리고 룬은 조금 거뭇한 피부에 보통

키였다.

"오셨습니까?"

"그래, 여기서 뭐 하고 있는 거야?"

"그게……."

두 사람이 머리를 조아리자, 레온이 이맛살을 슬쩍 구겼다.

"또 싸우고 있었냐?"

"……."

"너희들은 서로 목숨을 의지하면서 같이 일했던 사이가 아니냐? 그런데 왜 자꾸 싸우는 거야?"

둘은 머리를 푹 숙였다.

알이 슬며시 입을 열었다.

"룬이 자꾸 쓰레기를 제 쪽으로 넘겼습니다."

"야! 내가 언제? 네 자리에 있던 쓰레기가 바람에 날려 와서 다시 보내준 것뿐이야! 그것도 딱 한 번 그랬을 뿐이라고!"

룬이 발끈해서 맞받아쳤다.

사실 두 사람은 레온이 오기 전까지 신전 앞마당 청소를 하고 있었다. 알과 룬은 각자의 구역을 담당하기로 했는데, 바람이 불면서 쓰레기가 상대 구역으로 넘어간 모양이었다.

레온이 가만히 한숨을 내쉬었다.

힘이 유아 수준으로 돌아가니, 정신도 유아 수준으로 돌아가는 것일까?

서로 말다툼을 하던 알과 룬은 이내 손까지 섞기 시작했다.

"에잇!"

알이 먼저 룬의 볼을 꼬집었다. 그러자 룬도 알의 볼을 꼬집었다.

두 어쌔신(?)은 그렇게 서로를 꼬집은 채 눈물까지 그렁거리며 서로 협박했다.

"놔! 안 놓으면 죽는다."

"너야말로 먼저 놓지? 살가죽을 벗겨 버리기 전에!"

알은 정말 볼살이 뜯어질 것만 같은 고통에 눈물을 찔끔 흘렸다. 그가 악에 받쳐 소리쳤다.

"이십사 번! 너 자꾸 이러면 명령 불복이다! 이건 하극상이다!"

"웃기시네! 아직도 우리가 어쌔신이냐? 신성명까지 받은 주제에 무슨 명령이냐! 과거는 과거일 뿐! 이제 너랑 나랑 동급이야! 나이도 같잖아!"

사실 어쌔신으로 활약하던 시절, 알은 룬보다 몇 계급 위에 해당했다. 경력과 실력으로 철저하게 매겨진 순위였다. 때문에 룬은 알의 명령을 절대적으로 복종해야 했다.

하지만 레온 때문에 그 모든 힘을 잃고 나서부터는 계급이 사실상 무의미했다. 게다가 앞으로 평생을 신전에서 일하며 살아야 하는 입장에서 과거의 계급에 연연할 이유는 전혀 없었던 게다.

알과 룬은 서로를 잡아먹을 듯 노려보면서도 볼살을 놓지 않았다. 두 사람 모두 닭똥 같은 눈물이 금방이라도 떨어질 듯

했다. 과거였다면 소드를 섞어서 승부를 결정지었을 그들이 지금은 서로의 볼살에 자존심을 걸고 있는 게다.

따악!

레온이 두 사람의 뒤통수를 후려쳤다.

결국 둘은 동시에 손을 놓고 뒤통수를 감싸 쥐었다.

"야, 이놈들아. 자꾸 시시한 걸로 싸울래? 네놈들이 계집년이냐? 볼 꼬집고 싸우게?"

"하지만 알이 자꾸 저한테 일을 전부 시키려고 하니까……."

"시끄럽다! 이십사 번!"

"너야말로 시끄러! 난 이십사 번이 아냐! 룬이다!"

"직업을 잃었다고 명예마저 잃었단 말이더냐!"

"명예가 밥 먹여주냐!"

두 사람이 다시 다투기 시작하자, 레온이 버럭 소리쳤다.

"둘 다 입 다물어!"

그의 고함 소리에 앞마당이 쥐죽은 듯 고요해졌다.

레온이 엄한 표정으로 말했다.

"이 시간 후로 한 번만 더 싸운다는 소리가 내 귀에 들리기라도 하면, 너희들 뼈를 갈아 마시겠다. 내가 정말 뼈를 갈아 마실지 궁금하면 어디 한번 싸워봐."

두 어쌔신은 동시에 같은 생각을 하고 있었다.

이놈이라면 충분히 갈아 마실 놈이다.

레온이 룬을 불렀다.

"룬, 앞으로 알을 예전처럼 윗사람으로 대하도록 해. 어쨌든

알은 널 보살피던 대장이었잖아. 이제 와서 은혜를 저버리는 건 사람의 도리가 아니지. 이건 내가 정한 서열이니까 확실히 따르도록."

"…알겠습니다."

"그리고 알."

"예."

"앞으로 룬을 번호로 부르지 마라. 만약 한 번만 더 그랬다간 내가 가만히 안 있을 테니까. 너희들의 이야기는 신관님을 통해 내 귀로 전부 들어오게 되어 있으니까 조심하는 게 좋아. 그리고 룬을 아껴주도록 하고. 서로 역할 분담은 확실히 하도록 해. 윗사람에 대한 존중은 절대 강요될 수 없는 거다. 존중이라는 것은 저절로 우러나와야 의미가 있는 것이야. 너 스스로 존중받는 윗사람이 되도록 행동해."

"명심하겠습니다."

두 사람이 깊이 허리를 숙였다.

그들은 언제부터인가 레온의 말을 잘 따르고 있었다. 레온의 표정이나 행동을 보면 묘하게 이끌리는 마력 같은 것이 있었다.

레온이 싱긋 웃었다.

"좋은 소식이 있다."

"…뭔가요?"

"지금 룬이 여기서 막내지만, 곧 그 밑에 한 놈 더 들어올 거야."

"한 명 더요? 혹시 그놈도 레온님 모가지를 따려고 했습니까?"

알이 궁금해서 물었지만, 곧 레온의 부리부리한 눈동자를 보고는 실수를 깨달았다.

"그놈은 그럴 배짱도 없는 놈이지. 피라미 중의 피라미야."

"그럼 그놈, 제 아래가 되는 거군요?"

룬이 잔뜩 기대에 찬 표정으로 물었다.

아마도 그동안 알에게 여러 가지 심부름을 당한 모양이었다.

"그래, 네 밑이지."

"좋았어. 흐흐."

"그리고 조만간 내가 이곳을 떠날 수도 있다."

"떠난다니요?"

두 사람이 깜짝 놀라서 물었다.

"아직 확실하진 않지만 마르텐에서 떠날 수도 있어. 내가 이곳으로 다시 돌아올 때까지 절대로 여길 벗어나지 마라. 벗어나 봐야 너희들 목숨만 더 위태로워질 뿐일 테니까."

"알겠습니다."

"그리고 희소식 하나 더 말해줄까?"

"무엇입니까?"

"너희 몸은 다시 고칠 수 있다."

"예에?"

알과 룬이 또 놀라서 소리쳤다.

몸을 고칠 수 있다니!

생각도 하지 못했다. 어딜 어떻게 건드린 건지 두 사람은 정말 꼬마보다도 힘을 쓰지 못할 정도였다. 신전에서 잔심부름만 거들어도 그날 밤 녹초가 되곤 했었다. 어쌔신으로서 범인보다 월등히 뛰어난 운동신경과 감각을 가진 그들이었건만, 지금의 몸은 그야말로 저주받은 것이나 다름없었다.

한데 이 몸을 고칠 수 있다니!

조금이나마 남아 있던 레온에 대한 원망이 눈 녹듯이 사라지는 순간이었다.

레온이 작은 소리로 말을 이었다.

"그런데 그 몸, 나만 고칠 수 있어. 그러니 내가 없는 동안 어디로 갈 생각은 하지 않는 게 좋아. 정 믿지 못하겠으면 가도 좋다. 내가 너희들을 굳이 붙잡을 이유는 전혀 없으니까."

믿지 않는다고 해서 얻는 게 무언가.

없다. 그렇다면 믿는다. 믿어서 희망이라도 가지는 게 낫다.

두 사람이 확고한 표정으로 말했다.

"믿습니다, 당신을."

"그럼 여기서 착실히 일하고 있도록 해. 내가 다시 이곳으로 오는 날, 너희들이 정말 개과천선했다면 몸을 고쳐 주마."

"최선을 다해서 착해지겠습니다!"

"좋아. 그런데, 신관님은?"

"신관님은 안에 계십니다! 안내해 드리겠습니다."

"아냐, 됐어. 혼자 가지."

레온은 감동에 젖은 두 사람을 남겨두고 걸음을 옮겼다.

"그렇군요. 그런 일이 있었군요."

메이븐 신관이 고개를 끄덕이며 부드럽게 웃었다.

그는 커피를 호로록 마시면서 레온의 이야기를 듣고 있었다.

레온은 메이븐 신관을 만나서 오늘 왕궁 요리사로부터 소개장을 받게 된 일련의 과정들을 모두 전했다. 그리고 자신의 결정에 대해 상담했다.

물론 처음에는 왕궁으로 갈 생각이 전혀 없었지만, 주위에서 모두 가라고 부추기니 지금은 조금 갈등이 됐던 것이다.

메이븐이 커피잔을 내려놓으며 말했다.

"제 생각에도 다른 분들처럼 왕궁으로 가는 것도 좋다고 생각됩니다."

"어째서입니까?"

"사람은 넓은 곳을 보며 생각할 필요가 있습니다. 좁은 곳을 보면 생각도 그만큼 좁아질 수밖에 없지만, 넓은 곳을 보면 그만큼 생각도 넓어지지요."

"하지만 저는 신관님을 매일 만나면서 성직자의 길을 걷기 위해 노력하고 있습니다."

"그것도 마찬가지입니다. 이런 촌구석에서 매일 저를 만나 이야기하는 것보다야 몸소 체험해 보는 것이 훨씬 더 큰 도움이 되리라 생각합니다. 실제로 많은 사람을 만나고, 많은 것들을 보고 들으며, 많은 체험을 몸소 해보는 것이야말로 가장 큰 공부가 된답니다."

"왕궁으로 가도 계속해서 신학 공부를 할 수 있을까요?"

"물론입니다. 제가 당신에 대한 소개장을 써드리겠습니다. 비록 보잘것없는 지방 신관에 불과하지만, 제 소개장도 여러 모로 큰 도움이 될 것이라 생각합니다."

"그렇게만 해주신다면야 본좌는 감사할 따름입니다."

"왕궁으로 가십시오. 가서 많은 것을 경험하십시오. 개중에는 전율이 일어날 정도로 좋은 일도 있을 것이고, 살심이 일어날 만큼 좋지 않은 일도 겪을 것입니다. 그 모든 경험을 소화해 내십시오. 그리고 언제든 루카스 여신의 뜻을 되새겨 보십시오."

레온은 묵묵히 듣고 있다가 조심스레 입을 열었다.

"신관님, 사실 한 가지 또 다른 고민이 있습니다."

"무엇인가요? 여신께서 당신과 고민을 함께하실 것입니다."

"저는 착해지려고 노력하고 있습니다. 하지만 좀처럼 착해지지 않는 것 같습니다. 나쁜 짓을 한 연놈들을 보면… 아, 죄송합니다. 아무튼 그런 사람들을 보면 순간적으로 살심이 일어납니다. 죽여 버리고 싶단 말입니다. 그리고 저도 모르게 험한 말을 내뱉기도 하고, 그들에게 엄청난 고통을 주기도 합니다."

메이븐이 부드럽게 웃었다.

"이미 당신은 착합니다. 요는 당신이 착해지려고 노력하고 있다는 것이고, 당신의 단점을 지금도 너무 잘 알고 있다는 것입니다. 그것 하나만으로도 당신은 충분히 훌륭한 것입니다."

"그런가요? 전 정말 훌륭한 걸까요? 정말 전 착한 걸까요?"

"당신은 훌륭하고, 또한 착합니다."

레온은 머릿속이 복잡해졌다. 자신은 분명히 악한 것 같은데, 신관이 착하다고 하니 마냥 부정하기도 힘들었다.

"착하다는 것이 뭡니까, 신관님?"

"착하다는 것은 참되다는 것이고, 참되고 선한 것은 아름다운 것입니다."

"그럼 제가 아름답다는 말씀입니까?"

메이븐이 빙그레 웃었다.

"그렇습니다. 당신은 충분히 아름답습니다."

"모르겠습니다, 신관님. 한데도 왜 전 나쁜 생각만 계속하는 것일까요? 제가 생각할 땐 제가 별로 아름답지 않은 것 같습니다."

메이븐은 잠시 레온을 바라보다가 창밖으로 시선을 돌렸다. 마침 화단에서 성직자 한 명이 한쪽 팔을 잃은 장애아와 함께 놀고 있었다. 아이는 얼굴에 화상을 입었는지 흉한 자국도 있었다.

"저 아이를 보면 어떻습니까?"

"불쌍하군요."

"그럼 질문을 바꿔보겠습니다. 저 아이는 추합니까?"

"솔직히 말씀드려도 되겠습니까?"

"물론입니다."

"솔직히 추하게 보입니다. 정상이 아니니까요."

"그럼 당신이 두 눈을 잃었다고 가정하고 잠시 눈을 감아봅시다. 그리고 방금 본 저 아이의 목소리와 웃음소리만 들어봅시다. 어떤가요? 여전히 아이는 추합니까?"

"추하지… 않습니다."

"왜인가요?"

"아이의 몸이 눈에 보이지 않기 때문입니다. 그리고 아이의 목소리는 해맑고 순수하기 때문입니다."

"그럼 다시 묻겠습니다. 처음의 그 추함은 아이에게서 비롯된 것입니까? 아니면 당신의 눈에서 비롯된 것입니까?"

순간 레온은 크게 깨달은 바가 있어 눈을 떴다.

눈앞의 메이븐 신관이 빙그레 웃고 있었다. 그가 말했다.

"제게 당신은 그저 상처받은 아이처럼 보일 뿐입니다. 당신의 본질은 착하고 아름답습니다."

"아, 신관님. 존경하는 신관님. 본좌가 어리석었습니다. 이제야 신관님의 뜻을 조금이나마 이해할 수 있을 것 같습니다."

"그렇다니 다행입니다."

"신관님, 그렇다면 저도, 이런 본좌도 대신관이 될 수 있을까요?"

"글쎄요. 어떤 미래든 포기하지 않는 한 가능성이란 줄곧 존재하는 것입니다. 하지만 정말 어려운 것이 무엇인지 아십니까?"

"무엇인가요?"

"더 없이 맑고 순수해지는 것입니다. 궁극에는 저 꽃처럼 말이지요."

메이븐은 다시 화단의 꽃을 가리켰다.

"누군가 저 꽃을 꺾는다면 꺾일 것이고, 밟는다면 밟힐 테지요. 스스로 움직일 수 없이 그저 한 자리에 피어 있을 뿐입니다. 하지만 저 꽃을 보면 어떻습니까?"

"아름답습니다."

"그렇습니다. 저 꽃은 그저 스스로 아름답게 피어 있기만 할 뿐입니다. 그리고 보는 사람의 마음에 아름다움을 전염시킵니다. 마음이 태풍처럼 사납던 자도 저런 아름다움을 보고 있노라면 마음이 순화되게 마련입니다. 게다가 저 꽃은 자신을 필요로 하는 자를 위해서라면 기꺼이 꺾이어 자기희생도 마다하지 않겠지요."

"대신관은 바로 저 꽃과 같은 분이 되는 것이군요. 어려움에 처한 자를 돕고, 자기희생도 마다하지 않을 줄 알며, 타인을 교화시키고, 궁극에는 저 꽃처럼 스스로 아름답게 피는 것이군요."

메이븐 신관은 그저 미소를 지을 뿐이었다.

사실 저 꽃과 같이 되기란 얼마나 어려운 일인가. 인간은 한낱 꽃과 달리 사고를 하고 스스로의 의지로 결단을 내리며 움직일 수 있다. 게다가 인간은 더불어 살아간다.

결국 아름다워진다는 것은 주위의 환경에 따라 지극히 어렵고도 험난한 일이다.

하나 그는 레온에게 이 정도만이라도 일러두었다면 괜찮다고 생각했다. 그는 좀 더 간단하게 정리해서 이야기를 마무리했다.

"그렇습니다. 여신께서 바라시는 궁극적인 바는 신성력으로 치료 따위를 해주는 것도 아니요, 성기사로서 적을 무찌르는 것도 아닙니다. 좀 더 인간들이 선하고 참되게 살아서 행복해지는 것입니다."

"명심하겠습니다. 저 역시 좀 더 저를 수양하고, 제 주위 사람들에게 선한 마음을 심어주도록 하겠습니다."

"여신께서 기뻐하실 것입니다. 봄 햇살 같은 빛이 그대와 함께하기를."

메이븐 신관은 부드럽게 웃으며 레온을 축복해 주었다.

그리고 양피지 두루마리에 레온에 대한 소개장을 써주었다. 그 소개장을 들고 간다면 왕궁에서도 계속해서 신전을 다니며 대신관을 향한 길을 걸을 수 있을 터였다.

메이븐과 이야기를 마친 레온은 꿈의 밥상으로 향했다.

그는 오늘 들은 이야기의 핵심을 계속 중얼거렸다.

"주변 사람들에게 선심을 심어주는 것이라…… . 후후."

메이븐의 이야기를 제대로 이해하기나 한 걸까?

레온의 표정에서는 이상하리만치 섬뜩한 살기가 감돌았다.

"선심, 확실히 심어주지. 크크큭."

아마도 그는 조금은 다르게 해석한 모양이었다.

*　　　*　　　*

그날 밤, 모두가 깊은 잠에 빠져든 시각.

꿈의 밥상 일층에서 미묘한 움직임이 일어나고 있었다.

달각, 달각.

안쪽에서 잠겨 있던 문은 한참 동안 덜걱거리는 소리를 내더니 곧 비스듬히 열렸다. 틈새로 낯익은 얼굴이 모습을 드러냈다. 바로 얼마 전까지 이곳에서 일을 하던 프라이스였다.

그가 안에 아무도 없는 것을 확인하고 조소를 머금었다.

"크크. 데이먼은 아직도 문을 안 고쳤군. 이렇게 허술해서야."

그는 주방 뒷문이 부실하다는 것을 미리부터 알고 있었다. 문 손잡이를 쥐고 몇 번 돌리면서 천천히 흔들면 잠긴 문이 쉽게 열렸던 것이다.

프라이스는 어둠속에서 눈빛을 빛내며 주방을 찬찬히 살펴보았다.

'술통 보관실에 넣어뒀다고 했지?'

그는 잠시 두 눈이 어둠에 익숙해질 때까지 기다렸다. 주방은 달빛이 별로 새어 들어오지 않아서 바깥에 비해 많이 어두웠다.

'후후, 내일 단체 예약 손님을 또 받는다고? 날 잘라내고 그

렇게 좋은 일만 생기게 내버려 둘 수야 없지.'

프라이스가 천천히 움직이기 시작했다.

오늘 단체 예약 손님을 성공적으로 받았다는 것 자체만으로
도 배가 아파 죽을 지경이었다.

그가 벽을 더듬어 가다가 어느 순간 뚝 멈췄다.

'여기다!'

술통을 보관해 두는 창고였다.

그가 창고 문을 열었다. 문은 쉽게 열렸다.

어쩐지 너무 쉽다는 생각이 들었지만 별로 개의치 않았다.
설마 식재료 도둑이 오늘 또 찾아왔을 거라곤 데이먼도 상상
하지 못했을 거라고 여겼다.

오늘도 식재료를 몽땅 도둑맞으면 데이먼은 자신을 해고시
킨 것에 대해 후회하리라. 프라이스가 식재료를 담당하면서
주방을 관리할 때는 단 한 차례도 이런 일이 일어나지 않았었
다. 그런데 그를 해고하자마자 계속해서 안 좋은 일만 생긴다
면, 인간이라면 으레 아무런 관계없는 전후 사정도 인과관계
처럼 느껴지게 마련인 게다.

'음? 그런데 식재료가 어디 있지? 온통 술통뿐이잖아.'

그때 뒤에서 낯익은 목소리가 불쑥 들렸다.

"거기서 뭐 하냐?"

프라이스는 하마터면 소리를 지를 뻔했다.

그가 기겁을 하며 뒤를 돌아보았다.

"누, 누구냐!"

상대를 확인한 프라이스는 사색이 된 표정으로 입을 척 벌리고 말았다.

　레온이 팔짱을 긴 채 자신을 내려다보고 있었다.

　"거기서 뭐 하냐고."

　이 녀석, 눈치챈 걸까?

　프라이스는 눈꼬리를 파르르 떨며 마땅한 대답을 궁리했다.

　그는 너무 당황해서 레온이 자신에게 하대하고 있다는 것조차 인식하지 못하고 있었다.

　레온이 마주 쪼그리고 앉았다.

　"너 여기서 식재료 훔치려고 그랬지?"

　역시! 이 녀석 눈치챘어!

　프라이스는 순식간에 절망에 휘감겼지만, 그래도 한 발 빼보려고 노력했다.

　"아, 아냐! 내가 왜 그런 짓을!"

　"그럼 여기 왜 왔는데? 그것도 내가 말한 술통 창고를 왜 뒤지고 있는 건데?"

　"그, 그건……."

　"식재료 훔치려고 왔지?"

　"아니다!"

　"솔직히 말해봐. 어차피 다 들통나 버렸잖아."

　"아니다! 절대 그런 게 아니야!"

　"쉬이, 조용히 하자. 사람들 다 깨겠다. 너 그러다가 식재료 훔치러 들어온 거 다른 사람도 다 알겠어."

그 순간 프라이스는 한 가지 생각이 퍼뜩 스쳤다.

그러고 보니 아직은 레온밖에 모르는군! 그럼 이놈을 밀쳐 내고 곧바로 도망간다면?

내일 레온이 모두에게 말할지도 모르지만, 지금 모든 사람 들에게 들키는 것보다야 낫다. 내일이라면 발뺌이라도 할 수 있을 테니까. 증거가 없는 이상에야 어쩌겠나. 번개를 맞은 레 온이 꿈을 꾸고 헛소리를 하는 것이라고 적당히 우겨도 될 일 아니겠나.

생각을 정리한 프라이스가 레온을 가소롭다는 듯 쳐다보았 다.

조금 진정이 되자 상황 파악도 빨리 됐다.

"레온, 혹시 오늘 낮에 일부러 나한테 거짓 정보를 흘린 거 냐? 내가 식재료를 훔친 것이라는 걸 짐작하고서?"

"호오, 그럼 역시 식재료 훔치러 왔던 쥐새끼라는 걸 스스로 인정하는 거야?"

"그렇다면?"

"그렇다면 혼나야지."

프라이스가 코웃음을 쳤다.

"웃기는군. 아쉽지만 너랑 노닥거릴 시간이 없다!"

순간 그가 레온을 확 밀어냈다. 아니, 밀어내려고 했다. 그 런데 레온의 반사 신경은 놀라울 정도로 빨랐다.

쉭! 파박!

레온이 눈 깜빡할 사이에 프라이스의 마혈을 점해 버렸다.

프라이스는 아찔한 충격을 받는 것과 동시에 몸이 뻣뻣하게 굳어버렸다.

"이, 이게 어떻게 된……!"

"움직이기 힘들 거야. 무리하지 마."

레온의 말대로 손가락 하나 까딱하는 것조차 힘들었다. 안색이 굳어버린 프라이스가 악을 썼다.

"네 이놈! 나한테 무슨 짓을 한 거냐!"

"쉿! 좀 닥치라니까. 동네 사람 다 깨우겠네."

"너 이 녀석, 그래도 내가 너보다 형이거늘. 어떻게 나한테 이런 짓을!"

"형 같은 소리 하고 있네. 너같이 싸가지없는 것들은 동생이래도 싫다, 이 쌍놈의 새끼야."

"뭐? 쌍… 뭐?"

따악!

레온이 다짜고짜 프라이스의 뒤통수를 후려쳤다.

프라이스는 두 눈알이 툭 튀어나오는 줄만 알았다. 황당하기도 하고 화도 나서 눈물까지 핑 돌 지경이었다. 레온의 목소리가 이어졌다.

"너 이 새끼, 어제 그렇게 식재료 훔쳐갔으면 됐지, 기어코 오늘도 찾아와? 넌 인간이 되먹질 않았어, 이 쌍놈의 새끼야."

"이 자식이!"

따악!

다시 뒤통수를 맞은 프라이스가 조금 기어들어 간 목소리로 물었다.

"어, 어떻게 내가 한 짓이라는 걸 알았지?"

"이런 양아치 같은 짓을 할 놈이 너 말고 누가 있냐? 너, 솔직히 말해봐. 살아오면서 남이 잘되는 것 보면 괜히 배 아프고 그랬지? 너보다 다른 사람이 잘되는 꼴을 못 봐주겠지?"

프라이스로서는 정곡을 찔린 셈이었다.

레온이 계속해서 말했다.

"이런 짓을 한다고 네가 얻는 게 뭐야? 단지 복수야? 너 같은 놈을 위해서 내내 고민하고, 일부러 일자리까지 알아서 구해주는 사람의 뒤통수를 쳐? 넌 뼛속까지 찌질이야, 이 쌍놈의 새끼야."

따악!

"크윽!"

프라이스가 눈물을 찔끔 흘렸다.

뒤통수가 너무 아팠다. 그리고 순둥이처럼 보였던 레온이 지금 이 순간 너무 무서웠다.

레온이 다시 앞에 쪼그리고 앉아서 물었다.

"너 신전에 가본 적 있냐?"

"……!"

"대답 안 하지."

"없, 없다."

"그렇지. 너 같은 놈이 그런 곳에 가본 적이 있을 리가 없지."

"그, 그건 왜?"

"질문은 내가 한다. 너 처자식 있냐?"

"없다."

"잘됐군. 앞으로 신전에서 봉사하도록 해."

"뭣? 웃기지 마라!"

"내가 지금 너 웃겼냐? 아니면 내가 그렇게 우습냐?"

"……"

레온이 주먹을 말아 쥐었다. 그의 손에서 뼈가 맞부딪치는 소리가 났다.

"네 몸을 이제부터 불구로 만들 거다. 하지만 생활하는데 지장이 있을 정도는 아니야. 게다가 그 몸, 나는 고칠 수 있거든?"

"무, 무슨 짓을 하려고!"

"끝까지 들어. 앞으로 신전에서 봉사 활동을 하도록 해. 그래서 착해지도록 해. 네놈이 정말 착해지면 내가 네 몸을 다시 원래대로 돌려놓을 테니까."

"내가 왜 네 말을 고분고분 들어야 하지?"

"안 들으면 어쩔 건데? 맞아 죽을래? 아니면 네가 지금까지 이 가게에 한 짓을 모두 까발릴까? 지난 수년간의 공금횡령, 식재료 절도 두 차례. 널 현행범으로 붙잡아서 지금이라도 당장 경비병들에게 넘겨봐? 그럼 넌 평생 옥살이하다가 인생 종치는 거야. 그럴 바에 내 말 듣는 게 낫지 않겠어? 너 같은 놈, 그렇게 멋대로 살다가 언젠가는 한 번 호되게 당하거든. 네가 생각할 때 네가 한 잘못이 별로 대수롭지 않게 느껴지지? 살다 보니 이럴 수도 있을 것 같지? 그런데 그러다 보면 너도 모르는 사이에 진짜 나쁜 놈이 되는 거야. 그걸 내가 지금부터 막아주겠다는 거야. 고맙게 생각해."

프라이스는 묵묵히 듣기만 했다.

뭔가 반박을 하고 싶었지만 마땅히 대꾸할 말도 없었다.

"이제 알아들었지? 어차피 너한테는 선택 사항이 없어."

레온이 마지막으로 히죽 웃었다.

프라이스는 전신에 소름이 돋았다.

"일단 네가 비명을 지를지도 모르니 주둥아리부터 막아놔야겠다."

레온이 순식간에 프라이스의 아혈을 점해 버렸다.

그리고 차례차례 그의 몸을 주물러 갔다.

두 어쌔신에게 했던 것과 마찬가지로 이번에도 단근환동술을 시전했다. 어쌔신보다 몸이 훨씬 약한 프라이스였기에 레온으로서도 수월했다.

하지만 프라이스는 상상을 초월하는 끔찍한 고통에 전신을 부들부들 떨어야 했다. 그의 눈이 허옇게 뒤집어지고 있을 때쯤 레온이 문득 동작을 멈췄다.

"참, 신관님께는 반드시 내 말을 듣고 봉사하러 왔다고 해라. 난 대신관이 될 거거든."

'너, 너 같은 악마가 대신관이 된다는 건 인류의 재앙이다!'

물론 프라이스는 입에 거품을 물고 있을 뿐, 그 말을 밖으로 내뱉지 못했다.

다음날 아침.

어김없이 신전 마당 청소를 하던 알과 룬은 신관으로부터 반가운 소식을 들었다.

"여러분께 희소식이 있습니다."

알과 룬은 설마 하는 표정으로 신관을 바라보았다. 어제 레온에게 미리 듣긴 했지만 그 일이 이렇게 빨리 일어날 줄은 몰랐던 것이다.

"오늘부터 새로운 식구가 늘었답니다. 소개시켜 드리지요."

"안녕하세요, 프라이스입니다."

프라이스가 어딘지 힘없는 목소리로, 하지만 공손한 태도로 인사를 했다.

신관이 마냥 사람 좋은 미소를 지은 채 말했다.

"이분도 레온의 안내를 받고 이곳으로 오게 되었습니다."

'설마가 역시였군.'

알과 룬은 동시에 같은 생각을 하며 눈빛을 반짝였다.

특히 룬으로서는 드디어 자신이 부려먹을 수 있는 막내가 하나 생긴 셈이었다.

프라이스가 쭈뼛쭈뼛 소개를 했다.

"저는 원래 마르텐에서 이런저런 잡일을 하며 살아가던 사람이었습니다. 그런데 어제 레온님과 대화를 나누었고, 그 후로 그분의 숭고하고도 고귀한 뜻에 감동해서 이곳에 오게 되었습니다. 사실 저는 지금까지 자잘한 많은 죄를 지었습니다만, 앞으로는 좋은 일만 하면서 반성의 시간을 가지고 싶습니다. 그래서 홀로 핀 꽃처럼 될 것입니다."

역시나 책을 읽는 듯한 뻣뻣한 어조.

'이놈도 어지간히 몹쓸 짓을 한 모양이구나.'

알과 룬이 속으로 조소를 머금었다.

신관은 그런 속을 아는지 모르는지 부드럽게 웃으며 일렀다.

"그럼 두 분께서 프라이스에게 신전 내의 생활에 관해 알려 주십시오."

말을 마친 신관이 다른 곳으로 가고 나자, 알과 룬은 비릿한 조소를 노골적으로 머금었다.

"무슨 짓을 저지르고 다녔냐?"

"무, 무슨 소리요?"

두 사람이 갑자기 태도가 돌변한 것을 본 프라이스는 내심 긴장했다.

"레온님이 보냈다며? 그럼 어지간히 싸가지없는 짓을 했단 이야기잖아."

다른 사람이 본다면 뭐 묻은 개가 뭐 묻은 개 나무라는 꼴이었지만, 그들 입장에서는 그래도 선배(?)의 입장을 느끼고 있었던 모양이다.

"초면에 실례지 않소."

"실례는 무슨. 무슨 잘못을 저질렀는지는 모르겠지만 어차피 너도 몸이 정상은 아니겠지?"

프라이스가 놀라서 쳐다보았다.

"그럼 당신들도?"

"그래. 하지만 네가 여기 온 순서로 봤을 때 막내니까 우리 말을 잘 들어야 해."

"웃기는 소리!"

"이 녀석이!"

룬이 나서서 프라이스를 밀어서 넘어뜨렸다.

전신의 근육과 힘줄이 제멋대로 뒤틀려서 꼬마 수준의 힘밖에 낼 수 없는 그들이었다. 다른 사람이 보면 장난처럼 민 것에 불과했는데도 프라이스는 심하다 싶을 정도로 넘어졌다.

그가 엉덩이를 털고 일어나서 이를 갈았다.

"네놈들이 뭐라고!"

프라이스가 달려가서 주먹을 휘둘렀다. 하지만 그 역시 애들 장난 수준.

"네놈들이라니!"

알과 룬이 동시에 프라이스에게 달려들었다. 막내에게는 확실히 처음부터 기선을 제압할 필요가 있었다. 하나, 세 사람의 싸움은 차마 봐주지 못할 정도로 한심했다. 힘 좀 쓰는 꼬마가 와도 세 사람을 한꺼번에 이길 수 있으리라.

그럼에도 세 사람은 나름 진지한 사투(?)를 벌이고 있었다.

투닥투닥.

"에잇!"

"이얍!"

투닥투닥.

"막내로서 순종해!"

"싫다! 내가 왜 막내냐!"

투닥투닥.

마침 신전을 출퇴근하는 성직자 한 명이 멀찌감치 지나가다가 그 모습을 보았다. 그는 나름 목숨을 걸고(?) 싸우는 세 사람을 보며 흐뭇한 미소를 지었다.

'벌써 친해진 모양이구나. 참 마음도 여린 순수한 사람들이지.'

그가 지나가고 나서도 서열 정비를 위한 그 처절한 싸움은 한동안 이어졌다.

*　　　*　　　*

며칠 후.

꿈의 밥상 식구들이 오랜만에 홀에 모여 앉았다.

테이블 위에는 얼마 전 레온이 만들어서 크게 효과를 보았던 생선초밥이 놓여 있었다. 며칠 전 단체 손님들이 돌아간 후, 꿈의 밥상 식구들은 레온의 생선 초밥을 맛보고는 감탄을 금치 못했다. 왜 그렇게 손님들이 찬사를 보냈는지 이해할 만한 요리였던 것이다.

해서 오늘 이 자리에 준비된 요리도 바로 그때의 생선초밥이었다.

물론 요리를 만든 사람은 레온이었다. 생선을 알맞게 숙성시키기 위해서는 레온만의 독특한 방식, 즉 마기가 필요했는데 데이먼 등은 이런 능력이 없었으므로 요리 자체가 불가능했던 탓이다.

"정말 이 요리는 아무리 먹어도 질리지가 않는구나."

데이먼이 생선 초밥을 한 점 집어먹으면서 연신 감탄했다.

레온이 쑥스럽게 미소 지었다.

"과찬입니다. 데이먼도 쉽게 만들 수 있을 만한 요리입니다."

"하지만 아무리 네 방식대로 해도 이런 맛이 나지 않는구나."

"흠. 그렇다면 생선을 처음부터 세 장으로 나누어 썬 다음에 보관해 보시는 걸 추천합니다."

"세 장으로 썰어라?"

"그렇습니다. 갓 잡아 올린 생선을 뼈와 살을 분리해서 써는 것인데 세 장으로 나누어 써는 것이지요."

레온은 차근차근 답하며 그 방법에 대해서 설명을 해주었다.

사실 레온은 마기를 이용해서 변칙적으로 숙성시킨 것이었지만, 본인이 생각하기에도 자연적인 방법은 얼마든지 있을 거라고 여겼다. 물론, 이런 방법이 중원에 널린 것은 아니었다. 이곳에서 우연히 개발한 한 방법에 불과했지만, 본인이 생각하기에도 그것이 제법 훌륭한 요리라고 생각하고 있었다.

"그 말은 생선을 통째로 보관하지 말고, 살을 분리해서 숙성시키라는 말이구나."

"그렇습니다. 살만 따로 숙성시킨다면 분명 제가 하는 방식과 비슷한 효과를 볼 수 있을 거라고 생각합니다."

"과연."

데이먼이 고개를 끄덕였다.

분명 좋은 정보였다.

하지만 사실 그가 나누고 싶은 이야기는 이런 요리에 관한 것이 아니었다. 그것은 그뿐만 아니라 이 자리에 있는 모든 사람들도 같은 생각이었다. 레온 역시 이 자리가 생선초밥 만드는 방법을 위한 자리가 아니라는 것쯤은 진작 알고 있었다.

이윽고 데이먼이 본론을 꺼냈다.

"그나저나 레온, 이제 너도 어엿한 성인이구나."

아란스 왕국에서는 스무 살부터 성인으로 인정했다.

만약 이웃 나라 카자른 제국이었다면 벌써 4년 전에 성인이 되었을 나이였다.

데이먼이 말을 이었다.

"이제 네 길을 너 스스로 결정할 나이가 되었다는 말이기도 하지."

"무슨 말씀을 하시려는 것인지 알고 있습니다."

"그렇다면 이야기가 빠르겠구나."

레온이 희미하게 미소를 지었다.

그 미소는 어떤 고마움과 미안함이 섞인 부드러운 미소였다.

"저를 보내고 싶습니까?"

"그것이 너를 위한 것이라는 걸 너 역시 잘 알고 있으리라고 생각한다."

"조금 더 생각할 시간이 필요합니다."

사실 레온의 생각은 이미 한쪽으로 기울고 있었다. 하지만 마지막까지 그의 발목을 잡는 몇 가지 것들이 존재했다. 그는 그것들을 차마 뿌리치지 못했다.

그런데 그때 현관이 벌컥 열리며 한 사람이 등장했다.

"이런, 제가 좀 늦었습니다. 밤늦게 급한 환자가 찾아오는 바람에."

그는 다름 아닌 레온의 주치의인 헤일즈였다.

아마도 데이먼이 그를 초빙한 모양이었다.

서로 간단한 인사를 나눈 후 헤일즈가 자리에 앉았다. 그가 곧바로 레온에게 말했다.

"여러 생각할 것 없다, 레온. 수도로 가거라."

"방금 그 이야기에 대한 말씀을 드렸습니다. 생각할 시간이……."

"필요하다고?"

"…그렇습니다."

"레온, 우리 조금 더 솔직해져 볼까? 좀 더 고민한 척하는 시간이 필요한 건 아니냐?"

순간 레온이 당황했다.

사실 헤일즈의 말이 완전히 틀린 것은 아니었다. 분명 처음에는 수도로 갈 생각이 없었지만, 생각할수록 좋은 기회였던 것은 사실이다. 그런 그가 갑자기 생각을 바꾼다는 것은 겉보기에도 좋지 않았던 게다. 적당히 기회를 기다리며 마지못해 간다는 모습을 보이는 것이 낫다고 생각했다. 가식이나 위선을 떠나서 그것이 이들에 대한 최소한의 예의라고 생각했던 것이다. 그런데 헤일즈가 너무나 정확하게 그것을 집어낸 것이다.

"사실 어떤 선택이 올바른 선택인지 모르겠습니다."

헤일즈가 싱긋 웃었다.

"레온, 나는 널 잘 알고 있어. 내가 생각하는 걸 말해도 되겠나?"

"말씀해 주십시오."

"내 짐작이 맞다면, 넌 책임감과 욕망 사이에서 갈등하고 있어. 그렇다면 방법은 간단해. 이곳 사람들은 모두 네가 수도로 가기를 바라고 있어. 그 마음이 가식이나 위선이 아니라는 건 네가 더 잘 알거다. 그렇다면 수도로 가. 대신 그동안 입은 은혜가 부담된다면……."

"그때는 어떻게 하면 좋겠습니까?"

레온이 성급하게 물었다.

헤일즈가 웃었다.

"왕궁 직속 기술자가 얼마나 많은 임금을 받는지 모를 테지? 한 달에 600코퍼에 가까워. 아란스 왕국의 특성이지. 자영업이랑 다르기 때문에 그 600코퍼는 오로지 순 수익이야. 정 네가 부담이 된다면 그 수익의 반만이라도 데이먼에게 보내주는 방법도 있지 않나?"

철저하게 제삼자로서 무책임한 발언이었다.

무엇이든지 당사자가 되면 판단하기 가장 힘든 것이 경제적인 문제다. 제삼자의 입장에서는 자갈돌 하나의 가치일지라도, 당사자가 되면 그 자갈돌이 진주가 되는 수도 있는 법이다.

그럼에도 헤일즈가 이런 발언을 한 이유는 간단했다.

냉정히 말해서 그럴 생각도 없다면 괜히 고민하는 척하지 말라는 말이다.

한데 그 철저한 제삼자의 시각이 지금 레온에게는 오히려 도움이 됐다.

'그런 방법이 있었군!'

왕궁에서 일한 대가에 대해서는 생각해 본 적이 없는 레온이었다.

한데 그만큼 큰돈을 벌 수 있다면, 그 돈을 데이먼에게 보내는 것만으로도 충분히 경제적으로 보탬이 될 터였다. 이곳에서 평생을 일하며 푼돈을 벌어주는 것보다도 더 도움이 될지도 모를 일이었다.

물론, 데이먼은 자신을 가족처럼 여겨서 경제적인 가치로만 보지 않을 수도 있다.

그리고 정말 가족처럼 본다면? 자신을 정말 아들처럼 여긴다면?

그렇다면 데이먼은 더욱 자신이 수도로 가기를 바랄 터.

'어쩌면 나는 이미 정해진 길을 놓고 합리화할 방법만 찾은 것인지도 모르겠구나.'

레온은 그제야 자신이 이미 모든 길을 정해놓았다는 것을 깨달았다. 그렇기에 신전에서도 신관님과 이런저런 이야기를 했던 것이 아니었던가.

어쩌면 자신은 모두가 이렇게 설득해 주기를 기다리고 있었던 게다. 자신의 결정은 틀린 것이 아니라고.

레온이 고개를 들었다. 그리고 분명한 어조로 자신의 결정을 또박또박 말했다.

"좋습니다. 수도로 가도록 하겠습니다. 제가 어디에 있든 데이먼의 은혜는 잊지 않을 것입니다."

"하하. 내가 널 잘 알고 있다. 그런 말은 굳이 하지 않아도 된단다."

"감사합니다."

"그런데 한 가지 조건이 있다."

레온이 의아한 표정으로 고개를 들었다.

"수도에 가되 혼자 가지 않았으면 하네."

"혼자가 아니라면… 혹시 데이먼도 함께 가고 싶으신 겁니까? 저야 상관없습니다만, 그럼 가게는……."

"하하, 내가 아니야. 자네와 같이 갈 사람은 루나야."

"예에?"

꿈의 밥상 식구들은 물론 헤일즈도 깜짝 놀라서 돌아보았다. 보아하니 루나도 전혀 생각지 못한 듯 놀란 반응이었다.

"아빠, 무슨 말이에요? 제가 함께 간다니요?"

"정말 루나를 함께 보내실 것입니까?"

브란이 물었다.

데이먼이 고개를 끄덕이고는 레온을 바라보았다.

"루나에게도 좀 더 넓은 세상을 보여주고 싶은 애비의 욕심이라네. 그리고 자네를 그만큼 믿고 있다는 말이기도 하고."

"아빠, 하지만 제가 떠나면."

"속이 시원하겠지."

"거짓말."

"정말인데?"

"아빠……."

루나는 금방이라도 울 것 같은 표정으로 데이먼을 바라보았다.

어렸을 때부터 크면 여행을 떠나고 싶다던 루나였다. 그리고 언제나 왕성이 있는 수도에서 살고 싶다고 노래를 부르던 그녀였다.

모든 여자들이 그렇듯이 루나 역시 왕성에 대한 막연한 동경이 있었던 게다. 귀족들의 연회가 매달 열리고, 잘생긴 백마 탄 왕자가 있는 곳. 정말인지 환상인지 모르지만 그런 곳에서 한 번쯤 살아보고 싶었다.

철없을 때 몇 번 해본 소리였다. 물론 커서도 그 마음이 사라진 것은 아니지만 자신이 처한 환경을 인정하고 받아들였다, 모든 평민들의 인생이 그렇듯.

그런데 데이먼은 그런 딸의 바람을 지금까지 기억하고 있었던 것이다.

'하지만 내가 가면 아빠는 누가 보살펴?'

루나의 표정이 그런 말을 쏟아내고 있었다.

데이먼은 딸의 말을 듣기라도 한 것처럼 입을 열었다.

"루나야, 애비는 걱정 말고 떠나거라. 젊었을 때의 경험은 돈 주고도 하기 힘든 것이다. 그리고 영영 돌아오지 않을 것도 아니지 않느냐? 좋은 경험을 하고 더욱 성숙한 모습으로 이 애비를 만나면 되지 않겠니?"

데이먼은 이미 결심을 굳힌 모양이었다.

"레온, 루나와 함께 가주겠나?"

"물론이지요. 하지만 루나에게 조금 힘든 여행길이 될까 봐 걱정입니다."

데이먼이 이번에는 루나를 돌아보았다.

"루나야. 이제 네 결정만 남았다. 물론, 네가 정 가기 싫다면 억지로 보내지는 않으마."

루나는 테이블만 바라보았다.

조금 전까지 레온이 하던 고민을 이제는 자신이 하고 있었다.

분명 왕성을 가본다는 것은 근사한 일이다. 철없던 시절의 환상 때문만은 아니다. 어렸을 때는 단지 그런 이유로 왕성에 가보고 싶다고 노래를 부르던 그녀였지만, 커서는 그 이유가 조금 달라졌다.

그녀는 왕궁 도서관을 보고 싶었다. 그리고 할 수만 있다면 왕궁 도서관의 사서가 되는 것이 꿈이었다. 하나 평민으로서는 절대로 될 수 없는 영역이리라, 게다가 여자의 몸으로는 더더욱.

무엇보다 자신이 떠나고 나면 홀로 남게 될 아빠가 걱정이다.

데이먼이 그녀의 고민을 읽었는지 한마디 덧붙였다.

"루나야, 만약 네가 이 애비가 마음에 걸려서 떠나지 못한다면, 내게는 그것만큼 슬픈 일도 없단다. 자식의 걸림돌이 되는 부모의 심정은 말로 표현하기 힘들 만큼 괴로운 법이니까. 애비는 네가 꿈을 쫓아가길 바란다."

"아빠……."

루나가 데이먼을 보았다. 데이먼이 가볍게 고개를 끄덕였다.

그녀가 결심을 굳혔다.

"저, 가겠어요."

"하하, 잘 생각했다. 젊어서 고생은 사서도 하는 법이고, 견문을 넓히는 것은 사서도 하기 힘든 것이지. 더구나 우리 같은 평민이 왕궁에 입궁한다는 것은 더더욱!"

"그럼 오늘이 마지막 회식이 되는 건가요?"

헤일즈가 빙긋이 웃으며 물었다.

레온이 활짝 웃었다.

"반드시 성공해서 여러분 모두 수도로 모시겠습니다."

"하하하! 믿음직스럽구나!"

사람들이 잔을 들어 올렸다.

그들의 마지막 회식은 밤늦게까지 이어졌다.

새로운 출발을 위한 갈무리였다.

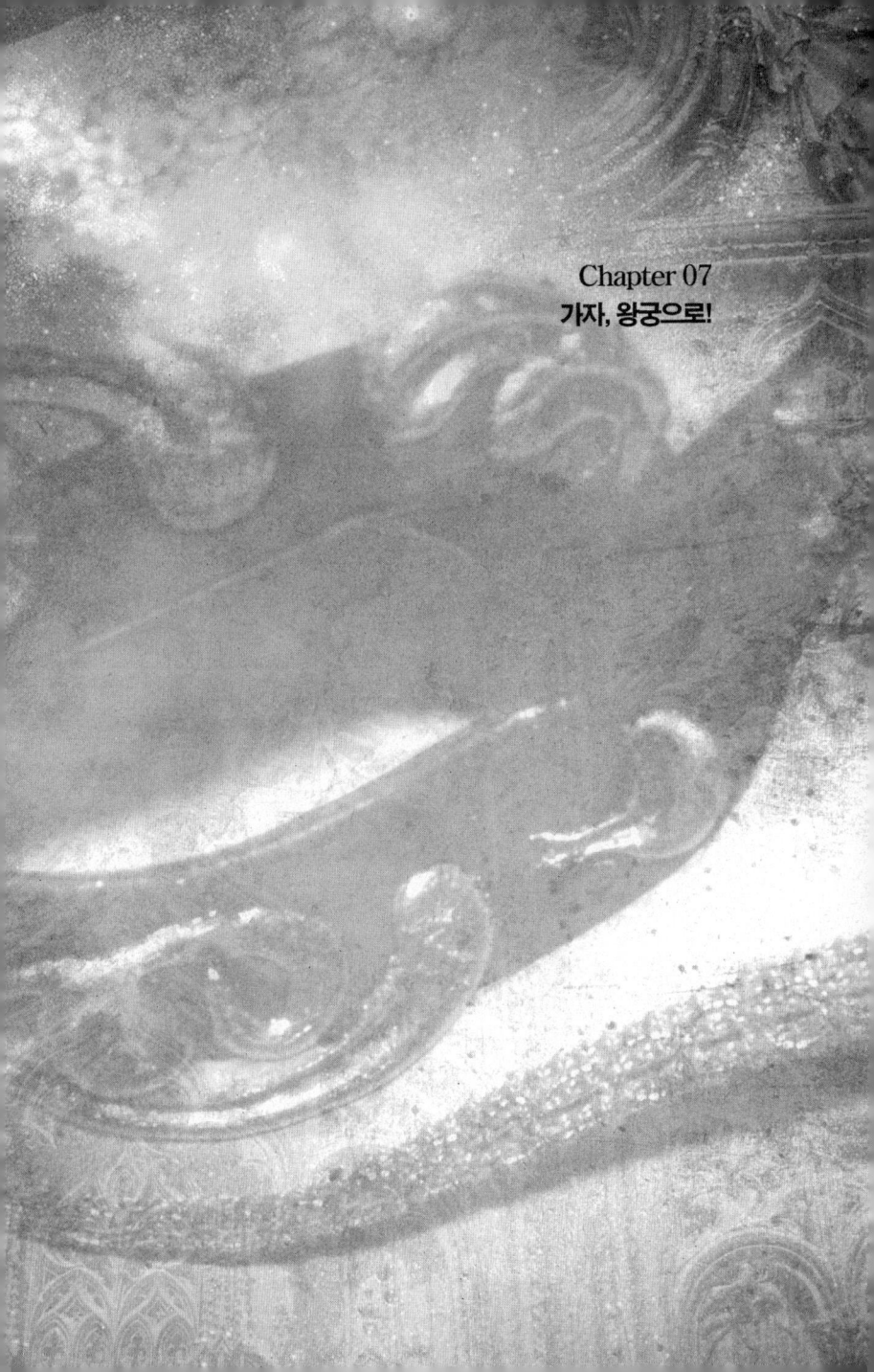

Chapter 07
가자, 왕궁으로!

가면의
레온

드래곤도 레어를 지나친 김에 잡으라는 소리가 있다.

레온은 말이 나온 김에 다음날부터 바로 떠날 준비를 시작했다. 그리고 사흘 후 왕궁으로 향했다. 물론 그의 곁에는 루나도 함께였다. 레온으로서도 루나의 동행은 나쁘지 않았다. 기억을 잃은 그가 아무도 모르는 곳에 홀로 떨어지는 것보다야 훨씬 나은 상황이었다.

두 사람에게 주어진 여비는 총 200코퍼.

한 사람당 1골드인 셈이다.

레온은 100코퍼만으로도 충분하다고 한사코 거절했지만, 데이먼은 기어이 200코퍼를 손에 쥐어주었다. 물론 거기에는 레온을 생각하는 마음도 있었겠지만 자신의 딸이 동행한다는 사실이 많은 영향을 끼쳤을 게다.

그런 심정을 모르는 레온이 아니었기에, 그도 마지못해 돈을 받았다.

말이 없는 두 사람은 걸어서 마르텐을 떠날 수밖에 없었다.

데이먼과 브란은 마을 어귀까지 나와서 손을 흔들었다. 두 사람이 언덕 너머로 완전히 사라질 때까지 그들은 줄곧 손을 흔들며 잘 다녀오라고 소리쳤다.

루나 역시 가족과 헤어지는 섭섭함을 애써 달래며 밝은 표정으로 손을 흔들어주었다. 그때까지만 해도 그녀는 부푼 기대와 들뜬 마음으로 발걸음이 가벼웠다.

한데 그로부터 사흘이 지난 지금.

"조금 쉬었다 가면 안 돼?"

루나는 금방이라도 쓰러질 것 같은 표정으로 물었다.

레온의 강행군은 거침이 없었다.

옛날 비리비리하기만 했던 레온이 도대체 언제 이렇게 튼튼해진 걸까? 정말이지 번개를 맞고 나서 더 건강해져 버린 것일까?

레온의 체력은 루나의 상상을 초월했다. 더구나 그는 출발하는 날부터 제법 커다란 나무를 들고 망혼검으로 깎으면서 걷고 있었는데도 루나의 걸음으로 따라가기가 힘들었다.

번개의 힘이 이렇게 강한 줄 알았더라면, 자신도 번개를 맞을 걸 그랬다는 생각이 들 정도였다.

레온이 고개를 내저었다.

"아직 목적한 곳에 도착하려면 멀었어. 벌써 한 시간이나 지체된 상황이야."

"조금 늦게 가면 어때!"

"지금은 한 시간을 늦게 도착할 뿐이겠지만, 이렇게 계속 지체되면 결국은 왕성에 도착할 땐 며칠을 늦게 도착할 거야."

"휴우, 발에 물집까지 생겼단 말야."

엄살이 아니었다.

정말 물집이 생겨서 한쪽 다리를 절다시피 걷고 있었다.

레온이 문득 멈췄다. 그가 갑자기 쪼그려 앉더니 루나를 돌아보고 말했다.

"업혀."

"뭐?"

"물집 생겼다며? 본좌에게 업히는 걸 영광으로 알아."

농담인지 진담인지 구분도 안 되는 소리를 하는 레온을 보며 루나가 잠시 망설였다.

하지만 이내 그녀가 고개를 가로저었다.

"관두자. 그냥 내가 걸어갈게. 됐지?"

"그럼 앞으로 군말 마라."

"알았어!"

'흠, 내가 좀 심한 소리를 했나.'

레온은 자신도 모르게 차갑게 내뱉은 말 한마디를 또 한 번 반성하며 걸음을 옮겼다.

하지만 얼마가지 않아서 레온이 걸음을 멈추고 말했다.

"십 분만 쉬도록 해."

루나가 계속해서 다리를 저는 것을 보고 마지못해 걸음을 멈춘 것이었다.

"정말? 아아, 살았다."

루나가 길옆에 덩그러니 놓인 바위로 걸어가서 걸터앉았다.

그토록 곱고 예뻤던 발이 군데군데 물집이 생기고 잔 상처까지 입었다.

레온이 조각하던 나무통을 바위 옆에 세워놓고는 루나에게 다가갔다. 그리고 그녀 앞에 쪼그려 앉았다.

"어디 한번 봐."

"뭐, 뭘?"

루나가 당황해서 다리를 뺐다.

하지만 레온은 아무렇지도 않게 그녀의 발목을 낚아채듯 잡았다.

남자에게 발목을 잡힌 루나는 잠시 당황해서 얼굴까지 발갛게 달아올랐다.

상처로 얼룩지긴 했지만 그녀의 발목과 발은 예쁜 곡선을 그리며 잘 빠져 있었다.

하지만 레온의 눈에는 그런 것들이 보이지 않는지, 묵묵히 자신의 가방에서 천 조각을 꺼냈다. 비상용으로 챙겨둔 것이었다.

"이런 상태로 계속 여행하는 건 힘들어. 다음 마을에 도착하면 의사를 찾아보도록 하자. 신전이라도 있다면 신관에게 부탁을 하는 것도 좋겠군."

"괘, 괜찮은데. 아얏! 살, 살살해."

"괜찮다더니?"

레온이 피식 웃자, 루나가 입술을 삐죽 내밀고 고개를 돌렸다.

"못됐어."

레온은 말없이 루나의 발에 천을 둘러서 단단히 묶었다.

"다 됐어."

"어머, 진짜 한결 편하네."

루나가 다시 신발을 신고 땅을 디뎌보았다. 발에 닿는 촉감이 한결 나아졌다.

루나가 주먹을 불끈 쥐며 소리쳤다.

"좋았어! 이제 얼마든지 갈 수 있을 것 같아!"

"쉬라고 할 때 쉬는 게 낫지 않겠어? 금방 고통이 줄어서 갑자기 힘이 솟는 것처럼 여겨질 뿐일 텐데."

"여, 역시 그럴까?"

루나가 고개를 갸웃하고는 배시시 웃었다. 햇살에 비친 그 모습은 정말 천사가 내려와 미소 짓는 것처럼 아름다웠다.

문득 얼굴이 붉어진 레온이 고개를 휙 돌렸다.

'제길! 또 사술인가!'

그가 빨라지는 심박을 느끼며 천천히 심호흡을 했다.

루나는 바위 옆에 세워둔 나무통을 보고 물었다. 처음에는 그저 굵고 긴 나무통이었는데 지금은 제법 모양이 잡히고 있었다.

"그런데 며칠 전부터 뭘 그리 열심히 깎는 거야?"

"마두금(馬頭琴)."

"마두… 뭐? 그게 뭔데?"

"악기야."

"너 악기도 연주할 줄 알아?"

"조금은."

"언제 악기까지 배웠어?"

루나는 질문을 던져 놓고도 아차 싶었다. 자신도 모르는 걸 기억 잃은 레온이 알 리 없지 않나.

'역시 번개의 힘인가?'

엉뚱하다고 생각하면서도 자꾸 그렇게 의식된다.

그러고 보니 레온이 무언가를 만드는 것 역시 전에는 보기 힘든 모습이었다. 그것도 상당히 능숙한 칼질로 나무를 깎는 것은 더더욱.

사각사각.

레온은 다시 묵묵히 나무를 깎아갔다. 악기는 등에 메야 할 만큼 제법 커 보였다. 루나는 쪼그리고 앉아서 레온이 나무 깎는 것을 한참 바라보았다.

그런데 그때, 두 사람이 걸어왔던 방향에서 먼지가 뿌옇게 일어나며 뭔가 빠른 속도로 다가오고 있었다.

"마차?"

호화로운 장식으로 치장된 마차가 거침없이 달려오고 있었다. 그리 빠른 속도는 아니었지만 좁은 숲길에서는 자칫 위험할 수도 있을 만한 속도였다.

"비켜라!"

마부가 날카롭게 소리쳤다.

당황한 루나가 얼른 몸을 피하려고 하는데,

"앗!"

하루 동안 다리를 절던 버릇 때문인지 그녀는 발이 뒤엉키면서 넘어지고 말았다.

레온이 벌떡 일어났다.

"루나!"

운동신경이 좋은 남자라면 얼른 일어나서 피할 수 있을 정도의 거리였지만 잔뜩 겁에 질린 루나에게는 무리였다. 그녀가 얼굴을 가리며 비명을 내질렀다.

"꺅!"

레온이 앞뒤 가릴 것도 없이 숲길 복판으로 뛰어들었다. 그는 루나의 앞을 가로막고 섰다. 그리고 목청껏 소리쳤다.

"멈춰라!"

당황한 마부도 고삐를 힘껏 잡아당기며 말들을 급히 세웠다.

"워어, 워!"

이히히힝!

말들이 급히 멈춰 서면서 앞발을 높이 치켜들었다. 레온은 뺨에 말발굽이 스쳐 지나가는데도 눈 하나 깜빡하지 않았다. 대신 그의 부릅뜬 두 눈에서는 엄청난 위압감이 풍겨져 나오고 있었다. 마치 이 앞으로 단 한 발자국이라도 내딛었다가는 목숨을 버릴 각오를 하라는 듯.

푸르릉! 푸릉!

그 눈빛이 통하기라도 했는지, 말들이 레온 앞에서 곧 온순해졌다.

가까스로 위기를 모면했지만 사람들은 잠시 동안 아무 말도 할 수 없었다.

마부는 마부대로 놀랐고, 루나는 자신의 앞을 가로막고 선 레온의 등을 넋을 잃은 채 바라보았다. 이 순간 레온의 등이 그 어느 때보다도 넓어 보였다.

레온이 천천히 돌아섰다. 그가 루나를 보고 피식 웃었다.

"그러게 얌전히 쉬라니깐."

눈물이 왈칵 나왔다.

루나는 그래도 눈물을 보이기 싫어 입술을 꾹 깨물었다.

레온이 다가와서 그녀의 손을 잡아 일으켜 주었다.

"괜찮아?"

끄덕끄덕.

"하여튼 잠시도 눈을 떼기 힘들군. 짐짝 하나 가지고 다니는 기분이라니까."

뭐라고 반박을 해야 하는데. 그래야지 자연스러울 분위기인데.

한데 아무 말도 할 수가 없었다. 자꾸만 눈물이 나오려고 해서, 떨리는 가슴이 진정되지 않아 숨도 쉬기가 힘들어서, 그저 고개만 푹 숙이고 있었다.

그때 뒤늦게 정신을 차린 마부가 시끄럽게 소리쳤다.

"네 이놈들! 지금 길을 가로막고 서서 무엇들 하는 것이냐! 당장 사과를 해도 모자랄 판에! 썩 비켜서서 고개를 숙이지 못할까!"

레온이 몸을 돌렸다.

얼음장보다도 차가운 표정.

그의 표정이 어찌나 싸늘한지 기세등등하게 외치던 마부는 순간 딸꾹질까지 해대며 움찔 놀랐다.

"사과라면 그쪽이 먼저지."

"뭣, 뭣이? 이런 무엄한!"

"사람이 있는데도 무시하고 숲길에서 그런 속도로 달린다는 건 제정신이라고 보기 힘들어."

"이런 대가리에 피도 안 마른 자식이 감히 어느 앞이라고!"

"누구 앞이든 인간의 목숨은 똑같은 것 아닌가? 그쪽은 마차에 치이면 피 대신 금이라도 흘리나?"

"네 이놈! 뚫린 주둥이라고 함부로 놀리는구나!"

때마침 마차 안에서 젊은 남자의 목소리가 들렸다.

"무슨 일인가?"

문이 열리며 젊은 청년이 고개를 내밀었다. 눈매가 조금 날카롭지만 이목구비가 뚜렷한 미남형이었다. 그 역시 마차가 급정거하면서 충격을 받았는지 이맛살을 잔뜩 구기고 있었다.

마부의 표정이 급변하면서 머리를 조아렸다.

"죄송합니다, 나리. 갑자기 이 녀석들이 길을 가로막아서는 바람에."

그러자 사태를 지켜보던 레온이 조소를 머금었다.

"말은 제대로 하시지. 갑자기 나타난 건 우리가 아니라 그쪽이잖아."

"저, 저놈이 그래도!"

마부가 다시 열을 올렸다.

하지만 마차 안에서 젊은 사내가 내려서자 마부도 황급히 마부석에서 내려와 머리를 조아렸다.

"나, 나리, 나오실 것까지는 없습니다. 제가 알아서⋯⋯."

"사고가 있었나?"

남자는 반듯하게 다려진 제복을 입고 있는 것으로 보아 고위 귀족의 자제 같았다. 허리춤에는 멋들어진 롱소드를 차고 있었고, 훤칠한 키에 어깨도 딱 벌어져 위엄이 있어 보였다.

마부가 연신 굽실거리며 대꾸했다.

"다행히 급히 멈췄기에 아무 일도 없었습니다."

"그럼 대충 정리하고 떠나지. 갈 길이 머니까."

"예, 곧 정리하겠습니다."

남자가 다시 마차에 오르려는데, 레온이 싸늘하게 말했다.

"사과부터 하라니까."

루나가 레온의 팔을 잡아당겼다.

"야, 너 왜 그래? 그만하면 됐잖아."

그렇지 않아도 귀족의 길을 가로막은 것이 불안한 그녀였다. 그런데 자꾸만 레온이 도발을 해대니 그녀는 안절부절못하고 속이 바짝바짝 타들어갔다.

마차에 오르려던 사내가 문득 멈추고 레온을 돌아보았다.

그의 시선은 어쩐지 한참 아랫사람을 내려다보는 듯한, 멸시와 무시가 담긴 묘한 눈빛이었다.

"자네, 방금 뭐라고 했나?"

"사과부터 하라고 했는데?"

사내는 어이없다는 듯 피식 웃음을 지었다. 그 웃음에는 아직 여유가 있었다.

마부가 다시 악을 쓰다시피 고함을 내질렀다.

"네 이놈! 이분이 누군 줄 아느냐!"

레온은 그저 물끄러미 마부를 응시했고, 루나는 마른침을 삼켰다.

"이분은 리카드 백작님의 아드님이신, 세이스 폰 리카드 경이시다!"

세이스는 마부의 거창한 소개를 들으며 흐뭇한 미소를 지었다. 한데 이어진 레온의 반응이 기가 막혔다.

"그래서?"

"뭣, 뭣이!"

"그래서 어쩌라고? 아, 이름부터 밝히고 정식으로 사과하려고?"

놀란 것은 마부와 세이스뿐만이 아니었다. 루나도 놀라서 레온의 팔을 꼬옥 붙들었다.

태어나서 백작 이상의 귀족 가문을 단 한 번도 마주친 적이 없는 그녀였다.

루나가 사태가 더 심각해지기 전에 얼른 나섰다.

"정말 죄송합니다, 나리. 무례를 용서하십시오."

루나가 얼른 레온의 팔을 붙들고 이끌었다.

"비켜 드리자. 어서."

루나가 이렇게까지 나오자, 레온도 마지못해 걸음을 옮겼다. 마음 같아서는 저 뻔뻔한 녀석들의 모가지를 잡아 비틀고 싶었지만, 루나 앞에서 그런 행동을 할 수는 없었다.

한데 이번에는 세이스가 그들을 붙잡았다.

"잠깐."

루나는 가슴이 철렁 내려앉았다.

결국 화가 나고 만 것일까? 이미 사태를 수습하기에는 너무 늦어버린 것일까?

하긴 레온이 귀족들을 향해 거침없이 막말을 해댔으니, 백작이나 되는 가문의 사람이라면 당장 칼을 뽑아 들어도 할 말이 없으리라.

한데 세이스는 자신을 도발하는 레온에게는 눈길도 주지 않았다.

대신 머리를 조아리고 어쩔 줄 몰라 하는 루나를 빤히 쳐다보았다. 처음에는 레온의 시건방진 태도 때문에 미처 알아보지 못했는데, 이제 보니 대단한 미녀였던 것이다.

'평민인데도 이렇게 아름다운 여자가 존재할 수 있구나.'

조금은 넉넉해 보이는 허름한 옷. 그리고 종아리까지 내려오는 헐렁한 바지. 그럼에도 그녀의 굴곡 있는 몸매는 완전히 숨겨지지 않았다. 거기에 어깨까지 내려오는 눈부신 금발과 또렷한 이목구비, 청순하면서도 명랑한 인상을 풍기는 여인이었다.

'다시 봐도 정말 아름답구나.'

세이스가 평민에게 이렇게까지 반한 적은 처음이었다. 그는 가슴이 두근거리는 걸 느끼며 물었다.

"그대 이름이 무엇이오?"

"루나… 입니다."

조금은 머뭇거렸지만, 목소리는 또렷또렷했다.

"루나, 고개를 들어보시오."

루나가 시선을 들어 세이스를 보았다.

가까이서 본 세이스는 정말 조각처럼 잘생겼다. 하지만 어딘지 상대를 깔아보는 듯한 눈빛이 마음에 들지 않았다.

"어딜 가는 길이었소?"

"수도로 가는 길이었습니다."

"수도? 아란스 시로 가고 있었단 말이오?"

"예."

"허참. 이거 인연이구려. 우리도 마침 왕성으로 가는 길이었소만."

그때 레온이 짐짓 짜증난다는 표정으로 불쑥 끼어들었다.

"아, 그래서 어쩌라고?"

이제 마부는 더 이상 뭐라고 내뱉을 말조차 잃어버린 듯 입만 벌렸다. 세이스가 슬쩍 눈살을 찌푸리자, 루나가 다시 나섰다.

"얘가 번개를 맞고 기억을 잃었답니다. 그래서 아직 사리분별을 잘 못하고 있습니다. 이해해 주세요."

루나가 다시 사정하자, 레온이 그녀의 손목을 확 잡아끌었다.

"됐어. 그만 용서 필요없어."

루나는 이제 하늘이 노랗게 변했다.

아, 도대체 이 녀석은 다 된 밥에 코를 빠뜨려도 유분수지. 기껏 상황이 좋게 흐르고 있었는데!

그녀는 레온의 등 뒤에서 한숨만 푹 내쉬었다.

이렇게 되자 루나에게 온화한 표정을 짓던 세이스도 조금 짜증이 났는지 이맛살을 구겼다.

"그대는 누군가?"

"본좌는 레온이다."

"저 아가씨와 어떤 관계인가?"

"그건 왜 물어? 지금 네가 해야 하는 건 우리 관계를 파악하는 게 아니라, '죄송합니다' 하고 사과하는 거야. 몇 번을 말해야 알아듣겠나?"

세이스는 눈썹을 꿈틀거렸다.

하지만 끝까지 화를 눌러 참았다. 이제 막 만난 아리따운 여성 앞에서 경박스러운 모습을 보이긴 싫었다. 다른 누구보다도 품위와 위신을 지키려고 애쓰는 그였다. 이런 정신 나간 평민 때문에 마음에 드는 여자 앞에서 실수를 하는 건 그 스스로도 용납할 수 없는 일이었다. 그는 그런 성격이었다.

"하하하. 정말 번개를 맞고 정신이 어떻게 되었던 모양이군. 내 오늘은 그대들의 실수를 눈감아주도록 하겠네."

세이스는 스스로 생각하기에도 품위있게 처신했다고 여겼다.

그는 정말로 레온을 미친 사람이라고 생각한 것이다. 그렇지 않고서야 백작의 아들인 자신에게 저렇게 함부로 대할 수는 없었다. 그를 너그러이 용서함으로서 루나에게 좀 더 점수를 얻고 싶은 것이었다.

물론 한낱 평민 앞에서 이런 진지함까지 가지는 것이 이상하기도 했지만, 그만큼 루나는 그에게 아름답게 보였다. 단지 권위로 그 아름다움을 갈취하는 것이 아닌, 진정 마음에서 우러나오는 관심을 얻고 싶었던 것이다.

하지만 곧바로 이어진 레온의 말.

"더 이상 입 아프게 하지 마라. 지금 당장 사과해."

마부도 루나도 이제는 두 손 두 발 다 든 상황이었다.

오로지 세이스와 레온만이 두 눈에 불똥이 튀도록 서로를 노려보았다.

결국 세이스가 어깨를 으쓱였다. 그리고 그의 입에서 뜻밖의 말이 흘러나왔다.

"우리가 숲길에서 조금 과하게 달렸던 모양이군. 정말 미안하게 생각하네."

.그는 자신이 생각하기에 가장 신사적이면서도 품위를 지킨다고 생각되는 쪽을 선택한 것이었다. 어디 똥이 무서워서 피하겠나.

실제로 그건 어느 정도 효과가 있었는지, 루나도 의외라는 듯 세이스를 바라보았다.

세이스는 그런 루나를 보며 다시 한 번 빙그레 웃었다.

"많이 놀랐소? 다시 한 번 사과하겠소."

"아, 아닙니다."

세이스가 레온을 돌아보고 온화한 목소리로 물었다.

"이제 화가 좀 풀렸나?"

레온이 그를 물끄러미 응시하다가 말했다.

"이 정도로 해두지."

그제야 마부와 루나가 가까스로 안도의 한숨을 내쉬었다.

세이스가 이번에는 루나를 돌아보며 말을 이었다.

"먼 길을 가야 할 텐데 괜찮다면 동승하시겠소?"

"네에?"

갑작스런 제안에 루나가 깜짝 놀랐다.

"그렇지 않아도 혼자 여행길에 오른 참이라 적적했었소. 어

떻습니까, 함께 제 마차에 동승하는 것이?'

루나로서는 그 어떤 유혹보다도 달콤했다.

지금까지 레온과 함께 걸어오면서 얼마나 힘들었던가. 게다가 저런 호화로운 마차라니. 그녀도 여자다. 저런 마차를 한번쯤 타보는 꿈을 꾸지 않았을 리가 없다.

게다가 세이스는 자신과 같은 평민에게도 존대를 하고, 레온에게도 곧바로 사과까지 하지 않았나. 어쩌면 자신의 첫인상과는 다르게 좋은 사람일지도 모르겠다는 생각이 들었다.

그러나 그녀는 고개를 가로저었다.

"아니에요. 말씀만은 감사하게 생각합니다."

"하하, 그러지 말고 같이 갑시다. 서로에게 득이 되지 않소."

그때 레온이 뜻밖의 대답을 했다.

"그렇게 해. 거절할 이유가 없잖아. 호의를 베풀겠다는데."

'정말 그래도 괜찮은 거야? 방금 전까지 죽일 듯이 노려보더니?'

루나는 목구멍까지 차오른 말을 삼켰다.

마침 세이스가 레온에게 말했다.

"한데 마차에는 세 명이 동승하기는 좀 힘들 것 같네만. 나 혼자 여행할 거라고 여기고 큰 마차를 준비하지 않았거든."

실제로 마차는 세 명이 들어가도 충분한 크기로 보였다.

하지만 마차 주인이 그렇게 이야기하니 루나도 뭐라고 할 수 없었다.

세이스가 말을 이었다.

"대신 뒤에 짐마차가 따로 있는데 거기라도 좋다면 어떤가?"

과연 루나가 돌아보니 호화로운 마차 뒤에 짐마차가 멈춰져 있었다. 짐마차에는 특이하게도 마부가 두 명이었다. 지금까지는 놀란 가슴 진정시키느라 미처 그쪽까지 보지 못했던 것이다.

레온이 이번에는 정중한 태도로 답했다.

"상관없소."

"하하! 그럼 그렇게 하도록 하지. 그럼 가시죠."

세이스가 루나를 안내했다. 그는 노골적으로 레온을 무시하고 있었다.

하지만 레온은 아무렇지도 않은 듯 짐마차가 있는 곳으로 걸어갔다. 그가 마부석을 지나 짐마차로 갈 때 마부 두 명이 날카롭게 그를 쏘아보았다. 한 명은 뺨에 검상이 새겨져 있었고, 다른 한 명은 뱀처럼 가늘게 찢어진 눈을 가진 자였다.

레온은 아무것도 모르는 것처럼 짐칸에 홀쩍 뛰어올라 탔다. 짐칸에는 짚더미가 쌓여 있었고, 먹을 것들과 이런저런 여행에 필요한 물건들이 목재 상자 안에 보관되어 있었다. 물론 모두 자물쇠로 잠겨 있어서 쉽게 꺼내 먹진 못하게 되어 있다.

레온이 짚더미 위에 벌러덩 누웠다.

"천국이구만."

한편 루나는 세이스의 안내를 받으며 마차에 올랐다.

예상대로 마차의 실내 공간은 무척 넓었다. 세 사람이 아니라, 여섯 사람은 족히 들어와도 될 만큼 넓은 공간이었다.

루나는 레온이 신경 쓰여 자꾸만 뒤를 돌아보았다.

'레온, 너 정말 괜찮은 거야?'

세이스는 마차에 오르고 나서 위엄있는 목소리로 마부에게 명령했다.

"출발하세나."

"예, 나리. 이랴!"

마차가 출발했다.

좌석에는 푹신한 쿠션도 구비되어 있었기에 승차감도 상당히 좋았다.

세이스와의 동행은 레온 일행으로서도 여러모로 도움이 됐다. 우선 시간을 단축시킬 수 있었고, 몸의 피로가 훨씬 감소했으니까. 게다가 레온은 마차를 타고 가면서 나무를 깎는데 집중할 수 있었다. 사실 그는 나무를 깎는 중에도 꾸준히 조식을 시행하면서 내기를 다스렸다.

물론 조식을 시행할 때는 조용하고 평평한 곳에서 아무런 방해도 받지 않고 집중하는 것이 일반적이다.

하지만 레온은 이미 극마의 경지를 넘어 선 초절정 고수였다. 그런 그에게 이 정도 가벼운 흔들림은 방해라고 할 수도

없었다. 게다가 지금 그가 시전하는 것은 아주 초보적인 수준
에 불과했던 것이다. 비록 신체가 입마(入魔) 수준밖에 되지 않
는다고 하더라도 그의 정신이 이미 극마를 넘어섰으니, 이런
조식 정도야 시시한 장난에 가까웠다.

마차는 꾸준히 달렸다.

만약 레온 일행이 걸어서 갔다면 하루도 더 걸렸을 거리를
마차는 단 반나절 만에 지나쳤다. 벌써 마을을 하나 지나친 마
차는 이제 제법 너른 도시에 들어서고 있었다.

서산에 길게 드러누운 구름이 붉게 타오르고 있었다.

루나는 동화 속 그림 같은 풍경을 창 너머로 바라보며 감동
에 젖었다.

"아름답지요?"

세이스가 부드럽게 웃으며 물었다.

넋 놓고 있던 루나가 얼른 정신을 수습하면서 대꾸했다.

"네, 정말 너무 예뻐서 넋을 놓고 말았어요."

"하하. 그보다 더 예쁘신 분께서……."

"예?"

"아, 아니오. 후후."

세이스가 신사적인 미소를 지었다. 그는 루나에게 일체 무
례한 행동을 하지 않았다. 처음부터 그는 그녀의 마음을 훔치
고 싶었던 것이다.

두 사람이 바라보던 노을은 조금씩 나타나는 도시 건물에
의해 가려지기 시작했다. 드문드문 집들이 나타나더니 곧 사

람들이 벅적벅적한 시내로 들어서고 있었다.

루나는 모든 것이 새로웠다.

이십 년이 넘도록 자신이 살고 있는 마르텐을 벗어난 적이 없던 그녀였다.

"이곳은 로렌토입니다. 교역의 중심 도시로서 사람들이 제법 많고, 외부인이나 여행객들도 많이 머무는 곳이지요."

세이스가 짐짓 아는 체를 하며 말했다.

루나는 그의 이야기를 듣는 둥 마는 둥 사람 구경하기에 바빴다.

바깥을 지나다니는 사람들도 휘황찬란한 마차를 힐끔거리며 쳐다보았다. 마차는 번화가에서 약간 떨어져 있는 커다란 저택 안으로 들어가고 있었다.

루나가 깜짝 놀라서 물었다.

"어디로 가는 건가요?"

"오늘은 늦었으니 이 도시에서 머물러야 하지 않겠습니까?"

"네. 하지만 저희들은 여관에서 머물 생각입니다."

"하하. 그래서 여관으로 오지 않았습니까?"

세이스는 여유있게 대답했지만, 밖을 둘러보는 루나의 눈에는 도무지 여관이라는 게 보이지 않았다. 마차는 저택의 대문 안으로 들어와서 너른 정원을 가로지르고 있었던 것이다.

"하지만 이 저택은……."

"하하. 이곳은 로렌토에서 가장 고급 여관입니다. 저택으로 보이지만 사실 여관이랍니다."

그랬다. 루나는 보지 못했지만 분명 이곳 정문에는 '로렌토 궁 여관'이라고 간판이 붙어 있었다. 이곳은 주로 귀족이나 돈이 많은 자유민들이 머무는 곳이었는데, 그야말로 초호화 여관이었던 것이다.

이런 곳에 머문다면 아무리 루나와 레온이 돈을 넉넉히 가져왔다지만, 그 정도로는 어림도 없을 게다.

루나가 뭐라고 말을 하려는데 때마침 마차가 멈추었다.

마부가 달려와 문을 열었다.

"도착했습니다, 도련님."

"수고했네."

세이스와 루나가 마차에서 내리자, 여관 종업원이 달려나왔다.

"'로렌트 궁'에 어서 오십시오. 예약은 하셨는지요?"

"세이스 폰 리카드."

세이스가 간단히 자신의 이름만 언급했다.

종업원의 표정이 급변하면서 태도가 더욱 공손해졌다.

"아, 세이스 공이시군요. 몰라 뵈서 죄송합니다. 지금 바로 객실을 안내해 드리겠습니다."

"아, 잠깐."

"예, 말씀하십시오."

"오면서 사정이 생겼네만, 방을 하나 더 구할 수 있겠나?"

원래 이곳은 철저하게 예약 시스템을 통해서 숙박을 할 수 있는 여관이다.

하지만 상대가 나라의 실권자인 리카드 백작의 아들이라면 이야기가 또 달랐다. 없는 방이라도 만들어서 내줘야 할 판이었다.

종업원이 환하게 웃으며 말했다.

"여부가 있겠습니까요. 곧 안내해 드리겠습니다."

"고맙네."

그러자 루나가 급히 종업원을 불러 세웠다.

"잠깐만요!"

"예?"

종업원이 다시 돌아서자, 루나는 세이스에게 정중히 양해를 구했다.

"세이스 공의 호의는 정말 감사드립니다. 하지만 저희는 이곳에서 머물 수가 없습니다."

그때 마침 짐마차를 타고 왔던 레온이 루나에게 다가오며 눈치도 없이 소리쳤다.

"우와! 여기 정말 좋다! 여기가 어디야? 우리 오늘 여기서 자는 거야?"

"여기서 안 자. 우린 갈 거야."

"응? 왜? 그럼 여기까지 왜 온 거야?"

루나의 대꾸에 레온이 김샜다는 표정으로 물었다. 이럴 때 레온은 참 아이 같았다.

그러자 세이스가 예의 그 신사적인 미소를 지으며 말했다.

"걱정 마시오, 루나 양. 혹시 객실료가 걱정인 것이라면 이렇게 동행한 것도 인연인데, 오늘 하루 숙박료를 내가 대신 내드리겠소."

그러자 루나가 깜짝 놀랐다.

"객실료를 내주시겠다고요?"

"그렇소. 너무 부담 갖지 마시고 편히 쉬셨으면 하오. 물론 이곳은 객실료에 석식과 조식이 포함되어 있으니 식사 걱정도 하지 않아도 될 겁니다."

"와아. 진짜 좋은 곳이잖아?"

레온이 여전히 눈치없는 태도로 소리쳤다.

하지만 루나는 이미 이곳을 나가기로 마음먹었다. 상대방의 호의는 고마웠지만 이렇게까지 신세를 질 수는 없었다. 옛날부터 아빠는 분에 넘치는 욕심을 부리게 되면 언젠간 망한다고 말했었다. 자신은 이미 분에 넘치는 혜택을 받았다.

루나가 고개를 저으려는데,

"좋습니다! 세이스 공은 이제 보니 참 올바른 새끼… 아니, 올바른 분이었군요!"

레온이 불쑥 대답을 해버렸다.

루나가 얼른 귓속말로 나무랐다.

"야! 그렇게 멋대로 정하면 어떻게 해!"

"뭐 어때? 호의를 베푼다는데 마다할 이유가 없잖아. 이건 행운이야, 행운."

"하지만."

"뭐가 그렇게 불안해? 내가 함께 있잖아."

아, 또 저 표정.

루나는 입술을 살짝 씹으며 고개를 끄덕이고 말았다.

레온이 순간 미소를 지어버리면 모두 수긍하게 되어버리는 그녀였다. 물론, 그녀로서는 그 웃음이 마소라는 것을 모르니 자신의 이런 태도가 이상하게만 느껴질 뿐이었다.

그런데 세이스가 피식 웃으며 레온에게 말했다.

"안타깝지만 당신의 방까지 마련해 주기는 힘들 것 같소. 뭐, 당신이 진정 남자라면 루나 양을 위해서 마구간에서라도 자면 되겠지만."

그는 여린 조소를 머금고 레온을 깔아보았다.

'후후, 이제 어떻게 할 생각인가?

찌질이처럼 자신이 잘 곳이 없다고 여자까지 끌고 이곳을 나가 허름한 여관으로 가겠나? 아니면 정말 마구간에서 자면서 너와 나의 신분 차이를 뼈저리게 느껴보겠나?

제일 가능성이 있는 것은 루나와 떨어져 다른 여관에서 홀로 잠을 자는 것이다.

두 사람이 어떻게 알게 된 사이인지는 모르겠지만, 사실 세이스는 레온에게 약간의 질투심마저 느끼고 있었다. 거기에는 레온이 평민 주제이면서도 자신이 반한 루나와 너무 친하다는 것이 영향을 끼치기도 했다.

어쨌거나 지금 이 순간, 세이스는 우월한 기분에 흠뻑 젖어 흐뭇하게 웃고 있었다.

한데 튀어나온 레온의 대답이 세이스의 뒤통수를 후려쳤다.

"괜찮습니다, 우린 같은 방에서 자면 되니까. 어차피 두 명까지는 같은 값이잖습니까?"

"뭣, 뭣이? 같, 같이 머문다고? 한 방에 두 사람이 같이?"

"그렇소만? 왜 그렇게 놀라십니까?"

세이스는 입을 척 벌리고는 루나를 돌아보았다. 뭔가 다른 말을 꺼내보라는 표정이었다.

한데 루나의 대답에 세이스는 더욱 충격을 받았다.

"네, 저희는 한 방에서 지내면 돼요. 레온은 제게 가족이나 다름없으니까 괜찮아요. 누구보다 믿으니까요."

"들었지요? 이제 안심이 되는지요?"

"커, 커험! 그, 그렇다면 다행이오."

세이스가 신경질적으로 몸을 돌렸다. 그가 종업원을 향해 날카롭게 일렀다.

"뭐 하나! 어서 방을 안내해 주게!"

"예, 예! 먼저 어디부터……."

"당연한 걸 묻나!"

"아, 예! 그럼 세이스 공이 머무실 객실부터 안내해 드리겠습니다. 세 분 모두 따라오시지요. 그리고 마부들께서는 마차는 그냥 두시고, 별관으로 가시면 다른 종업원이 안내해 드릴 것입니다."

종업원이 앞장서서 저택 본관의 계단을 올랐다.

세이스는 입술을 쿡 깨물고 그 뒤를 따랐다.

레온을 완전히 쫓아버릴 생각으로 나름 계략을 쓴 것이었는데, 오히려 두 사람을 한 방에 재우게 되었으니.

그렇다고 이제 와서 레온이 머물 방을 자신의 돈으로 따로 마련해 준다는 것도 모양새가 웃기지 않나.

'오늘 일진이 영 좋지 않아!'

그는 억지로 마음을 다스리며 걸음을 옮겼다.

"고작 이 정도였군."

레온은 밖에서와 달리 착 가라앉은 시선으로 방을 둘러보았다.

반면 루나는 연신 감탄사를 터뜨리고 있었다.

"와아, 정말 좋다. 이 장식 좀 봐. 너무 예쁘다. 그런데 정말 방이 달랑 하나네. 침대도 하나야."

"예약을 하지 않아서 그렇다고 하잖아. 어쩌겠어?"

"그래도."

"왜? 아까는 누구보다 믿는다며?"

레온이 피식 웃자, 루나의 얼굴이 발갛게 달아올랐다.

"그, 그거야 네가 쫓겨나게 생겼으니까 그렇지!"

"흐음. 그럼 내가 다른 여관에서 자도 넌 이곳에서 잘 생각이었단 말이군?"

루나가 씨익 웃으며 말했다.

"뭐, 안 될 것 있어? 나도 이런 곳에서 한 번쯤은 자보고 싶은데, 뭐."

"그럼 정말 난 버려질 수도 있었던 거였군."

"그러니까 좀 경거망동하지 마. 오늘만 해도 네가 세이스 공을 그렇게까지 몰아붙이지 않았으면 이런 일은 없었을 거 아냐. 유독 너한테만 차갑게 구는 것 보면 모르겠어?"

"그 인간이 정말 그래서 나한테만 차갑게 구는 걸까?"

"그럼?"

"글쎄… 관두지."

레온이 어깨를 으쓱였다.

그래도 레온으로서는 오늘 최선을 다한 것이었다.

그가 중원에서 살던 시절에도 귀족들은 있었다. 하지만 그런 귀족들의 비위를 맞추며 살아본 적은 단 한 번도 없는 그였다. 오히려 귀족들이 그의 앞에서 몸을 떨 정도였으니.

그런 생활이 몸에 배인 그에게 오늘처럼 예의 바른(?) 행동은 상당한 노력의 결과라고 볼 수 있었다.

레온이 웃통을 훌 벗어던졌다.

루나가 소리를 꺅 지르며 베개를 집어던졌다.

"욕실 가서 벗어! 바보야!"

결국 레온은 쫓기다시피 욕실로 들어갔다.

잠시 후 그가 욕실 문을 열고 능글맞은 웃음을 지으며 말했다.

"먼저 씻고 나올게. 기다리고 있어. 훔쳐보면 안 돼~"

"변태냐!"

루나가 얼굴이 발갛게 달아올라서 소리쳤고, 레온은 재미있다는 듯 웃어 젖혔다.

루나는 창가로 가서 밖을 바라보았다.

창밖에는 로렌토의 야경이 아름답게 펼쳐져 있었다. 그녀는 마르텐에서 생활하던 기억들을 하나씩 꺼내보았다. 마치 지금의 시간이 꿈만 같았다.

잠시 후 레온이 목욕을 마치고 나왔다.

다행히 탈의실에 구비된 가운을 입고 나와서 못 볼꼴을 보는 일은 없었다.

루나가 문득 생각이 난 듯 입을 열었다.

"레온, 혹시 네가 받은 소개장을 세이스 공에게 보여주면 우릴 대하는 태도가 좀 달라지지 않을까? 정확히 말해서 널 대하는 태도가."

"그래서?"

"그래서는 뭐가 그래서야. 그 소개장을 보여주자는 거지."

"싫어."

레온이 단박에 잘라 거부했다.

"왜?"

"그런 걸로 태도가 달라진다면 그건 어차피 가식일 뿐이야. 그딴 모습은 별로 보고 싶지 않거든."

루나는 더 이상 아무 말도 하지 않았다.

어차피 레온이 싫다면 더 이상 강요할 수는 없는 노릇이다. 게다가 그 소개장이 정말 자신이 말한 만큼 효력이 있을지도 모를 일이었다.

하지만 실제로 레온의 소개장은 대단한 의미가 있었다. 왕이 가장 총애하는 왕궁 요리사의 소개장인 게다. 그 묘한 관계에서 파생되는 특유의 권력이라는 것은 함부로 무시할 수 없는 것이었다.

어쨌거나 레온은 그 소개장을 까발리며 다니고 싶지 않았다.

루나가 욕실로 들어가며 말했다.

"훔쳐볼 생각하면 죽어."

"말이라도 하지 말지. 더 훔쳐보고 싶게."

"흥!"

루나는 혀를 빼죽 내밀고는 얼른 욕실로 들어가 버렸다.

잠시 후 물 소리가 들려왔다. 루나가 씻는 소리였다.

레온은 가부좌를 틀고 앉았다. 그가 정신을 집중하며 중얼거렸다.

"귀를 닫자, 귀를 닫아. 제길! 저년, 섭혼술(攝魂術)이라도 익힌 거 아냐?"

물 떨어지는 소리 때문에 도무지 정신 집중이 되지 않는 레온이었다.

로렌트 궁 여관은 식당도 넓고 화려했다.

테이블에 앉은 사람들은 대부분 귀족이거나 재벌가로서 품위가 있고 신사적인 사람들이었다.

레온과 루나가 식당으로 내려오자, 먼저 내려왔던 세이스가 손을 들었다.

식당 역시 예약자에게 맞춰서 자리를 배정했기 때문에, 두 사람이 따로 앉을 수 있는 곳은 없었다. 때문에 레온과 루나는 말없이 그에게 다가갔다.

"조금이나마 쉬셨습니까?"

세이스는 짐짓 밝은 표정으로 루나에게 물었다. 이미 그는 레온에게 신경을 끈 지 오래였다.

"덕분에 편히 쉬었습니다."

루나가 공손히 대답했다.

마침 종업원이 다가와서 물었다.

"세 분 식사는 어떤 메뉴로 하시겠습니까?"

"나는 와이번 꼬리 볶음으로 주시게."

세이스가 먼저 답했다.

과연 초호화 여관답게 메뉴도 다양했고, 평소 먹기 힘든 요리들이 많았다.

루나는 평범한 것으로 시켰다.

"전 안심 스테이크로 주세요."

마지막으로 종업원이 레온을 보았다.

레온이 물었다.

"어떤 요리든 하나만 돼?"

"그렇습니다, 손님."

종업원이 살짝 이맛살을 찌푸렸다. 척 보기에도 허름한 옷차림에 다 낡은 검을 옆구리에 차고 다니는, 이런 여관에는 도 저히 어울리지 않는 자가 그런 질문을 던지자 자연스레 깔보 게 된 것이다.

"그럼 나는 고기 종류 중에서 제일 양이 많은 걸로."

"예?"

"고기로 만든 요리 중에서 제일 양이 많은 걸로 달라고."

레온이 다시 또박또박 말하자, 종업원이 조금 황당한 표정 을 짓다가 이내 고개를 숙였다.

"알겠습니다. 곧 준비하겠습니다."

종업원이 가고 나자, 세이스는 다시 루나에게 이런저런 질 문을 했다. 어디서 왔냐느니, 수도에는 무슨 일로 가느냐는 등. 루나는 차근차근 대답했다. 물론 수도에 가는 용무에 대해 서는 레온이 밝히길 꺼려했기에 그녀는 대충 둘러댔다.

한편 세이스의 관심 밖으로 아예 밀려난 레온은 주위를 둘 러보며 구경하기에 바빴다.

그때 식당 한쪽의 작은 단상 위에 옷을 반듯하게 차려 입은 한 소년이 올라섰다. 소년은 의자에 앉더니 들고 온 하프를 연 주하기 시작했다.

띠리리링.

부드럽고 은은한 선율이 식당에 가득 울리며 식사 시간을 더욱 정겹게 만들어주고 있었다.

"아아, 정말 좋네요. 어쩜 저렇게 어린데도 악기를 잘 다룰 까?"

루나가 감탄하자 세이스가 싱긋 웃었다.

"분명 좋은 곡이군요. 하지만 아이가 조금 긴장하고 있는 것 같군요. 음색이 조금 불안정하고, 실수가 꽤 보이는군요."

"정말요? 저는 전혀 몰랐어요."

세이스가 아는 척을 하며 자신감이 밴 웃음을 지었다.

"악기는 연주자의 마음을 비추는 거울이라고도 볼 수 있지요. 연주자가 긴장을 하고 있으면 그 악기가 울리는 소리 역시 마찬가지입니다. 물론 그런 것들을 눈치챌 정도가 되려면 악기를 다루는 수준이 어느 정도 필요합니다만."

은연중에 자신의 자랑을 한 셈이었다.

연주가 끝나자 사람들의 박수가 이어졌다.

그런데 한 테이블에서 식사를 이제 막 마친 중년인이 거드름을 피우며 말했다.

"제법이구나, 꼬마야. 그런데 조금 긴장을 한 것 같구나. 그리고 선을 한 번 더 제대로 튜닝하는 것이 좋을 것 같다."

소년은 가만히 고개를 숙이는 것으로 대신 답했다.

중년인은 단상으로 걸어갔다.

"괜찮다면 자리를 잠시 빌려도 되겠느냐?"

그는 아무래도 자기 실력을 뽐내기 위해서 안달이 난 모양이었다.

사실 이 여관 식당의 연주석은 누구에게든 개방되어 있었다. 자신을 뽐내지 못해 안달인 귀족들의 특성을 감안해서 여관 주인장이 고안해 낸 아이디어인 셈이었다. 손님은 대다수가 귀족이었기에 이곳에서 악기 연주하는 것을 그들은 수치라고 생각하지 않았다. 오히려 자신들의 재능을 뽐내는 자리라고 여겼다.

소년이 물러가면서 하프를 내밀자, 중년인이 건방을 떨며 손을 저었다.

"하하, 튜닝도 제대로 되지 않은 하프로 뭘 하라는 소리냐. 그건 됐다."

그는 자신이 앉아 있던 자리의 다른 사내를 향해 말했다.

"집사, 레벡을 가져오게."

레벡이란 일곱 줄로 된 현악기로, 하프와는 달리 주로 왕궁에서 연주회를 할 때 사용되는 고급 악기에 속했다. 역시 아란스의 귀족들이 즐기는 악기 중 하나였다.

집사가 광이 나는 레벡을 가져다주자 중년인이 손님들을 향해 인사했다.

"에치 파인스요. 부족하지만 여러분들 식사에 양념 좀 뿌려드리겠소이다"

그의 소개에 사람들이 웃으며 박수를 쳤다. 그리고 알 만한 사람들은 그의 이름을 듣고 고개를 끄덕였다.

에치 파인스 자작. 이 도시에서 멀지 않은 곳에 영지를 가진 귀족이었다.

하프와는 다른, 어딘지 애절한 선율이 식당을 가득 채우기 시작했다. 몇몇 사람들은 식사를 잠시 멈추고 경청했다.

이번에도 루나는 감탄한 듯 탄성을 흘렸다.

"아… 정말 아름다운 곡이에요. 저분은 귀족이신가요?"

"자세한 것은 모르지만 그런 것 같소이다. 여기 대부분이 귀족들이니. 그리고 평민들이라면 전문 직업이 아니고서야 레벡을 켜볼 기회가 좀처럼 없을 테니까요."

"그 소년도 멋있었지만, 이분의 연주도 정말 훌륭하군요."

이쯤 되자 세이스는 더욱 노골적으로 라니첼의 연주에 대해서 비평했다.

"분명 훌륭한 연주군요."

"이번에도 뭔가 문제가 있나요?"

"문제까지는 아닙니다만, 역시 군데군데 음과 박자가 틀린 부분이 있소. 그리고 맑은 음색이 흘러야 할 부분에 다소 탁한 음색이 나는구려. 조금 연습이 부족해 보이는구려."

연주는 거의 막바지에 들어가고 있었다.

그때 레온이 불쑥 큰 소리로 되물었다. 그 목소리가 어찌나 큰지 주위 사람들은 물론, 연주하고 있는 라니첼 자작까지 들을 수 있을 정도였다.

"그래요? 그러니까 지금 저분의 연주는 음율도 개판이고, 엇박자인데다가, 음색은 썩어빠졌다는 거네요?"

그러자 사람들의 시선이 모두 레온을 거쳐 세이스에게로 쏟아졌다.

세이스가 당황해서 대꾸했다.

"아, 아니. 내가 언제?"

"방금 그러시지 않았습니까? 박자와 음이 다 틀렸고, 음색도 탁해 빠졌다고."

사실 지적한 부분은 똑같기에 세이스는 그저 입만 척 벌리고 말을 잇지 못했다. 아무리 자신이 실권자인 리카드 백작가의 아들이라곤 하지만, 귀족들 간에 지켜야 할 예의라는 게 있는 법이다.

당황한 그가 말을 잇지도 못하고 있을 때, 파인스가 일어나서 세이스에게 말했다. 그는 앞서 소년의 연주를 무시한 경력(?)이 있는지라 얼굴이 더욱 붉게 달아올라 있었다.

"이거, 제 실력이 너무 부족했던 모양이군요. 하하하, 어디 그럼 젊은 분께 한 수 배워도 괜찮겠소?"

쉽게 말해서, 네가 한번 해봐라, 얼마나 잘하나 보자라는 심보였다.

한편 루나는 한숨을 푹 내쉬었다. 어쩐지 오늘 레온은 언제 터질지 모를 화약 같았다.

세이스는 라니첼의 제안에 당황해하면서도 레온을 무섭게 노려보았다. 레온은 그저 싱긋 웃고 있을 뿐이었다.

이렇게 된 이상 방법은 하나뿐.

어차피 일이 꼬여 버린 것, 실력을 확실히 보여주고 자신의 가문을 자연스럽게 밝히는 것도 나쁘지 않으리라.

결국 세이스가 생각을 정리하고 단상으로 걸어갔다.

반면 세이스가 당당하게 걸어나오자, 라니첼은 뜻밖이라는 듯 놀랐다.

어디서 기사 자격을 갓 받은 젊은 녀석이 치기 어린 자존심을 내세워 자신의 연주를 깔본 것이라고 생각했다. 그래서 자신이 이렇게 나서면, 고개를 숙이고 발을 뺄 거라고 여겼던 것이다. 한데 상대는 오히려 잘됐다는 듯 단상으로 걸어나오고 있지 않나.

세이스가 라니첼에게 정중한 목소리로 말했다.

"괜찮으시다면, 귀 레벡을 잠시 빌릴 수 있겠습니까?"

나직한 목소리에서 기품과 위엄이 느껴졌다.

"뭐, 그, 그러시오."

"감사합니다."

레벡을 받아 든 세이스가 좌중을 둘러보며 말했다.

"세이스 폰 리카드라고 합니다. 부끄러운 실력이지만 잘 부탁드립니다."

사람들이 놀라운 표정을 지으며 우레와 같은 박수를 보냈다.

리카드라는 성을 가진 청년. 그가 국가의 실세인 리카드 백작의 아들이라는 것을 이제 모두가 알게 된 것이었다.

물론 평민들이라면 그 위명을 잘 모를 수 있겠지만, 이곳에서 식사를 하고 있는 사람들은 거의 대다수가 귀족이었기에 그를 모르는 자는 아무도 없었다.

누구보다 놀란 사람은 라니첼이었다. 그는 오히려 상대를 도발한 것에 대해 후회하고 있었다.

세이스는 사람들의 반응에 흡족해하며 천천히 레벡을 들었다. 그리고 활을 들어 연주하기 시작했다.

확실히 라니첼보다 훨씬 깔끔하고 부드러운 선율이 식당에 울려 퍼졌다.

과연 그의 아는 체는 단순히 '척'에 지나지 않았다. 음악을 잘 모르는 루나조차도 그 차이를 확연히 느낄 정도였으니, 그의 음악성은 확실히 우수한 편이었다.

긴 연주가 끝나자 다시 우레와 같은 박수가 터져 나왔다.

사람들의 찬사가 끝도 없이 이어졌다.

"역시 리카드 백작님의 아드님이시군."

"그러게 말이야. 정말 팔방미인이 따로 없군그래."

"대단하십니다. 듣기로는 검술 실력도 수준급이라고 하던데, 못하는 게 없으시군요."

아부에 가까운 탄사가 줄줄이 이어졌다.

세이스는 가볍게 웃음을 머금고 단상에서 내려왔다. 그런데 그때,

"실수를 잘 덮을 정도의 실력은 되는군요. 음색이 너무 딱딱하고 감흥이 부족한 것이 조금 아쉽지만. 어쨌든 다시 봤습니다."

레온이었다.

다른 사람이 들으면 그야말로 헉 소리가 날 만한 감평이었다.

정확하고 자시고를 떠나서 누가 감히 세이스 공에게 저런 소리를 할 수 있단 말인가.

세이스가 눈을 가늘게 뜨고 말했다.

"실수라고?"

"그렇습니다만. 두 번째 마디에서 잠깐 실수한 것을 재치있게 넘어갔고, 마지막 부분에서는 음색이 탁해지는 걸 막느라 지나치게 뜬 것이 아쉬웠습니다."

세이스가 내심 놀랐다.

레온이 지적한 부분들은 본인이 생각하기에도 조금 마음에 걸렸던 부분이다. 그래도 아무도 눈치채지 못할 것이라고 여겼건만.

"그건 악기 보관 상태가 좋지 못해서 그런 거요."

세이스의 대답에 사람들은 역시라는 표정으로 고개를 끄덕였다. 한편 라니첼은 수치심으로 얼굴이 달아올랐다.

하지만 레온이 그대로 물러서지 않았다.

"하지만 전체적으로 딱딱한 음이랄까. 악기는 가슴으로 울리는 것인데, 너무 머리로 울리는 것 같아서……."

"그렇게 잘 안다면 당신이 해보는 건 어떤가?"

발끈한 세이스가 불쑥 물었다.

가만히 앉아 있던 루나는 다시 나직이 한숨을 쉬었다.

'자업자득이야. 지금이라도 그냥 얌전히 앉아. 왜 자꾸 나서서 일을 크게 벌이니? 하라면 하지도 못할…….'

"흠, 좋습니다."

루나가 화들짝 놀라서 레온을 돌아보았다.

'방금 뭐, 뭐라고 한 거야?'

하지만 그 질문은 머릿속에서만 맴돌 뿐이었다.

이미 레온은 단상으로 가고 있었으니까.

레온이 든 것은 소년의 하프였다. 라니첼의 말을 빌리자면 튜닝도 제대로 되지 않은 하프를 손에 든 것이다.

레온이 워낙 흔쾌히 응하자 내심 긴장하고 있던 세이스는 다소 안심할 수 있었다. 레온이 하프를 반대쪽으로 쥐고 있었던 것이다. 레온은 하프를 잡아본 적도 없는 것이 분명했다.

세이스는 피식 조소를 머금고 가만히 레온이 하는 양을 지켜보았다.

레온은 하프를 거의 눕혀놓다시피 쥐고는 줄을 하나하나 퉁겨보았다.

사실 그로서는 생전 처음 보는 악기였다.

하지만 그가 중원에 있던 시절, 악기를 다루는 것에 있어서는 이골이 난 그였다. 유랑단을 따라다니며 익힌 것이라는 게 그런 잡기가 아니던가.

처음 보는 악기지만 그 원리는 비슷하게 마련이다.

줄을 한 음, 한 음 모두 퉁겨 본 레온이 잠시 심호흡을 했다.

루나는 아예 눈을 질끈 감아버렸다.

세이스는 여유만만한 조소를 머금었다. 다른 이들도 이맛살을 잔뜩 구기고 레온이 하는 어처구니없는 행동을 지켜만 보았다.

바로 그때 이어진 영롱한 선율.

띠리리링.

레온이 줄을 한 번 훑었다.

연주가 시작됐다.

사람들이 난생처음 들어보는 음이 식당에 가득 울려 퍼졌다.

레온은 눈을 지그시 감은 채 연주를 하고 있었고, 사람들은 입을 쩍 벌린 채 그의 음악에 빠져들었다. 레벡을 쥐고 있던 세이스는 자칫 악기를 떨어뜨릴 뻔했다.

하프로부터 퍼진 선율은 마치 붉은 꽃잎으로 변해 식당을 돌아다니다가 떨어지고 솟아오르기를 반복하는 것만 같았다.

낙화비(落花飛).

혈마존 시절, 그의 보좌관이자 군사였던 악수라(樂修羅)가 지은 곡이었다. 그는 별호만큼이나 음악을 좋아해서 작곡하는 것이 가장 큰 취미였다. 유랑단 생활을 한 적이 있는 혈마존은 특히 그를 아꼈는데, 물론 지금의 레온은 그런 기억이 없고 단지 낙화비의 선율만이 무의식에 배어 있을 뿐인 것이다.

띠링, 떵.

마지막 음까지 연주가 끝났다.

사람들은 잠시 멍하니 있다가 곧 자리에서 벌떡 일어나며 박수를 치기 시작했다.

"정말 대단합니다!"

"귀공의 존함이 궁금하구려!"

"훌륭한 실력이었소!"

사람들이 진심으로 감탄해서 소리쳤다. 혹자는 눈가를 훔치기도 했다.

특히 루나는 아직까지도 꿈을 꾸는 사람처럼 멍한 표정이었다.

연주가 끝난 지 한참이 지났는데도 그녀의 가슴에는 여전히 그 선율이 남아서 꽃잎처럼 떨어지는 중이었다.

"레온이라고 합니다. 마르텐에서 왔소. 그저 평범한 인간입니다."

레온은 쏟아지는 질문에 대답하면서 세이스를 바라보았다.

세이스 역시 선율에 젖어 있다가 뒤늦게 낯을 붉히며 말했다.

"훗! 확실히 서민들의 악기라서 잘 다루는 모양이군. 하지만 자네, 우리가 다루는 이 레벡은 좀 더 까다롭다네. 그렇게 쉽게 볼만한 악기가 아닐세. 그렇지 않습니까, 라니첼 자작님?"

"물, 물론 그렇소."

라니첼도 뒤늦게 정신을 수습하며 대꾸했다.

세이스가 의기양양한 표정으로 말했다.

"어떤가? 이 레벡도 연주해 볼 텐가?"

'네가 연주할 리가 없지. 하프라면 서민인 네가 연주해 봤을 만한 악기지만, 레벡은 달라. 어디서 구경이나 해봤다면 장한 거지.'

그는 당연히 레온이 거절할 것이라고 여겼다.

그럼 그나마 자신의 위신을 세울 수 있다고 생각했다.

한데 레온의 대답이 의외였다.

"그럼 잠시 빌려도 괜찮겠습니까?"

레온이 라니첼을 돌아보고 물었다.

라니첼이 얼결에 수락했다.

레벡은 하프와 달리 활로 켜는 악기였다.

레온은 이번에도 레벡을 들고 잠시 활로 이런저런 소리를 내보았다. 레벡을 잡는 방법이나, 활을 쥐는 방법에서도 대번 처음 만져 본다는 것이 티가 났다.

세이스는 어금니를 꾸욱 깨물었다.

'절대 할 수 있을 리가 없다. 너 같은 것이 절대 연주할 수 있을 리가 없어.'

평민이라도 아주 부자들이나 가져볼 수 있는 악기였다.

한편 루나는 이젠 오히려 어떤 기대마저 가지고 지켜보고 있었다. 상황이 이쯤 되자 레온이 이번에는 또 어떻게 놀라게 해줄까 하는 기대가 됐던 것이다. 물론, 그만큼 걱정도 앞서긴 했지만.

잠시 후 레온이 한 번 더 심호흡을 했다.

사람들 모두 긴장하고 그를 보았다.

비이이—

레벡이 울기 시작했다.

이번에도 그 선율은 사람들의 심금을 울리며 실내에 가득 퍼져 나갔다. 레벡으로부터 울려 퍼진 선율은 그들을 몽환 속으로 이끌어갔다. 그들은 마치 푸른 산꼭대기에서 구름과 안개에 휩싸여 노니는 새가 된 기분을 느꼈다.

청운무(靑雲霧).

이 역시 악수라가 작곡한 곡이었다.

악기를 쥐는 방법도, 활을 쥐는 방법도 모두 틀렸는데도 레온의 연주는 사람의 마음을 사로잡는 무언가가 있었다.

연주가 끝나자, 사람들은 이번에도 한참 말이 없었다. 그렇다고 아까처럼 우레와 같은 박수가 쏟아져 나오지도 않았다. 그들은 그저 이대로 그 여운을 느끼고 싶었던 것이다.

"정말… 환상적인 음악이로군."

"말이 필요없소이다."

사람들이 감탄했다.

세이스도 더 이상 레온의 실력을 인정하지 않을 수가 없었다.

그가 눈꼬리를 파르르 떨며 물었다.

"왜지?"

"뭐가 말입니까?"

"왜 연주법이 엉망인데도 그런 소리가 나오는 거냔 말이다."

"경께서 그러지 않았습니까? 악기는 마음을 비추는 거울과 같다고. 그게 이유라면 이유지요."

레온이 싱긋 웃으며 악기를 건넸다.

세이스는 그저 충격받은 표정으로 악기를 받았다. 그는 다시 라니첼에게 악기를 건네주고는 레온의 뒤를 따라 자리로 돌아왔다.

루나가 감격한 듯 말했다.

"정말 다시 봤어, 너."

"지금까지 어떻게 봤기에 이 정도로 본좌를 다시 보는 거냐?"

"지금까지는 그저 손이 많이 가는 동생 놈."

"누가 할 소린데."

"너!"

두 사람이 동시에 웃음을 터뜨렸다.

한편 세이스는 자리로 돌아와 아무 말도 하지 않았다.

그들이 연주 경합을 벌이는 동안 음식은 이미 나와 있었다. 레온은 루나와 떠들며 허겁지겁 먹기 바빴는데도, 세이스는 그저 입을 꾹 다물고 레온만 바라보았다.

루나가 세이스의 불편한 심기를 눈치채고는 넌지시 물었다.

"식사… 안 드시나요?"

"아, 생각이 없어졌소. 먼저 실례하겠소."

세이스가 벌떡 일어나서 걸어갔다.

루나가 채 붙잡을 겨를도 없었다.

그 모습을 본 레온이 속으로 조소를 머금었다.

'쿠쿠. 열받아 죽겠지? 아, 난 왜 이럴 때마다 재미있는 걸까? 내 속에 악마가 있는 게 분명해.'

그러면서도 그는 연신 즐겁게 음식을 먹었다.

그가 앞에 놓인 와이번 꼬리 볶음을 보더니 포크를 가져갔다.

"이거 먹어도 되겠지?"

"안 먹는다니까, 괜찮겠지?"

"후후, 잘 됐다."

레온은 와이번 꼬리를 입에 넣고 우물거렸다. 하지만 곧,

"으으. 맛없잖아. 왜 이런 걸 시켜먹는 거야? 저놈은?"

"쉿! 듣겠다!"

"들으면 어때?"

"그래도 귀족이잖아. 제발 조심 좀 해."

"괜찮아. 네 말대로 정 안 되면 글라니스한테 받은 소개장이라도 보여주지 뭐. 그 사람 말로는 왕궁에서도 최고의 대우를 받을 수 있다고 했으니."

"휴우, 널 누가 이기겠니."

루나는 결국 고개를 절레절레 흔들며 포기했다.

정말이지 레온은 번개를 맞고 나서 사람이 백팔십도로 변한 것 같았다.

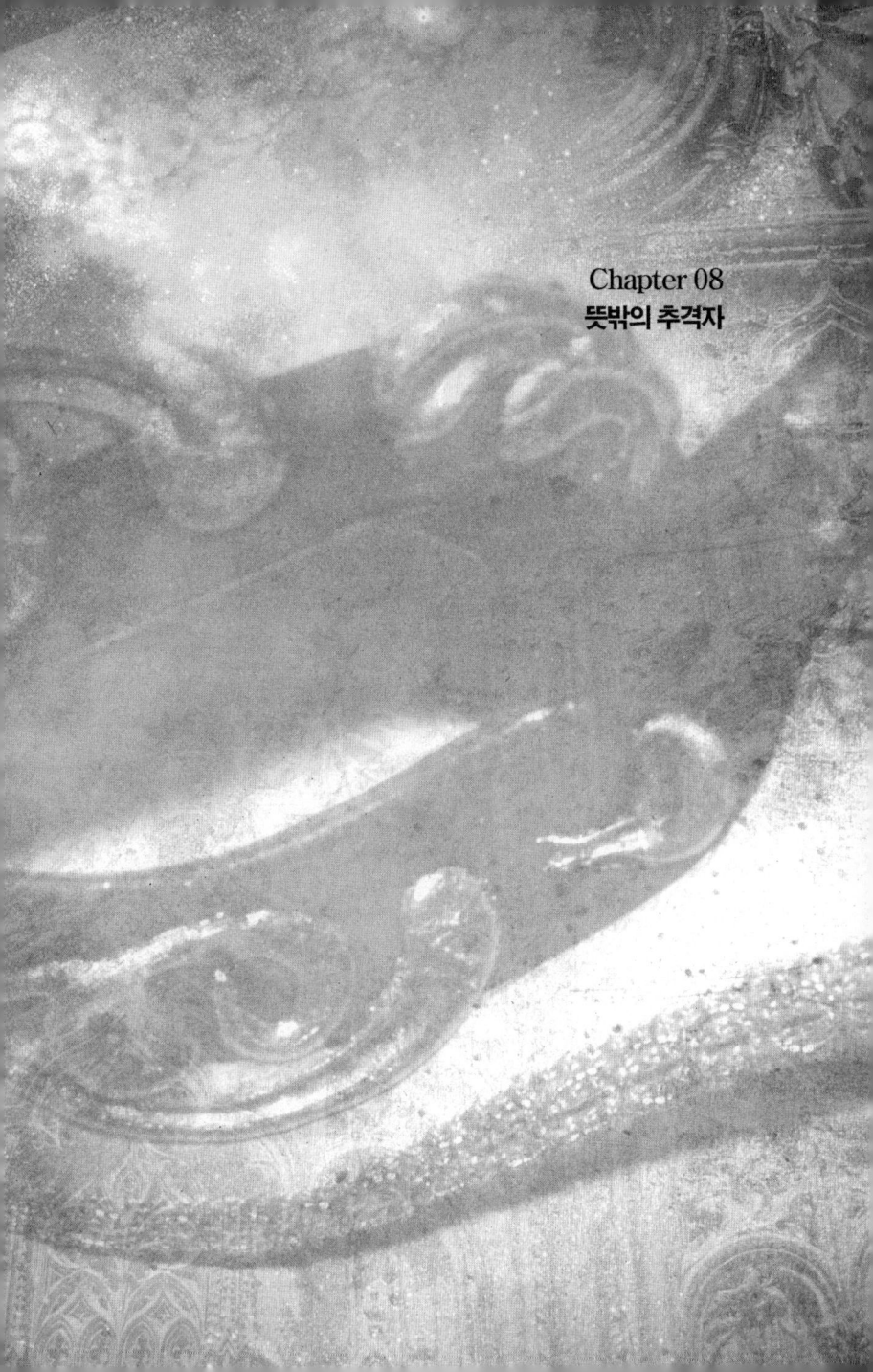

Chapter 08
뜻밖의 추격자

가면의
레온

　레온과 루나는 세이스 덕분에 며칠째 편안한 여행을 계속할
수 있었다.

　세이스로서는 로렌트 궁 여관에서 자존심이 한풀 꺾였지만,
그렇다고 해서 레온과 루나를 내팽개치진 못했다. 물론 그것
은 자신이 자칫 옹졸해 보일까 봐 의식한 것이기도 했고, 루나
에 대한 미련이 남아 있기 때문이기도 했다. 어찌 됐든 이동하
는 동안만큼은 루나와 단둘이 마차에 있을 수 있지 않나.

　한편 며칠째 짐마차를 타고 가며 조식을 운행한 레온은 하
루가 다르게 내공이 증진됐다. 단지 기억을 잃고 몸이 바뀌었
을 뿐 본능은 이미 극마의 경지를 넘어선 그였다. 그에게 있어
서 한 시간은 범인의 하루와 같았고, 하루는 범인의 한 달과도

같았다.

꾸준히 달려온 마차는 이제 수도 아란스를 얼마 남겨두지 않고 있었다.

"후우……."

레온이 길게 숨을 뿜어내며 두 눈을 떴다.

그는 망혼검을 들고 서서히 마기를 손에 집중시켜 보았다.

우우웅.

마기의 영향을 받은 망혼검이 미세하게 우는 소리를 흘렸다.

"아직까지 검기를 제대로 부릴 정도가 안 되는구나."

레온이 아쉬운 듯 중얼거렸다. 기분대로라면 검기는 물론 검강도 가볍게 부릴 것 같은데, 몸이 따라주지 않았다. 그저 검에 공명을 일으키는 정도가 전부였다.

그가 검을 내려놓았다.

대신 그는 옆에 두었던 나무 조각과 말총을 들었다. 그가 첫 날부터 만들기 시작한 마두금이라는 악기였다. 악기는 제법 모양을 갖추고 있었는데, 나무에는 말가죽이 덧씌워졌고, 줄도 벌써 하나가 완성되었다.

본래 마두금은 현이 두 줄로 되어 있는 악기다. 하나는 숫말의 말총 백서른 가닥으로 만들고, 다른 하나는 암말의 말총 백다섯 가닥으로 이어서 만든다. 이미 이어놓은 것은 숫말의 말총이었다. 레온은 암말의 말총을 마저 잇고 있었다.

이것이 완성되면 활만 만들면 끝이었다. 활은 백마의 말총을 사용하는데, 지금까지 지나친 도시에서는 백마의 말총을 구하기가 힘들었다. 때문에 활은 아란스에 도착하면 만들 생각이었다.

악기를 만드는 것은 그의 마음을 차분하게 유지하는데 도움을 주었다.

그가 묵묵히 악기를 만드는 가운데, 마차는 꾸준히 숲길을 달렸고, 태양은 서서히 서산으로 기울고 있었다.

＊　　　＊　　　＊

"이럇!"

사내의 날카로운 목소리가 숲속에 울렸다.

말은 사내의 다급함을 읽기라도 했는지 무서운 속도로 숲을 헤집고 달렸다.

한데 말이 달리는 곳은 정상적으로 난 길이 아니었다. 수풀이 우거지고 나뭇가지가 어지러이 뒤엉킨, 그야말로 길이 아닌 숲속을 헤쳐 가며 내달리는 중이었다.

말을 타고 달리는 자는 몸에 착 달라붙는 검정색 가죽 갑옷에 복면을 쓰고 있었다. 한데 복면의 한쪽이 길게 찢어져서 턱까지 거의 다 드러난 상태였다. 게다가 어깨와 허벅지는 상처로 길게 찢어진 채 끊임없이 피가 흐르고 있었다.

그의 허리춤에 메인 단검은 아뮬렛이 박혀 있었다. 필시 마법의 효능이 적용된 고급 단검인 것이 틀림없었다.

'제길! 이 사실을 알리지 않으면!'

사내가 이를 꽉 깨물었다.

그가 뒤를 돌아보았다.

추격자들이 시야에 보이지는 않지만, 지척에 다가왔다는 것을 감으로 느낄 수 있었다.

"끈질긴 놈들!"

그는 신경질적으로 소리치고는 말의 배를 걷어찼다.

그리고 얼굴을 제대로 가리지도 못하는, 너덜거리는 복면을 찢어버렸다. 어차피 이렇게 된 이상 정체를 숨기는 것도 틀렸다. 오로지 살아남아서 목적한 곳까지 가야만 했다.

쒜에엑! 쒜에엑!

파박! 타악!

연이어 날아온 화살이 그가 지나간 자리에 아슬아슬하게 박혔다. 그럼에도 화살은 멈추지 않았다.

쒜엑! 쒜에엑!

어떤 것은 그의 옆을 지나쳤고, 어떤 것은 머리 위를 아슬아슬하게 스쳐 지나갔다. 숲을 헤집고 말을 모는 사내의 기술이 보통이 아니었기에 이나마 피할 수 있는 것이었다. 만약 말 엉덩이에 화살이라도 박히는 날에는 모든 것이 끝장이었다.

"빌어먹을! 오러 쓰레드까지!"

스쳐 지나가는 화살들은 모두 거뭇한 기운에 휩싸여 있었다. 추격자의 정체를 정확히 알 순 없지만, 화살에 오러를 입힐 정도의 고수인 것은 틀림없었다.

정신없이 달리던 남자는 전방에 나타난 숲길을 보았다.

'근처에 마을이라도 있다면!

마을이 있다고 해서 추격자들이 추격을 멈출 리는 없다.

다만 어딘가에 몸을 숨기고 잠시 숨을 돌릴 시간이 필요했다. 이대로라면 자신이 먼저 잡히고 말 게 분명했다.

그가 막 숲길로 뛰쳐나가려던 순간,

쒜에엑!

푸욱!

이히히힝!

말이 기겁을 하며 요동을 쳤다.

쿠당탕!

"크억!"

사내가 말과 함께 구르며 말고삐를 놓치고 말았다.

말에서 떨어진 사내는 말발굽에 치이면서 더 큰 부상을 입고 말았다.

"컥!"

말과 사람이 따로따로 굴러서 숲길까지 미끄러져 나갔다.

*   *   *

세이스 일행은 마차를 타고 언덕을 넘어서고 있었다.

그들은 오늘 어차피 노숙을 작정하고 있었기에 서산으로 저물어가는 태양을 옆에 끼고서 여유롭게 마차를 몰고 있었다.

그런데 심상치 않은 변화를 제일 빨리 눈치챈 사람은 바로 짐마차를 몰던 마부 두 명이었다.

그들이 서로 시선을 교환하고 전방의 동쪽 숲을 바라보았다.

한편 그 순간 레온도 뭔가 심상치 않음을 느끼고는 가만히 귀를 기울였다.

쿠당탕!

아니나 다를까, 그들이 가고 있던 숲길에 말 한 마리가 넘어지며 숲속에서 미끄러져 나왔다.

이어서 사람이 데굴데굴 구르면서 튀어나왔다.

세이스가 탄 마차의 마부가 기겁을 하며 말을 세웠다.

"워어! 워!"

마차가 갑자기 멈추자 세이스가 창문으로 고개를 내밀었다.

"무슨 일인가?"

"저어, 그, 그게!"

마부는 너무 놀라서 말도 제대로 내뱉지 못했다.

짐마차를 몰던 두 마부가 어느새 달려왔고, 뒤이어 레온도 터벅터벅 걸어왔다. 세이스와 루나도 호기심에 끌려 마차에서 내렸다. 그리고 앞을 본 순간,

"어머! 부상을 심하게 입었어요!"

루나가 깜짝 놀라서 소리쳤다.

쓰러진 말은 뒷다리에 화살을 맞아서 버둥거렸고, 남자는 피투성이가 된 채 길가에 쓰러져 있었다. 아무래도 의식을 완

전히 잃은 듯 꼼짝도 하지 않았다. 어쩌면 이미 죽었을지도 몰랐다.

세이스는 루나를 의식해서 더욱 위풍당당하게 말했다.

"도와줘야겠군!"

하지만 짐마차 마부 중 한 명이 그를 가로막았다.

"위험합니다."

그들은 어느새 각자의 무기를 들고 있었는데 뺨에 검상이 새겨진 자는 롱소드를, 눈이 가늘어 간사한 인상을 풍기는 마부는 짤막한 메이스를 쥐고 있었다.

"발터?"

세이스가 짐짓 이맛살을 구기고 자신을 가로막은, 뺨에 검상이 있는 사내를 불렀다.

그러자 메이스를 든 사내가 발터를 거들었다.

"구린내가 납니다, 세이스 공."

"네리스, 자네까지?"

세이스는 두 사람의 경고에 조금 난감한 표정을 지었다. 두 사람은 지금까지 짐마차의 마부 행세를 해왔지만, 사실 그들의 진짜 임무는 세이스를 호위하는 것이었다. 그들은 리카드 백작가에서도 알아주는 실력을 가진 검사와 마법사였다. 그런 둘이 만류하자 세이스로서도 섣불리 움직일 수가 없었던 게다.

그때 뒤로 다가온 레온이 비웃듯 말했다.

"그래서 당신들은 저 사람이 그냥 죽게 내버려 두자는 겁니까?"

레온이 마음에 들지 않는 세이스였지만, 이번만큼은 그도 레온을 거들었다. 물론, 거기에는 루나의 환심을 사고 싶다는 계산도 포함되어 있었다.

"이자의 말이 맞네. 내 한 몸 안전을 생각해서 눈앞에 죽어가는 사람을 그냥 내버려 둘 수는 없어."

발터와 네리스가 서로 눈짓을 교환하며 표정을 굳혔다.

세이스가 이렇게 말하는 이상 그들도 어쩔 수 없었다.

세이스가 당당히 걸음을 옮겼다. 무엇이 두렵냐는 듯. 하지만 그때,

쉐에엑! 타악!

"헉!"

어디선가 날아온 화살이 세이스의 발아래 박혔다. 세이스가 기겁을 하며 물러났을 때, 발터가 순간적으로 몸을 날려 그를 데리고 옆으로 피했다.

동시에 네리스가 두 사람을 향해 손을 뻗으며 소리쳤다.

"실드!"

우우웅!

흰색 빛깔이 둥그렇게 빛나면서 반투명한 기운이 두 사람을 감쌌다.

쉐에엑! 쉐엑!

탕! 타탕!

연이어 쏟아진 화살은 그 둥근 기운에 부딪치며 튕겨 나갔다.

한편 그 모습을 본 레온의 눈빛에는 이채가 서렸다.

'호오, 새로운 종류의 호신강기(護身剛氣)인가?'

그의 눈에는 네리스가 펼친 실드가 다소 의아했던 것이다.

발터가 동쪽 숲을 바라보며 날카롭게 소리쳤다.

"모습을 보여라!"

그러자 나뭇가지 위에서 저절로 나타난 것처럼 두 인영이 모습을 드러냈다. 둘 모두 복면을 머리까지 덮어쓰고 있었는데, 활을 든 자는 굴곡있는 몸매로 보아 여인임이 분명했고, 검을 든 자는 사내로 보였다.

여인이 싸늘한 어조로 말했다.

"그자를 그냥 두고 간다면 해치진 않겠다."

발터와 네리스는 눈을 가늘게 뜨고 여인을 응시했다.

날아온 화살은 분명 오러 쓰레드에 휘감겨 있었다. 만만한 상대가 아니다. 그렇다고 이길 수 없을 정도로 강해 보이진 않았다. 굳이 싸움이 벌어진다면 이쪽이 유리하다고 판단했다.

하나 문제는 그 후다. 저들이 누구이며, 무엇 때문에 쓰러진 사내를 원하는지 알 수가 없었다. 만약 이 일에 끼어들어 자칫 일이 커지기라도 하면 왕궁에 도착할 때까지 피곤한 여정이 될 것이다.

하지만 세이스의 입장에서도 '그럼 곱게 물러가겠습니다요' 하고 발을 뺄 수도 없는 상황이었다. 앞서 당당히 소리친 것도 있었고, 백작의 아들이나 되는 자신이 이런 협박에 곱게 물러간다는 건 자존심이 허락지 않았다.

세이스가 짐짓 위엄이 서린 태도로 말했다.

"그대들은 누군가? 나는 리카드 백작가의 장남, 세이스 폰 리카드다."

복면인들은 세이스의 말을 듣고 짐짓 눈빛이 일그러졌다.

상대가 나라의 실세인 리카드 백작의 자제일 줄은 짐작하지 못했던 모양이었다.

하지만 그들은 쉽게 물러서지 않았다.

"당신이 누구든 그 남자를 두고 가라."

세이스는 복면인들이 자신의 정체를 알고도 고집을 꺾지 않자 조금 당황했다.

"무슨 일이기에 이자를 원하는 거지?"

"알 필요 없다."

"말투가 무엄하군. 그대들은 누군가?"

"그걸 알게 되면 여기서 살아갈 수 없을 터."

세이스의 표정이 더욱 굳어졌다.

그때 레온이 또 얄미운 소리로 루나에게 속삭였다. 물론 그 속삭임은 세이스가 충분히 들을 수 있을 정도의 목소리였다.

"설마 쫄아서 그냥 가자고 하진 않겠지?"

세이스는 속으로 발끈했지만 내색하지 않았다. 대신 쓰러진 남자 앞을 가로막고서 복면인들을 향해 엄준한 목소리로 일렀다.

"그대들이 누군지 모르지만, 더 이상 내 앞에서 살상이 일어나는 것을 가만히 지켜볼 수는 없다."

"홍! 굳이 어려운 길을 택하는군."

"그대들은 우리와 겨룰 것인가?"

질문은 무의미했다.

타앗!

이미 두 복면인은 몸을 날리며 쇄도해 들어왔다. 여인은 화살을 쏘아냈고, 남자는 검을 휘두르며 들어왔다.

쉐엑!

"실드!"

네리스가 급히 실드를 쳐서 세이스를 보호했다.

한편 발터는 롱소드를 뽑아 들고 적에게 마주쳐 갔다. 그의 검에서 희푸른 광채가 휘감기며 솟았다.

레온은 점점 흥미진진해지는 상황을 보며 내심 감탄했다.

'흐음, 검기까지 사용할 줄 안다니. 제법이군.'

까앙!

검과 검이 부딪치며 청명한 소리가 숲속을 뒤흔들었다.

이어서 네리스의 고함 소리가 터져 나왔다.

"플레어!"

화르륵!

동시에 적의 등 뒤에서부터 이글거리는 불길이 나타났다. 불길이 넘실거리며 사방으로 퍼졌다.

"크읏!"

여의치 않자 복면인이 옆으로 훌쩍 물러나며 몸을 피했다.

단순히 넘실대는 불길이라고 얕보면 큰 코 다치게 된다. 플레어 마법으로 만들어진 불길은 닿기만 해도 전신이 화염에 휩싸이며 한줌 재가 되기 때문이다.

활로 공격을 해오던 여인도 불길을 피해 멀찌감치 떨어졌다.

복면인 두 명은 당황하고 있었다.

플레어는 최소 5클래스 이상의 마법사만이 부릴 수 있는 고급 마법이었다. 너무 상대를 얕잡아 본 것이다. 잘해봐야 3클래스 마스터 정도의 수준이려니 생각했건만. 이제 보니 최소 4클래스 마스터 정도의 수준이다. 비록 한 단계라고 하더라도 마법사의 능력에 있어 그 한 단계는 엄청난 차이를 보인다.

"하앗!"

발터가 적이 주춤하는 틈을 타서 빠르게 쇄도해 들어갔다.

까앙!

이번에도 불꽃이 튀며 복면인과 발터가 마주 부딪쳤다. 한데 이번에는 복면인이 적극적으로 응대하지 않았다. 대신 뒤로 훌쩍 물러나서 나뭇가지 위까지 도약했다.

복면인 둘이 서로를 바라보고 고개를 끄덕였다.

그 순간 발터는 둘에게 이미 싸울 의지가 없음을 알았다. 아마도 승산이 희박하다는 것을 깨달은 것일 터.

그렇다면 적을 놓쳐서는 안 된다. 확실히 해두지 않으면 남은 여정이 계속 신경 쓰이게 될 터다.

"네리스!"

발터가 소리치자, 네리스가 얼른 눈치채고 두 손을 앞으로 뻗었다.

"스톤 블래스트!"

그러자 반경 십 야드 내에 있는 돌멩이들이 전부 허공으로 두둥실 떠올랐다. 숲길이었기 때문에 주위에 널리고 널린 것이 돌멩이였다.

그걸 본 복면인들이 재빨리 숲으로 달려들어 갔다. 이어서 허공에 떠오른 돌멩이들이 그들의 뒤를 쫓아 쏘아지듯 날아갔다.

쒜엑! 쒜엑!

한낱 돌멩이에 불과했지만 그 파괴력은 어마어마했다.

따다닥! 콰직! 콱!

목표를 놓친 돌멩이들이 나무기둥에 깊게 박혔고, 어떤 것은 나뭇가지를 부러뜨리며 날아갔다.

'놀랍군. 능공섭물(綾空攝物)의 수준까지 될 줄이야.'

레온은 그렇게 생각하면서도 짐짓 고개를 갸웃했다. 능공섭물의 경지에 오르면 그 기도가 대단할 것임이 틀림없었다.

하지만 네리스에게서 느껴지는 기도는 그러지 못했다. 실력을 어느 정도 숨기고 있다고 해도 그가 사용하는 기의 흐름은 어딘지 이상했다. 오히려 단전에는 내단이 형성되지 않은 것처럼 보였으니 기이할 노릇이다.

물론 네리스가 사용한 것은 중원의 능공섭물과 전혀 차원이 다른 것이었다. 단지 마나의 법칙과 분배를 이용해서 마법을 부려 돌멩이로 상대를 공격하는 것뿐이었다. 그 외에 다른 사물을 손도 대지 않고 옮기는 것은 상상하기 힘들었다. 물론 더욱 높은 고클래스의 마법사가 된다면 염력(念力)도 불가능하진 않지만, 지금 그로서는 한참 먼 경지였다.

어쨌거나 그러한 사정을 알 리 없는 레온은 그저 이 신기한 싸움을 구경하느라 바빴다.

한편 발터는 도망간 적들을 뒤쫓았지만, 결국은 빈손으로 돌아와야 했다.

"놈들은?"

세이스가 다급히 물었다.

발터가 고개를 저었다.

"놓쳤습니다. 앞으로의 여정이 조금 까다롭게 되었습니다."

"흐음. 할 수 없군. 우선 이 부상자를 치료하지. 네리스, 힐 마법을 사용할 수 있겠나?"

네리스가 땀을 닦으며 말했다.

"응급처치 정도는 어떻게든 될 듯합니다."

사실 4클래스 마스터인 그가 5클래스의 마법을 두 번이나 사용했으니 마나 소모가 심한 것은 당연했다.

세이스가 고개를 끄덕였다.

"부탁하네."

네리스는 부상자 앞에 쪼그리고 앉아서 힐 마법을 사용했다. 그의 손바닥에서 흰색의 희미한 기운이 뻗어나가며 부상자의 상처로 스며들기 시작했다.

레온과 루나는 처음 보는 마법의 경이로움에 내심 감탄했
다.

특히 레온은 난생처음 보는 힐 마법을 마냥 신기한 듯 감상
하고 있었다. 처음에는 전이대법(轉移大法)으로 상대의 몸에
공력을 주입해서 치료하는 줄만 알았다.

하지만 그는 곧 그것이 아님을 깨달았다. 네리스에게서는
어떤 내력도 느껴지지 않은 탓이다. 게다가 발터와 네리스는
자신들의 편의를 위해 부상자를 버리고 갈 생각까지 하던 자
들이었다. 그런 자가 자신의 진원진기(眞元眞氣)까지 소모하면
서 부상자를 치료할 리는 없지 않나.

힐 마법으로 응급처치가 끝난 부상자는 곧 레온이 타고 있
는 짐마차로 옮겨졌다. 결국 레온은 정체불명의 부상자와 함
께 짐칸을 타고 다시 여정에 오르게 됐다.

해가 완전히 저물자 세이스는 마차를 세웠다.

다음 도시까지는 거리가 제법 있었으므로 어쩔 수 없이 노
숙을 해야 할 사정이었다. 한 가지 마음에 걸리는 점은 예상치
못한 사건이 일어나서 추격자가 따라붙었을지도 모른다는 것
이었다.

하지만 노숙을 하지 않고 계속 간다고 한들 마차의 속도로
는 한계가 있었다. 만약 놈들이 기어코 쫓아와 혈투를 벌이고
자 한다면 밤새 달려도 소용없는 짓이다. 그럴 바에는 차라리
느긋하게 마음을 먹고 이동하는 것이 나으리라.

어차피 고비는 오늘 밤이었다.

내일 길을 떠나 도시에 도착하면 부상자를 곧바로 의사에게 맡기면 될 일이었다. 그만하면 할 도리를 다 한 셈이다.

발터와 네리스는 짐칸에서 이런저런 도구를 가져와 천막을 세우기 시작했다. 귀족이라고 해서 평생 노숙을 하지 않고 지낼 수만은 없는 법이다. 특히 장거리를 여행할 때면 오늘처럼 노숙을 해야만 할 때가 있다.

막사가 완성되자, 두 사람은 불을 피우고 짐마차에서 사슴고기를 가져왔다. 오늘 아침 도시를 출발할 때 사두었던 것이다.

세이스가 루나를 모닥불가로 안내했다.

"많이 시장하지요?"

"아, 감사합니다."

세이스는 꼬챙이에 꽂힌 사슴고기를 모닥불에 굽기 시작했다. 이미 소금 절임이 되어 있어서 따로 간을 할 필요도 없었다.

루나가 짐마차를 돌아보며 말했다.

"레온은 안 나오나요?"

"잠들었습니다."

발터가 무뚝뚝한 표정으로 답했다.

"밥은 먹고 자지."

루나는 깨워볼까 생각하다가 그냥 놔두기로 했다. 얼마나 여정이 힘들었으면 부상자를 실은 짐칸에서 그대로 잠이 들어

버렸을까. 하루 정도는 푹 자게 놔둬도 좋을 것 같았다.

"루나 양, 여관이 아니라 불편하겠지만 오늘은 막사에서 자도록 해요."

세이스의 부드러운 목소리에 루나가 놀라서 돌아보았다.

"예에? 세이스 공께서 주무실 곳이 아닌가요?"

"물론 나도 막사 안에서 잘 겁니다. 하지만 안심하시오, 막사 안에 막을 하나 설치해서 두 곳으로 분리해 놓았으니. 그리고 난 그리 파렴치한 놈이 아니라오. 하하하."

세이스가 짐짓 호쾌하게 웃었지만, 루나는 고개를 저었다. 막을 설치했다고는 해도 겨우 팔랑거리는 천 한 장이 아닌가.

"그래도 그럴 수는 없어요. 저는 그냥 밖에서 자도록 하겠습니다. 모포나 침낭이 있다면 그것만 빌릴 수 있을까요?"

"혹시 나를 믿지 못해서 그러오? 그렇다면 내가 루나 양을 대신해서 밖에서 자도록 하겠소."

"아니에요. 그건 더욱 그럴 수 없습니다. 제 마음이 불편해서 그럴 뿐입니다."

"흐음……."

세이스는 침음을 흘리고는 고개를 끄덕였다.

"알겠소. 여보게, 짐마차에 가서 침낭을 가져오게."

세이스가 마부를 부르자 루나가 얼른 일어났다.

"아니에요. 제가 가지러 가겠습니다. 신경 써주셔서 감사합니다."

루나는 짐마차로 걸어갔다.

세이스는 그런 그녀의 뒷모습을 물끄러미 바라보았다.

보면 볼수록 매력적인 여자다. 얼굴이며 몸매며 모두 예쁜 데다가 경우까지 바르다. 마차를 타고 오면서 이런저런 대화를 해보니 제법 학식도 풍부한 여자다.

한 가지 아쉬운 점은 그녀의 신분이었다. 물론 평민이라고 할지라도 귀족과 정식 결혼을 하게 되면 신분은 격상된다. 하지만 아버지가 그런 혼인을 허락하실 리가 없었다.

리카드 백작은 철저한 권력 지향 주의자였다. 지금 세이스가 왕성으로 가는 이유도 일찌감치 정치에 입문하라는 아버지의 뜻 때문이었다. 필시 리카드 백작은 다른 권위있는 귀족의 딸과 혼인하기를 원할 게다.

한편 루나는 짐마차 안을 들여다보고는 살며시 한숨을 내쉬었다.

"아주 꿈나라에 계시는구만."

레온은 세상모르고 잠에 빠져들어 있었다. 어찌나 깊이 잠이 들었는지 죽었나 싶을 정도였다. 왠지 자신은 신경도 쓰지 않고 곧장 잠에 빠져 버린 레온이 한편 섭섭하기도 했다.

루나는 조심스럽게 침낭을 챙겨 레온을 한 번 힐끔거리고는 곧 걸음을 옮겼다.

어둠과 정적이 내려앉은 숲속에 이따금씩 모닥불이 타들어가는 소리만 울렸다.

세이스는 막사 안에서 잠이 들었고, 루나는 모닥불 옆 침낭 속에서 잠이 들었다. 발터와 네리스는 나무 기둥을 등지고 앉은 채 잠들어 있었다.

그들과 조금 떨어진 곳에는 짐마차가 놓여 있었다.

정적이 얼마나 길게 이어졌을까?

잠시 후 아주 미세한 기척이 일어났다. 예민한 동물이라도 알아차리기 힘들만큼 미세한 기척이었다.

당연히 잠에 빠져든 누구도 눈을 뜨지 않았다.

한데 어느 순간 발터와 네리스가 동시에 실눈을 떴다. 두 사람은 서로를 곁눈질로 확인했다. 그들은 움직이지 않았다. 암묵적으로 두 사람은 모른 척하기로 의견을 모은 것이다.

필시 낮의 복면인들이 부상자를 노리고 접근한 것이리라.

발터와 네리스가 짐마차를 멀찍이 떨어뜨려 세워둔 것도 이러한 이유 때문이었다.

그 부상자는 데리고 다닐수록 위험했다. 어차피 적이 노리는 먹이라면 일찌감치 던져 주고 세이스를 안전하게 호위하는 게 낫다. 두 사람의 임무는 세이스를 호위하는 것이지, 만인을 지키는 것이 아니다.

한편 어둠에 파묻힌 듯 은밀하게 움직이던 두 인영은 다람쥐처럼 재빠르게 짐마차 뒤로 몸을 숨겼다.

짐마차에는 부상자와 레온이 누워 있었다.

'이놈도 어지간히 둔한 모양이군.'

복면인은 레온을 무시하고 부상자를 바라보았다. 부상자는 낮에 보았던 것과 달리 제법 치료가 된 상태였다.

두 인영은 서로를 마주보고 고개를 끄덕였다.

우선은 생포해서 데리고 가자는 신호였다.

만약 낮에 보았던 대로 아직까지 만신창이였다면 망설임없이 죽이려고 했다. 한데 상처가 제법 치료된 상태. 만약 치료 후 잠시라도 의식을 찾았다면 누군가에게 입을 열었을지도 모를 일이었다. 우선은 납치한 후 추궁을 하고, 무언가 발설한 적이 있다면 뿌리를 확실히 뽑아야 하리라.

복면인 중 한 명이 부상자를 들쳐 업었다. 그들의 행동은 지극히 은밀하고 조심스러웠다. 범인이라면 보지 않고서는 그들의 존재조차도 눈치채지 못할 정도로.

복면인들은 주위를 한 번 둘러보고는 빠르게 몸을 날렸다.

쉬익! 쉬익!

그들은 숲으로 들어간 후 쉬지 않고 달렸다. 가지를 밟으며 한참 동안 날듯이 달려온 그들은 숲속의 널찍한 공터에 다다르자 바닥에 내려섰다.

착!

두 사람은 서로를 바라보고 고개를 끄덕인 후, 부상자를 풀숲에 내던졌다.

쿠당!

부상자가 숲속에 나뒹굴었다. 그럼에도 부상자가 꼼짝을 하지 않자 복면인 중 여인으로 보이는 자가 말했다.

"포션."

남자는 고개를 끄덕이고 품에서 손가락 길이만 한 약병을 꺼내 들었다. 투명한 병에는 붉은 액체가 담겨 있었는데, 바로 상처를 급속도로 치료해 주는 힐링 포션이었다. 힐링 포션은 상당히 비싸고 귀한 치료제였지만, 부상자를 깨워 추궁하기 위해서는 어쩔 수 없이 사용해야 했다.

남자가 부상자를 향해 저벅저벅 걸어갔다. 그가 부상자의 입을 벌리고 힐링 포션의 마개를 여는 순간,

"그거 약이야?"

하마터면 복면인은 힐링 포션을 바닥에 떨어뜨릴 뻔했다.

조금 전까지 꼼짝도 하지 못하던 부상자가 두 눈을 말똥말똥 뜨고 자신을 바라보고 있는 것이 아닌가!

복면인이 뒤로 훌쩍 물러나는 것과 동시에 검을 빼 들었다. 여인 역시 깜짝 놀라서 활에 시위를 매겼다.

한데 부상자는 목을 이리저리 휘휘 돌리더니 두 복면인을 빤히 바라보며 물었다.

"너희들 누구야?"

"이놈, 도대체……!"

복면 남자가 대경실색하며 중얼거렸다.

그토록 심한 부상을 입었건만 어떻게 저리도 생생한 목소리를 낸단 말인가.

그런데 가만, 놈의 목소리가 조금 다르다? 설마!

"네놈이야 말로 누구냐!"
"본좌는 레온이야."
부상자, 아니, 레온이 씩 웃으며 대꾸했다.

『가면의 레온』 제2권에 계속…

閻王眞武

염왕진무

김석진 新무협 판타지 소설

"그, 그럼 어디서 오셨습니까?"
무심하게 고개를 돌리며 진무가 속삭이듯 말했다.

……지옥에서.

인간이라면 절대 익힐 수 없다는 강호삼대불가득!
그것에 얽힌 비사를 풀기 위해 그가 강호로 나섰다!
피처럼 붉은 무적의 강기, 혼돈혈애를 전신에 두르고
수라격체술과 염왕보로 천하를 질타하는 쾌남아, 진무!
염왕의 진실한 무학을 발현하여 무림삼패세와 고금십대천병을
이겨내고 속세의 악업을 심판하는 진정한 염왕이 되어라!

이제 강호는 진무의
일거수일투족에 열광한다!

유행이 아닌 자유추구 -

WWW. chungeoram.com
Book Publishing CHUNGEORAM

저작권 보호!!

장르문학의 성장에 힘이 되어주십시오.

저작물의 무단 전재와 복제, 불법 다운로드!
이것은 관심이 아니라 무관심입니다!

작가님들은 창의적 열정과 시간을 투자해 자신의 꿈과 생계를 유지합니다.
한 권의 책을 만들어 많은 사람들은 자신의 인생과 미래를 설계합니다.

저작물 속에는 여러 사람의 노력과 희망이
담겨 있습니다!

저작물의 무단 전재와 복제, 불법 다운로드는 여러 사람들의 꿈과 생계를
위협함으로써 장르문학을 심각한 상황에 빠뜨리고 있습니다.

이제는 무관심이 아니라 관심으로 장르문학의
성장에 힘이 되어주세요.

[도서출판 청어람은 항시적인 저작권 보호를 통해 장르문학과
여러분의 희망을 지키겠습니다.]

저작물의 무단 전재와 복제, 불법 다운로드는 법률에 의해 처벌받을 수 있습니다.
저작권법 제97조의5 (권리의 침해죄)
저작재산권 그 밖의 이 법에 의하여 보호되는 재산적 권리(제73조의 4의 규정에 의한 권리를
제외한다)를 복제·공연·방송·전시·전송·배포·2차적 저작물 작성의 방법으로 침해한
자는 5년 이하의 징역 또는 5천만 원 이하의 벌금에 처하거나 이를 병과(동시에 두 가지 이상의
형벌을 지우는 일)할 수 있다.

도서출판 청어람

War Mage

워메이지

김재한 퓨전 판타지 소설

사람들이 인식하는 상식의 세계 이면,
짙은 어둠이 드리워진 그곳에 사는 괴물들이 있다.

문명이 드리운 그림자 속에서, 전투기계들과
인간의 사념으로부터 태어난 마물들이 격돌한다.
마법과 주술이 난무하는 초현실적인 전장,
소년은 그곳에 서는 대가로 인생을 잃었다.
운명의 노예가 되어 가족과 인성을 잃어버린 소년, 진유현.

총염(銃炎)과 검광(劍光)이 뒤얽히는
어둠의 거리에서, 운명의 족쇄를 끊고 나온
소년의 눈이 살의를 발한다.

유행이 아닌 자유추구 -
WWW.chungeoram.com
Book Publishing CHUNGEORAM

鬼弓士
귀궁사

참마도 新무협 판타지 소설

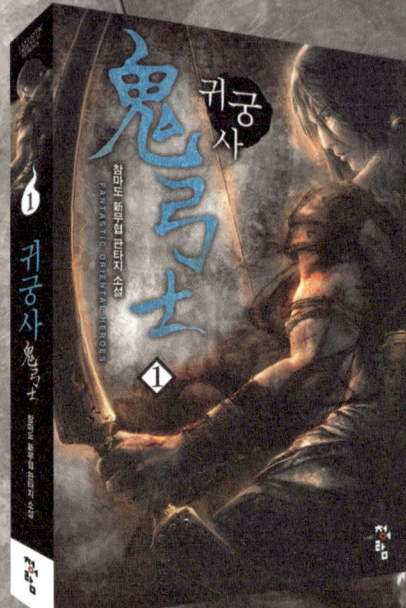

참마도 작가!! 그가 『무사 곽우』에 이어
다섯 번째 강호 이야기를 새롭게 풀어내다!!

"길의 중앙에서 멀지게 서서 당당히 걸어가래.
사람으로 태어난 이상 그 누구도 당당하게 살아갈 권리는 있다고 말이야."

단야의 오른손이 꽉 쥐어졌다. 별것도 아닌 말이다.
하나 이토록 마음에 남는 소리는 없었다.
사람으로 태어나서……

요물, 괴물.
나이를 먹지 않는 월홍과 얼굴이 징그럽게 망가진 단야.
그들 앞에 펼쳐진 강호란……!

유행이 아닌 자유추구 —
WWW.chungeoram.com
Book Publishing CHUNGEORAM

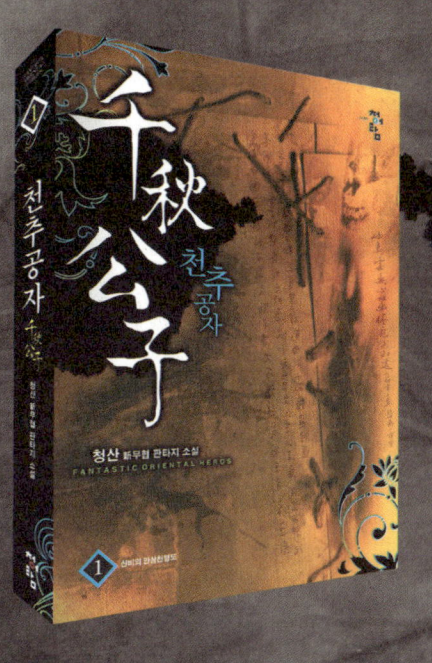

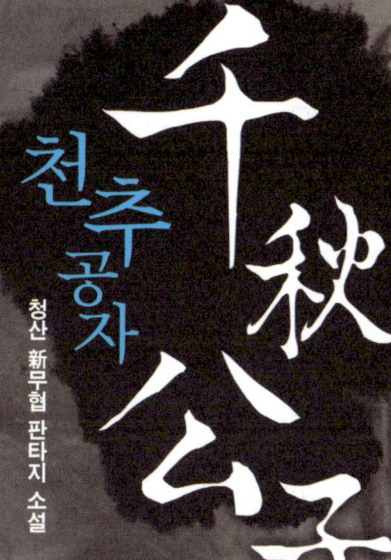

천추공자

청산 新무협 판타지 소설

운명을 뛰어넘는 담대한 도전!

황제마저 농락한 숭문세가의 공자 문천추(文千秋).
용문에 이르기 전까지 그는 시문과 서화를 즐기며 대하를 누비는
한 마리 커다란 잉어였다.
그러나 운명은 그를 용문(龍門) 앞에 이끌었다.
용문의 드센 물살을 거슬러 올라 용(龍)이 될 것인가,
아니면 용문점액의 상처를 입고 추락할 것인가.

죽음의 하늘 사중천(死重天)!
오로지 파괴와 살육만을 일삼는 사마악(邪魔惡)의 결집체.
사중천의 어둠은 태양마저 가리며 천하를 뒤덮는다.
마침내 죽음의 하늘과 맞서는 용 울음소리.

천추(千秋)에 빛날 문무제일공자의 호쾌한 행보가 시작되었다.

유행이 아닌 자유추구 -
WWW.chungeoram.com
Book Publishing CHUNGEORAM

少林棍王
소림
곤왕

한성수 新무협 판타지 소설

감동의 행진을 멈추지 않는 작가 한성수!

구대문파 시리즈의 두 번째 이야기 『소림곤왕』!!
그 화려한 무림행이 펼쳐진다

"너는 지금부터 날 사부님이라 불러야만 하느니라.
소림사의 파문제자인 나, 보종의 제자가 되어서 앞으로 군소리없이 수발을 들고 모진
고통을 이겨내며 무공 수련을 해야만 한다."

잡극계의 천금공자 엽자건!
소림의 파문제자 보종의 제자가 되다!!

역사와 가상.
실존의 천하제일인과 가상의 천하제일인에 도전하는 주인공!
이제부터 들어갑니다. 부디 마음껏 즐겨주시기 바랍니다.
- 작가 서문 中에서.

유행이 아닌 자유추구 -
WWW.chungeoram.com
Book Publishing CHUNGEORAM